KB183679

나는
국민의원이다

나는 국민의원이다

발행일	2025년 1월 10일		
지은이	황연태		
펴낸이	손형국		
펴낸곳	(주)북랩		
편집인	선일영	편집	김현아, 배진용, 김다빈, 김부경
디자인	이현수, 김민하, 임진형, 안유경, 한수희	제작	박기성, 구성우, 이창영, 배상진
마케팅	김회란, 박진관		
출판등록	2004. 12. 1(제2012-000051호)		
주소	서울특별시 금천구 가산디지털 1로 168, 우림라이온스밸리 B동 B111호, B113~115호		
홈페이지	www.book.co.kr		
전화번호	(02)2026-5777	팩스	(02)3159-9637

ISBN 979-11-7224-454-5 03810 (종이책) 979-11-7224-455-2 05810 (전자책)

나는 국민의원 이다

황연태 장편소설

북랩

등장 인물

주요 인물 구성

1. 이민호

- **직업**: 전직 검사, 국민의원 후보
- **외모:** 30대 후반. 단정한 검은 머리에 날렵한 턱선과 깔끔한 이미지. 어두운 색의 정장을 즐겨 입어 단호하고 절제된 인상을 줌.
- **성격:** 정의감이 강하고 원칙주의자, 법조계에서 오랜 시간 근무하며 사회의 부조리와 비리를 목격해 왔고, 그에 대해 늘 정면으로 맞서려는 성향을 가짐. 냉철하지만 따뜻한 내면을 가진 인물, 외적으로는 이성적이고 냉철해 보이지만, 약자의 권익 보호에 열정을 쏟음. 그러나 때로는 그의 원칙주의가 동료들에게는 딱딱하고 융통성 없는 성격으로 보이기도 함.

2. 박지영

- **직업:** 사회 운동가, 여성 인권과 환경 문제 전문가
- **외모:** 30대 초반. 긴 생머리에 자연스러운 스타일을 고수하며, 간편한 옷차림을 즐김. 청바지와 티셔츠 차림이 대부분이며, 활동성이 높은 편.
- **성격:** 열정적이고 활달한 성격, 자신의 신념과 가치를 위해서라면 다소 무모해 보일 정도로 앞뒤 가리지 않는 열정을 발휘. 솔직하고 적극적이라 누구에게나 먼저 다가가는 스타일.
- **비타협적인 정의감:** 환경 오염이나 사회적 약자의 문제에 대해서는 절대 타협하지 않으며, 때로는 비판을 감수하고서라도 자신만의 의견을 굽히지 않음.

3. 오영섭

- **직업:** 현직 국회의원, 다선 의원으로 정치권에서 큰 영향력을 행사하는 인물
- **외모:** 50대 후반. 체격이 다소 크고 단단한 인상. 머리가 희끗해진 짧은 스타일에 고급스러운 슈트를 입어 자신감과 권위감을 나타냄.
- **성격:** 권력 지향적이고 기회주의적인 성향, 권력과 기회를 위해 자신의 이익에 유리한 방향으로 행동하며, 필요할 때는 이념이나 신념도 바꿀 수 있는 유연성을 가짐.
- **카리스마 있지만 음흉한 면모:** 다정하고 상냥한 태도로 사람을 포섭하는 능력이 탁월하지만, 실상은 자신의 권력을 유지하고자만 할 뿐 진정한 책임감을 가지지 않음.

4. 김수혁

- **직업:** 언론 기자, 이민호의 고등학교 동창
- **외모:** 30대 후반. 헝클어진 단발머리에 캐주얼한 셔츠 차림. 바쁘게 움직이는 직업 특성상 지치고 거칠어 보이지만 날카로운 눈빛을 지님.
- **성격:** 정의롭고 진실을 추구하는 언론인. 정직하게 사건을 보도하며, 국민에게 올바른 정보를 전달하는 것을 최우선으로 생각함.
- **집요하고 끈질긴 성격:** 취재에 있어선 물불 가리지 않으며, 진실을 파헤치기 위해 어려운 상황 속에서도 결코 포기하지 않음.

5. 장순재

- **직업:** 은퇴한 중소기업 사장, 일반 시민
- **외모:** 60대 후반. 희끗한 머리카락에 검소한 옷차림을 유지. 동네 주민들과 친근하게 지내며 소탈하고 인자한 이미지를 풍김.
- **성격:** 현실적이고 실용적인 사고방식, 중소기업을 운영하면서 인생 경험을 쌓았고, 이를 통해 현실적인 안목을 갖게 됨. 지나치게 이상적이기보다는 실용적

인 해결 방안을 중시함.

- **따뜻하고 친근한 인간미:** 누구에게나 존댓말을 쓰며, 상대방의 이야기를 잘 들어 주는 포용력 있는 인물. 동네 주민들에게 인망이 두터운 편.

6. 윤세진

- **직업:** 국민의원 시험 제도 주관자, 중립적인 공무원
- **외모:** 40대 중반. 반듯한 단발머리에 차분한 외모. 정갈한 셔츠와 안경을 착용한 채 조용하면서도 차분한 인상을 주며, 언제나 서류를 꼼꼼하게 검토하는 모습.
- **성격:** 꼼꼼하고 원칙적인 공무원. 규정을 철저히 지키며, 공정성과 객관성을 최우선으로 여기기 때문에 흔들림 없는 신뢰를 받고 있음.
- **냉정하지만 공정한 인물:** 정치적 압력이나 여론의 눈치에 휘둘리지 않고, 국민의원 시험 제도를 정직하게 운영하기 위해 노력함.

7. 홍영숙

- **직업:** 전직 국회의원, 현재 정치 은퇴 후 국민의원 제도에 관심을 가지게 된 인물
- **외모:** 60대 초반. 우아한 단발머리에 세련된 옷차림을 고수. 연륜이 묻어나는 친절한 미소와 부드러운 인상, 그러나 예리한 눈빛을 지님.
- **성격:** 신념을 찾으려는 자아 성찰형 인물. 한때 국회의원으로 활동하며 특권과 권력을 누렸지만, 국민의 신뢰를 잃은 정치인의 자아를 돌아보며 변화의 필요성을 절감함.
- **따뜻하지만 냉정하게 현실을 바라봄:** 과거의 실수를 반성하며, 정치와 권력이 얼마나 많은 유혹과 타락을 낳는지를 통찰하게 됨. 스스로 고백할 용기가 있고, 변화에 열린 자세를 가짐.

시작된 변화의 서막

대한민국의 국회의사당은 언제나 웅장했지만, 그 안에서 벌어지는 일들은 국민들에게 깊은 실망만을 안겨 주었다. 대리인으로서 국민의 목소리를 대변해야 할 국회의원들은 점차 특권의 상징이 되었고, 자신들의 권력을 유지하고 안위를 도모하는 데 몰두했다. 교묘한 법의 틈을 이용해 자신들에게 유리한 법안을 통과시키고, 부와 명예를 자녀들에게 세습하며, 국민의 삶과는 점점 더 동떨어진 세상을 구축했다. 국회는 점차 국민이 아닌, 권력의 중심지가 되어 버렸다.

부정부패와 특혜 논란은 연일 신문과 방송을 장식했다. 국회의원들이 받는 수십 가지의 특혜는 국민들의 분노를 부채질했다. 고액의 연봉, 별도의 예산 지원, 의료 특혜와 세금 혜택까지. 정작 그들이 국민의 삶에 긍정적인 변화를 가져왔다는 소식은 찾아보기 어려웠다. 국민들은 무책임하고 변명으로 일관하는 정치에 염증을 느꼈고, 이런 '대표'라면 더 이상 필요 없다는 결론에 이르렀다.

그때, 작은 움직임이 새로운 물결이 되기 시작했다. “국민의원 제도를 도입하자.” 이 한마디가 인터넷과 각종 미디어를 통해 빠르게 확산되었다. 정치의 본질을 되찾기 위해 이제는 자격 있는 사람들이 국민을 섬기는 체제를 구축해야 한다는 공감대가 형성되었다. 국민은 더 이상 특권층의 정치가 아닌, ‘섬김의 정치’를 원했다. 자격과 자질, 전문성을 가진 이들이 국민의 삶을 개선하기 위해 봉사하는 정치를 꿈꿨다.

이러한 제안은 유토피아적인 이상처럼 보였으나, 전 세계에서 유사한 사례들이 존재했다. 예를 들어, 스위스는 ‘직접 민주주의’를 통해 국민이 법안 발의와 개정을 주도하며 정부와 국회의 활동을 견제하고 감시하고 있었다. 또한, 핀란드의 투명한 입법 과정은 세계적으로 모범적인 사례로 평가받고 있었다. 이런 사례들은 한국 국민들에게 ‘국민의원 제도’가 단지 이상이 아니라, 충분히 실현 가능한 모델임을 보여 줬다.

국민들은 이러한 해외 사례를 보며 더 나은 정치 시스템의 필요성을 절감했다. 특히, 시민들의 자발적 참여와 투명한 검증 과정이 이뤄진다면 국민의원 제도는 단지 제안에 머물지 않고 실행될 수 있다는 믿음이 생겼다. 그리고 이를 뒷받침하는 것은 링컨의 오래된 명언이었다.

“국민의, 국민에 의한, 국민을 위한 정부는 이 땅에서 사라지지 않을 것이다.”

이 명언은 국민들이 바라는 정치의 본질을 정확히 요약하고 있었다. 권력이 국민에게서 나오며, 국민을 위해 존재해야 한다는 이 단순한 진리가 다시금 정치의 중심으로 자리 잡아야 한다는 목소리가 커졌다.

시민들의 요구는 점차 거세졌고, 결국 정치권은 이를 무시할 수 없게 되었다. 다수의 반대 속에서도 국민의 열망을 담아, '국민의원 시험 제도'가 마침내 법으로 통과되었다. 이 제도는 누구에게나 문을 열어 두었지만, 철저한 검증을 통해 자격을 갖춘 사람들만이 국민의원이 될 수 있도록 설계되었다. 필기시험에서는 헌법, 법률, 행정, 역사 등 정치와 관련된 필수 지식이 요구되었으며, 면접에서는 국민을 진정으로 섬길 자세와 윤리의식이 검증되었다. 또한, 국민의원은 명예와 봉사직으로 규정되어 특혜나 권력 남용의 가능성을 원천적으로 차단했다.

이 제도가 시행되자, 각계각층의 사람들이 시험에 도전하기 시작했다. 법조인, 의사, 교수, 사회운동가, 평범한 시민들까지. 진정으로 국민을 섬기고자 하는 사람들이 이 시험에 도전했다. 그들의 마음속에는 봉사와 헌신 그리고 오래된 관행을 혁신하겠다는 강한 의지가 담겨 있었다. 특히 주목받는 이들 중에는 정치에 환멸을 느끼고 정의를 꿈꾸는 전직 검사 이민호와 사회적 약자의 목소리를 대변해 온 사회 운동가 박지영이 있었다. 그들은 각자의 자리에서 서로 다른 방법으로 국민의 신뢰를 얻기 위해 노력하고 있었다.

이제 변화의 서막이 올랐다. 국민은 특권을 거부하고, 진정한 정치의 본질을 되찾기 위해 첫걸음을 내디뎠다. 과연, 이민호와 박지영을 포함한 국민의원들이 국민의 기대에 부응할 수 있을 것인가? 국민들이 염원해 온 정치의 새 모습은 이들에 의해 실현될 수 있을까?

"변화는 스스로 시작하지 않는다. 변화를 시작하는 것은 언제나 그 변화의 필요성을 절감한 사람들의 용기다."

새로운 정치의 첫 장이 열렸다. 국민과 함께 만들어 가는 미래의 이야기가 이제 막 시작되려 한다.

차례

3장 / 국민의 신뢰를 향하여

4장 / 특권의 굴레를 넘어서

5장 / 부정부패와의 싸움

6장 / 진정한 국민의 목소리

7장 / 변화의 뿌리 내리기

제1회 국민의원 선발 공고

대한민국을 위해 봉사하고, 국민의 대리인으로서 책임과 사명감을 다할 진정한 국민의원을 선발합니다. 특권이 아닌 오로지 국민을 위한 직분을 감당할 인성을 갖춘 이 시대의 지도자를 찾습니다. 국민의원은 봉사와 책임의 정신을 지닌 명예직으로서, 투철한 봉사 정신과 국가에 대한 신념을 가진 인재들의 도전을 기다립니다.

[선발 개요]

- 모집 인원: ○○명 (전국 기준)
- 임기: 4년 (정기 평가에 따라 소환 및 해임 가능)
- 세부 선발 기준

1. 기본 자격 요건

가. 연령: 만 20세 이상 (나이 제한 없음)

나. 성별: 무관 (단, 남성의 경우 병역을 필하거나 이에 준하는 이행 사실이 있어야 함)

다. 학력: 제한 없음

라. 범죄경력: 제한적 허용

1) 전과가 있을 경우, 공익을 목적으로 발생한 전과에 한하여 인정 (관련 서류 제출 필수)

2) 사회적 정의를 실현하기 위한 활동 중 연루된 전과 이력에 대한 객관적 증빙 서류 제출 시 심사 가능

3) 급여 및 혜택: 재임 중 급여는 최저 임금 수준(월 기준)으로 지급, 정상 임기 종료 후에는 공적 연금 및 국가 유공자에 준하는 명예와 혜택 제공

2. 선발 기준 및 절차

가. 국가관, 역사관, 안보의식을 두루 갖추어 국민의 존경을 받을 수 있는 인재를 선발하고자 합니다. 국민을 섬기고자 하는 진정한 의지를 가진 사람만이 이 시험을 통해 선출될 수 있습니다.

나. 봉사 정신이 투철하고, 올바른 국가관과 신념을 바탕으로 공익에 이바지할 수 있는 자를 선발합니다.

3. 선발 절차

가. 1차: 서류 심사

1) 필수 제출 서류: 기본 이력서 (성실성, 지원 동기 등 평가), 범죄 경력 조회서 및 관련 증빙 서류 (해당자에 한함), 봉사 활동 경력 및 사회 기여 활동 이력서
2) 심사 항목: 국민을 섬기고 봉사하는 자세, 사회에 기여한 이력, 국민의원 직을 통해 실현하고자 하는 목표

나. 2차: 필기시험

1) 과목: 헌법(국가의 기초와 국민의 권리와 의무에 대한 이해), 민법(개인과 개인 간 관계에서 정의와 공정을 구현하는 기본 소양), 행정법(공공 행정의 원칙과 절차에 대한 이해), 한국사(우리나라의 역사와 문화에 대한 이해를 바탕으로 올바른 역사관을 가진 인물 선발)
2) 평가 방식: 공익에 대한 기본 소양, 문제 해결 능력, 국가의 법과 원칙에 대한 이해력을 통해 후보자의 공정성과 국민 신뢰도를 평가 (필요시)

다. 3차: AI 인적성 검사

1) 목적: 국민의원의 역할에 적합한 성향과 자질을 검증
2) 내용: 심리 검사 및 인적성 검사를 통한 인성, 봉사 정신, 도덕성, 그리고 국민의 대표로서의 책임감 평가

라. 4차: 면접(개별 면접 및 집단 토론)

1) 개별 면접: 지원자의 가치관, 국민에 대한 섬김의 자세, 직무에 임하는 각오와 책임감을 검증, 지원 동기와 공익 실현에 대한 구체적 계획 검토
2) 집단 토론: 지정된 주제에 대해 지원자들 간 자유롭게 의견을 나누고 토론하는 과정, 소통 능력, 협력적 태도, 공익을 위한 논리적 사고와 타협 능력 평가

마. 5차: 최종 심사 및 평가

1) 면접 결과와 이전 단계의 평가 내용을 종합하여 최종 합격자를 결정
2) 국민평가단의 참여를 통해 후보자의 공정성과 국민 신뢰도를 평가 (필요시)

바. 직무 및 의무 사항

1) 국민 보고 의무: 국민의원의 활동 상황을 분기별로 국민에게 보고하고, 국민과의 소통을 최우선으로 삼음
2) 국민의 요구에 따라 공청회 및 소환 요청에 응하며, 국민의 신뢰를 유지하기 위해 투명하게 활동
3) 정기 공청회: 분기별 국민 공청회를 통해 의정 활동을 국민에게 보고하고, 국민의 의견을 반영하여 정책과 활동을 조정

4) 소환 제도: 의정 활동을 성실히 수행하지 않거나 국민의 신뢰를 잃었을 경우, 국민의 요청에 따라 소환 가능

사. 혜택 및 명예

1) 명예 보상: 임기를 성실히 수행하고 국민의 신뢰를 얻은 국민의원은 임기 종료 후 국가 유공자에 준하는 명예와 함께 노후 생활에 대한 혜택을 받음

2) 공적 연금: 정상적인 임기를 종료한 국민의원에 한해 공적 연금이 지급되며, 이와 더불어 국민에게 존경받는 명예로운 퇴임 보상 제공

아. 기타 행정 사항

1) 지원서 접수 기간: ○○○○년 ○월 ○일 ~ ○월 ○일

2) 문의처: 국민의원 선발관리위원회(전화: 000-0000-0000 / 이메일: national_representative@korea.go.kr)

자. 유의 사항

모든 응시자는 본인의 자격 요건에 대한 진실성을 담보해야 하며, 허위 사실이 발견될 경우 합격이 취소될 수 있습니다.

합격 후 국민의원은 임기 중 상위 기관과의 부당 거래 및 특혜 요구에 응할 수 없으며, 이를 위반할 경우 법적 제재가 가해질 수 있습니다. 국민의 기대와 신뢰를 안고 이 시대에 진정 필요한 국민의원직에 도전할 진정한 봉사자를 기다립니다. 국민의 희망을 함께 이루어 나갈, 시대가 요구하는 진정한 국민의 대표로 거듭나십시오.

1장

새로운 도전의 서막

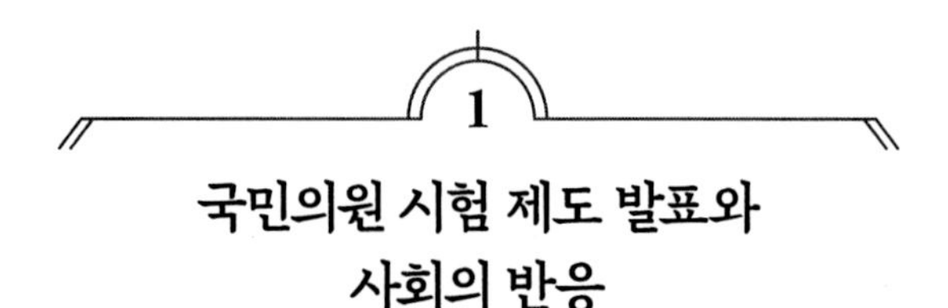

국민의원 시험 제도 발표와 사회의 반응

대한민국에 전해진 소식은 짙은 파문을 일으켰다. 매일같이 정치권을 향한 실망과 냉소가 흘러나오던 가운데, 국민의원 시험 제도가 전격적으로 발표된 것이다. 누구든 자격만 갖추면 이 시험에 도전해 국민의 대리인, 국민의원으로서 일할 수 있다는 것이다. 그날 이후, 미디어에서는 연일 이 '새로운 도전'에 대한 의견들이 쏟아졌고, 국민들은 기대와 의문이 뒤섞인 눈으로 이 변화를 지켜보기 시작했다.

이민호는 뉴스 속보가 쏟아지는 화면을 멍하니 바라보고 있었다. 전직 검사였던 그는 늘 정치권의 부패와 불합리함을 보아 왔고, 때로는 그것이 법의 한계이자 세상의 고질적인 병폐처럼 느껴지기도 했다. 그러던 중 국민의원 시험 제도 소식을 접한 그는 충격과 설렘이 동시에 밀려왔다.

"국민의원……. 과연 어떻게 바뀔 수 있을까?"

옆에서 그의 친구이자 언론 기자인 김수혁이 혀를 찼다.

"민호야, 이런 시도들이 한두 번이겠어? 처음엔 온 국민이 열광하다가도, 결국엔 소리 소문 없이 사라지는 게 다반사야."

이민호는 대답하지 않고 화면에 시선을 고정했다. '어쩌면 이번만큼은 진짜 변화를 만들 수 있지 않을까?' 하는 희망이 그의 가슴속에 움텄다.

며칠 후, 한 토론 프로그램에서 국민의원 시험 제도 발표에 대한 사회 각계각층의 의견이 쏟아졌다. 방송사 패널 중에는 이민호와 같은 변화를 희망하는 이도 있었고, 회의적인 시각을 내비치는 정치평론가도 있었다.

"이제 국민이 직접 검증한 자격 있는 사람이 국민의원이 될 수 있습니다. 국민을 위해 봉사하는 자리이지 특권을 누리는 자리가 아닙니다. 앞으로 모든 국민의원은 분기마다 국민에게 자신의 활동을 보고할 의무가 있으며, 국민이 필요하다고 요청하면 언제든 소환될 수 있습니다."

사회자가 차분히 설명을 마치자, 한 패널이 웃으며 말을 이었다.

"좋습니다. 하지만 과연 얼마나 버틸 수 있을까요? 국민을 섬기는 것만으로는 동기 부여가 되지 않을 테니까요."

이민호는 패널의 태도에 불편함을 느꼈다. 그리고 그는 그토록 많은 국민들이 이 변화를 얼마나 기다려 왔는지 알고 있었다. 실망과 분노 그리고 포기 사이에서 이제는 그저 가만히 있는 것이 더 고통스러운 현실을 이기기 위해 국민들은 이 제도를 외쳤다. 그들은 특권 없는 정치인, 오로지 봉사만을 강조하는 새로운 시대의 시작을 원했다.

그날 저녁, 이민호는 친구 김수혁과 술잔을 기울이며 대화를 나눴다.

"민호야, 너 진지하게 이 시험에 응시할 생각인 거야?"

"그래. 어쩌면 이번이 우리 세대가 진정한 변화를 만들어 낼 기회일지도 몰라. 국민의 대표로서 책임감을 갖고 일할 수 있는……. 그런 자리를 내가 얻을 수 있다면."

김수혁은 고개를 저으며 쓴웃음을 지었다.

"과연 쉽겠어? 온갖 정치적 압력과 공청회, 국민들 앞에서 무보수로 일한다는 게……."

"그런데도 필요해, 수혁아. 국민을 위해서, 우리 스스로의 자부심을 위해서. 내 이력이 더럽혀지지 않고도, 국민을 위한 제대로 된 정치를 해 보고 싶어."

그의 진지한 목소리에 김수혁은 말없이 잔을 들었다.

그 시각, 한편에서는 오영섭 의원 같은 인물들이 비공식 모임을 열고 있었다. 오영섭은 이 국민의원 제도를 두고 속으로 불쾌함을 감추지 않았다.

"국민의원이라니……. 이제 무작위로 사람들을 뽑아 국회에 들이겠다는 겁니까? 국민의 신뢰라는 명분을 내세워 누군지도 모르는 사람들에게 나라의 미래를 맡기겠다는 거예요?"

한 의원이 그에게 조심스럽게 말했다.

"그래도 국민의 요구가 워낙 거세다 보니, 국회가 어쩔 수 없었겠지요."

"하! 국민은 대단히 이성적인 것처럼 굴지만, 결국은 감정적인 집단이야. 시간이 지나면 이런 열풍도 시들해질 걸세."

오영섭은 입가에 미소를 지었다. 새로운 제도는 위협적이었지만, 그에게는 이 또한 정치적 게임에 지나지 않았다.

며칠이 지나자, 국민의원 시험 제도는 대한민국 사회에 커다란 화두로 떠올랐다. 정치권과 시민들 사이에서 그 효과와 진정성을 두고 논란이 일었다. 국민들은 과연 새로운 체제가 우리 사회에 진정한 변화를 가져올 수 있을지, 기대와 의구심을 동시에 품었다. 대다수 국민들은 변화를 기다리고 있었지만, 정치권에서는 불안과 반발의 목소리도 커졌다.

그러던 중 정부는 국민의원 시험 제도에 대한 세부 사항을 공표했다. 모든 지원자는 연령, 학력, 성별 제한 없이 응시할 수 있지만, 필기시험과 면접에서 헌법과 행정법, 역사 지식까지 엄격히 검증받아야 하며, 명예직인 만큼 최소 업무 추진 비용 이외 별도의 혜택이 주어지지 않는다는 조건이 포함되어 있었다. 또한, 최종 합격 후에도 국민소환제와 정기 공청회 참여 의무가 부과되는 등 단지 명예만을 위한 자리임을 강조했다.

이 소식을 듣고 시민들 사이에서는 열렬한 환호와 함께 수많은 대화가 오갔다. 오랜 세월 동안 '국민의 대리인'이라던 정치인들이 정작 국민과 멀어진 현실을 바꿀 수 있는 기회라는 생각에 가슴 벅찬 기대를 품게 된 것이다. 사람들은 카페, 지하철, 직장과 학교 등에서 이 이야기를 나누며 꿈꾸기 시작했다.

한 청년이 친구에게 말했다.

"이런 제도가 정말 가능하다면, 우리도 이제 국민을 진심으로 위해줄 사람을 뽑을 수 있겠지?"

친구는 고개를 끄덕였다.

"맞아. 그리고…… 어쩌면, 나도 한번 시험에 도전해 볼까? 어차피 우리 세대가 바꿔야 할 문제잖아."

"정말 도전해 볼 생각이야?"

"그래. 이 기회가 우리 삶을 바꿀지도 모르니까."

국민의원 시험 제도 발표 후, 변화의 바람은 대한민국 곳곳에서 점점 더 강하게 불어 갔다. 어떤 이들은 이 제도가 실패할 것이라고 예상했지만, 많은 국민은 간절한 눈빛으로 새로운 길을 꿈꾸기 시작했다. 이민호 역시 가슴속에서 타오르는 희망을 억누를 수 없었다. 그는 결심했다. '국민의 대표로 진정으로 일할 수 있는 자리'가 그의 목표가 되었다.

그러나, 이민호와 김수혁은 아직 모르는 것이 있었다. 국민의원 시험 제도가 성공적으로 시행되기 위해서는 생각보다 더 많은 장애물이 존재하며, 그 장애물은 결코 만만치 않다는 사실이었다.

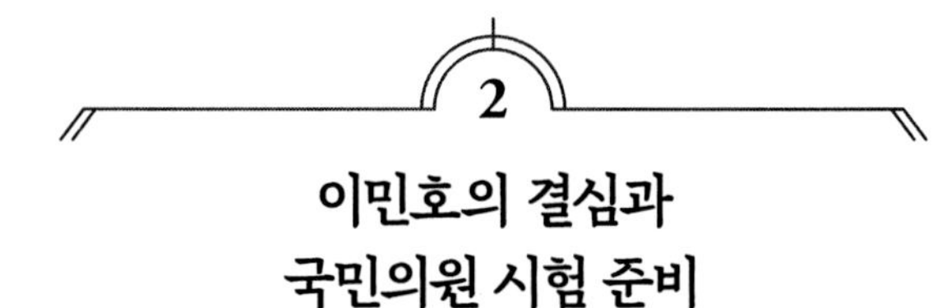

이민호의 결심과 국민의원 시험 준비

국민의원 시험 제도가 발표된 이후 이민호의 일상은 조용히 변해 갔다. 전직 검사로서, 그리고 정의를 위해 일하고자 했던 그였지만, 법조계에 몸담으면서도 늘 뭔가 부족하다는 갈증을 느껴 왔다. '국민의 뜻'이라는 이름 아래 이루어지는 법적 결정들이 정작 국민과는 동떨어진 판단인 경우를 여러 번 보아 왔기 때문이다. 국민의 뜻을 진정으로 실현하기 위해 그는 가슴 깊은 곳에서부터 그리워하던 꿈을 품기 시작했다.

어느 날, 이민호는 서류들을 펼쳐 놓고 국민의원 시험 준비에 필요한 자료들을 검토하고 있었다. 시험과목은 헌법, 민법, 행정법, 한국사. 모두가 그에게 익숙한 과목이었지만, 이번 시험은 단순한 지식 싸움이 아닌 만큼 마음이 복잡했다. 그의 옆에는 김수혁이 앉아 있었다.

"민호야, 요즘 마음이 꽤 복잡해 보이네. 정말 시험 볼 거야?"

이민호는 잠시 생각에 잠기다 고개를 끄덕였다.

"그래. 이 기회가 아니면 다시는 없을 것 같아서."

김수혁은 심각한 표정으로 물었다.

"그런데 네가 그 일을 감당할 수 있을까? 아무 보상도 없고, 오히려 감시와 평가의 대상이 될 텐데. 명예는 중요하지만, 대가도 만만치 않잖아."

이민호는 잠시 침묵하다가 결심을 담은 목소리로 답했다.

"나는 국민을 위한 일을 하고 싶어. 검사로서의 일도 의미 있었지만, 법의 테두리 안에서만 머물러선 안 된다고 생각해. 진정한 변화를 위해선 국민이 직접 나서야 해. 지금이 그 기회야."

김수혁은 한숨을 내쉬었다. 이민호의 성격을 잘 알기에 그의 결심을 막을 수는 없었지만, 친구가 어려운 길을 택하는 것이 걱정되었다.

"그럼, 뭐, 시험 준비는 잘하고 있나? 헌법, 민법 이런 건 잘 알 테고……. 아, 3차에 인적성 평가가 있더라. 감정 컨트롤이나 대인 관계 같은 것도 점수화된다나 봐."

이민호는 미소 지었다.

"알지. 다만, 이 시험의 가장 큰 장벽은 필기도, 면접도 아닐 거야. 국민을 진심으로 섬길 수 있는 사람인지 평가하는 게 이 시험의 핵심이지."

그는 국민의원을 준비하는 과정에서 필요한 서류를 작성하며, 자신이 걸어온 길을 돌아봤다. 가난한 가정에서 자라나 오직 자신의 노력으로 검사가 되기까지 이민호는 숱한 고난을 이겨 내야 했고, 그 과정에서 정의와 신념을 지키려 했다. 그러나 어느 순간부터 그는 좌절하기 시작했다. 법과 정의가 무너져 내리는 장면을 목격할 때마다 스스로의 한계를 느꼈다. 이제는 이민호가 직접 나서서 국민의 뜻을 반영할 수 있는 자리에서 싸우고자 했다.

시험 준비는 생각만큼 쉽지 않았다. 필기시험 준비를 위해 새벽부터 밤늦게까지 스스로의 지식과 기억을 되짚으며 공부했지만, 가장 신경 쓰였던 것은 3차 인적성 평가와 4차 면접이었다. 국민의원이 되기 위해서는 단순히 법적 지식이나 행정 경험만으로는 부족했다. 국민을 섬길 자세와 인성을 평가하는 과정에서 자신의 진정성과 의지가 얼마나 설득력 있게 전달될 수 있을지 고민이 되었다.

며칠 뒤, 이민호는 오랜만에 고향을 찾았다. 그곳에서 그는 자신이 국민의원이 되어야만 하는 이유를 다시금 확인했다. 고향 주민들과의 대화는 그에게 또 한번 다짐을 새겨 주었다.

"민호야, 네가 그 시험에 도전한다니 정말 멋있구나. 우리도 우리 목소리를 들어 줄 사람이 있었으면 좋겠다. 지금 정치인들은 우리 사정을 모르니까."

한 동네 어르신이 따뜻하게 손을 잡아 주며 말했다.

"네가 우리 마을 사람들처럼 힘든 사람들을 위해 일해 준다면 그게 진짜 봉사지."

이민호는 깊은 고개를 숙이며 진심으로 대답했다.

"아버님, 꼭 그렇게 하겠습니다. 제가 이 일을 시작하는 이유도 바로 그것입니다. 국민의원이 된다면 무엇보다 이곳의 사람들을 잊지 않겠습니다."

이민호는 돌아오는 길에 자신이 가야 할 길이 분명하다는 것을 확신했다. 시험 준비는 그에게 단순히 과목을 익히고 서류를 작성하는 과정이 아니라, 그가 살아온 삶의 궤적을 돌아보는 여정이자 그가 이루고자 하는 사회적 신념을 다지는 과정이 되어 갔다.

며칠 후, 그는 다시 김수혁을 만나 마지막으로 다짐을 전했다.

"수혁아, 나는 진심이야. 이번 시험은 내가 걸어온 길, 그리고 앞으로 걸어갈 길을 결정짓는 기회라고 생각해. 비록 국민의원이 특권이 없는 자리라지만, 그렇기에 더 가치가 있는 거야. 명예와 봉사를 위해 나 자신을 걸고 싶어."

김수혁은 이민호의 결연한 표정을 보며 고개를 끄덕였다.

"그럼, 친구로서 응원할게. 민호, 반드시 너의 뜻을 이루길 바란다. 하지만…… 그 길은 험할 거야. 모두가 네 진심을 알아줄 거라고 믿지 마."

이민호는 차분히 웃으며 대답했다.

"알아. 하지만 그것 또한 감수해야지. 나는 국민의 기대를 실망시키지 않기 위해 내 모든 것을 걸어야 해."

그가 국민의원 시험에 응시하고 준비를 마치는 동안, 그의 마음속에서는 점점 더 큰 다짐과 희망이 자라났다. 그는 이제 한 사람의 법조인이 아닌, 한 국가의 진정한 봉사자로 나설 준비가 되어 있었다.

며칠 후, 이민호는 국민의원 시험에 지원서를 제출했다. 서류를 보내고 난 후 그의 마음에는 묘한 긴장과 설렘이 뒤섞여 있었다. 그러나 그는 알고 있었다. 국민의 뜻을 실현할 기회가 자신에게 주어진다면, 그는 결코 이를 가볍게 여기지 않을 것이다.

이제 이민호의 도전이 시작되었다. 하지만 그는 이 시험을 통과한 후에 펼쳐질 치열한 경쟁과 더 큰 시험이 기다리고 있다는 것을 아직 알지 못했다.

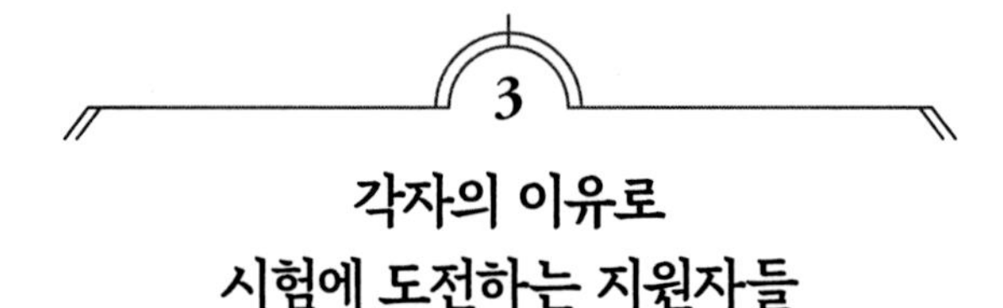

각자의 이유로 시험에 도전하는 지원자들

국민의원 시험이 공식 발표된 이후, 전국 각지에서 수많은 사람들이 응시를 결심했다. 각자의 인생과 목표를 품은 사람들은 누구보다 치열한 마음가짐으로 국민의원이 되고자 했다. 이민호처럼 진정한 변화를 꿈꾸며 시험에 도전하는 이들도 있었지만, 그 외에도 다양한 이유와 동기를 지닌 이들이 각자의 방식으로 도전에 나섰다.

한 사회 운동가 박지영도 그 중 한 사람이었다. 박지영은 환경 문제와 사회적 약자에 대한 불공정 문제에 열정을 쏟아온 인물로, 국민의원 시험 소식을 듣자마자 지원을 결심했다. 그녀는 그동안 시민운동을 통해 목소리를 내 왔지만, 실제로 정책에 반영되는 과정에서 한계를 느껴 왔다. 환경 보호와 사회적 약자 보호를 위한 실질적 법안들이 국회에 계류될 때마다 정치권의 냉담한 태도와 거리를 실감한 것이다.

박지영은 시민운동 동료들과 함께 카페에 모여 시험에 관해 이야기를 나누고 있었다. 동료들이 우려 가득한 표정으로 박지영을 바라보며 물었다.

“지영아, 네가 정말 국민의원이 되겠다고? 그동안 정치권을 누구보다

싫어했잖아. 그곳에서 네가 할 수 있는 일이 얼마나 있을까?"

박지영은 고개를 끄덕이며 침착하게 대답했다.

"맞아. 그래서 내가 직접 그곳에 들어가서 바꿔야겠다고 결심했어. 이제까지 밖에서 소리만 질러서는 안 되는 문제들이 너무 많더라고. 환경 문제와 사회적 약자 문제를 진짜로 해결하려면 국회 안에서 싸워야 해."

박지영은 굳건한 결심을 품고 있었다. 그녀에게 국민의원 시험은 더 이상 미룰 수 없는 도전이었고, 그녀는 누군가를 설득하는 것이 아닌 스스로에게 한 약속처럼 이 자리에 나서고자 했다.

또 다른 인물로는 오랜 공무원 생활을 했던 김영석 씨가 있었다. 50대 중반의 김영석은 평생을 행정 공무원으로 일해 왔지만, 늘 상층부의 압력에 좌절하는 자신을 자책해 왔다. 공정하게 일하려 했지만, 부패한 권력과 자리에 연연하는 고위 인사들 때문에 자신의 신념을 굽혀야 했던 순간들이 쌓여만 갔다. 결국 그는 은퇴를 앞두고 '한 번쯤 진정한 변화를 만들어 보고 싶다'는 마음에 시험에 도전하기로 결심했다.

한편, 젊은 청년 임도윤은 조금은 다른 이유로 국민의원 시험을 준비하고 있었다. 그는 실업 문제와 청년들의 주거 문제에 관심이 많았다. 비정규직 생활을 전전하며 열악한 주거 환경 속에서 힘겹게 살아온 그는, 현장의 고통을 누구보다 잘 알고 있었다. 그래서 국민의원 시험 소식을 접하자마자 적극적으로 준비에 뛰어들었다. 그는 친구들과 함께 공부하며 소신 있는 목소리를 내고자 했다.

"이번 기회에 진짜 국민을 위한 정치를 만들어 보고 싶어. 우리 같은 청년들도 제대로 된 주거와 일자리를 얻을 수 있도록 정책을 바꿔야 해."

친구는 고개를 끄덕이며 공감을 표시했다.

"근데 쉽지 않을 거야, 도윤아. 국민의원이 되기까지도 힘들겠지만, 그 뒤에 또 얼마나 많은 방해와 어려움이 있을지 몰라."

임도윤은 단호히 말했다.

"알아. 하지만 누군가는 해야 할 일이야. 우리 같은 사람들이 직접 나서서 국민의 현실을 전하고 바꾸는 데 앞장서지 않으면, 그 누구도 우리의 목소리를 들어 주지 않을 거야."

이러한 다양한 지원자들이 국민의원 시험에 도전하면서, 시험을 둘러싼 관심은 날로 뜨거워졌다. 그러나 모든 사람들이 순수한 이유만으로 시험에 응시하는 것은 아니었다. 국회 내 특권을 지키고자 하는 일부 정치 세력은 국민의원 시험에 문제가 생기기를 바라며 은밀하게 방해를 준비하고 있었다.

국민의원 시험이 시작되기 일주일 전, 전국의 주요 언론사에 익명의 제보가 들어왔다. '국민의원 시험이 허울 좋은 제도일 뿐이라는 의혹을 제기하는 내용'이었다. 몇몇 언론은 이 문제를 대대적으로 보도하며, 시험의 신뢰성에 의문을 제기했다.

"정말 어이없어. 이 제도가 부패할 가능성이 있다고 말하는 사람들은 국민의 목소리를 들어 본 적도 없나 봐."

박지영은 뉴스를 보며 분노했다. 김영석도 씁쓸하게 고개를 저었다.

"변화를 두려워하는 사람들은 언제나 발목을 잡으려 하지. 하지만 나는 이번에야말로 진짜 변화를 만들 수 있을 거라고 믿어."

임도윤도 힘차게 동의했다.

"맞아요! 우리 모두 국민을 위해 시험에 도전하는 거잖아요. 아무리 비난받더라도 이 기회를 놓칠 순 없죠."

국민의원 시험의 날이 점차 다가오면서 각자의 인생과 목표를 안고 모인 지원자들의 열망은 한층 강해졌다. 그들은 이 시험을 통해 진정한 변화를 만들어 낼 수 있기를 바랐고, 국가의 미래가 자신들의 손에 달려 있다고 느꼈다.

그러나 이민호, 박지영, 김영석, 임도윤 모두 아직 알지 못했다. 이들이 통과해야 할 시험에서는 단순한 필기와 면접을 넘어, 거대한 정치적 압력과 싸워야 하는 힘겨운 도전이 기다리고 있다는 것을.

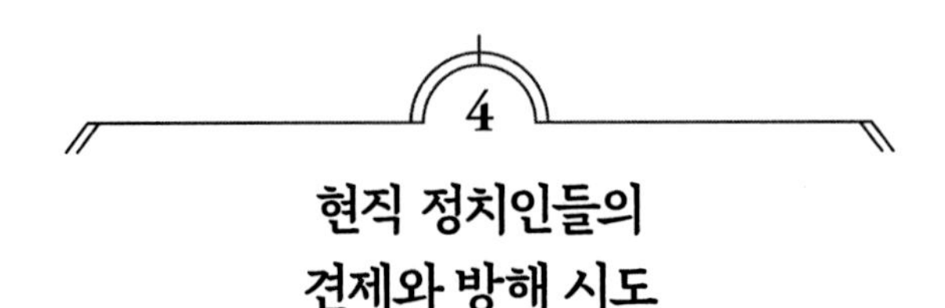

현직 정치인들의 견제와 방해 시도

국민의원 시험이 다가올수록 사람들의 기대와 열망은 점점 더 커져만 갔다. 각자의 이유로 시험에 도전한 지원자들은 불안을 느끼면서도 새로운 정치를 꿈꾸며 시험 준비에 몰두하고 있었다. 그러나 이 모든 상황을 불편하게 바라보는 이들도 있었다. 바로 현직 정치인들, 특히 그동안 특권과 권력으로 자리를 지켜 왔던 일부 다선 의원들이었다.

국민의원 제도는 많은 이들에게 희망을 주었지만, 현직 정치인들에게는 자신의 자리를 위협하는 거대한 변화로 다가왔다. 국민의원을 통한 새로운 정치는 지금까지 쌓아 온 이들의 특권 구조를 무너뜨릴 가능성이 있었고, 이들은 결코 이를 가만히 두고 볼 수 없었다.

서울의 고급 호텔의 한 비공개 회의실에서 다수의 현직 의원들이 모여 있었다. 그중 중심에 선 인물은 다선 의원이자 국회 내 강력한 영향력을 가진 오영섭이었다. 그는 최근 국민의원 제도로 인해 자신의 권력이 약화될 가능성에 불만을 품고 있었다.

"이래서야 우리도 오래 못 가겠어."

오영섭은 얼굴을 찡그리며 말했다.

“국민의원이라는 허울 좋은 이름으로 우리가 그동안 지켜 온 자리를 빼앗겠다고? 참 어이없는 일이지.”

한 신임 의원이 조심스럽게 입을 열었다.

“그러나 국민의 기대가 워낙 큽니다. 이렇게 전부 반대하면 오히려 역효과가 나지 않을까요?”

오영섭은 비웃으며 답했다.

“참 순진한 소리야. 이런 건 여론을 미리 준비해 두면 그만이야. 우리를 지지하는 언론이 얼마든지 기사를 조작해 줄 테니.”

그는 작게 미소 지으며 계획을 설명했다.

“이번 시험에서 최대한 우리가 원하는 방향으로 지원자들이 걸러질 수 있게 만들어야 해. 의심스러운 이력이나 행동을 가진 자들은 미리 언론을 통해 문제 삼아야지.”

며칠 후, 오영섭의 지시로 정치적 압력과 비난이 실린 기사들이 언론에 나오기 시작했다. 언론은 특정 지원자들이 공직에 적합하지 않다는 식의 의혹을 제기하기 시작했다. 익명의 고발과 증거 없는 소문들이 터져 나오며 국민의원 시험에 응시한 지원자들의 도덕성에 의문을 제기하는 기사가 쏟아졌다. 이러한 기사들은 대중의 이목을 끌었고, 자연스럽게 국민의원 제도의 신뢰를 떨어뜨리려는 의도였다.

특히 그 대상 중 한 사람은 바로 사회 운동가 박지영이었다. 그녀는 환경 보호와 사회적 약자를 위한 다양한 활동으로 유명했지만, 일부 보수 언론들은 그녀의 과거 발언과 활동을 왜곡하여 ‘과격한 운동가가 국회에 들어온다면 국정이 어지러워질 것'이라는 내용으로 기사를 실었다.

박지영은 예상치 못한 비난에 충격을 받았다. 한 시민운동 단체의 후배가 전화를 걸어왔다.

"언니, 기사 봤어요? 정말 너무해요. 그런 식으로 사실을 왜곡하는 게 말이 돼요?"

박지영은 침착하려 애썼지만 목소리에 흔들림이 느껴졌다.

"괜찮아, 예상했던 일이야. 내가 어떤 이유로 국민의원이 되려는지 알잖아. 그들이 내 과거를 왜곡해도 나의 진심은 변하지 않을 거야."

후배는 울분을 터트리며 말했다.

"언니, 그 사람들이 이렇게까지 할 줄은 몰랐어요. 그래도 우리를 위해 끝까지 싸워 주세요."

박지영은 잠시 침묵한 후 결연한 다짐을 품었다. 그녀는 흔들림 없이 자신이 나아가야 할 길을 생각하며 깊이 숨을 들이마셨다. 그녀는 알고 있었다, 지금 이 순간이 오히려 국민의원의 참된 역할을 증명해야 할 기회라는 것을.

한편, 이민호 역시 시험을 준비하던 중 이상한 전화를 받았다. 그는 모르는 번호로 걸려 온 전화를 받으며 약간 긴장했다.

"이민호 검사님 맞으시죠?"

낮고 조용한 남성의 목소리가 들려왔다.

"네, 맞습니다만, 누구시죠?"

"이 시험, 제대로 된 시험이 아닐지도 모릅니다. 조심하십시오. 불필요한 오해를 살 수도 있으니까요."

"오해라니요? 무슨 뜻입니까?"

상대방은 짧은 침묵 후 경고하듯 말했다.

"당신의 과거 기록을 아는 사람들이 있습니다. 그게 꼭 좋은 방향으로 이용되지는 않을 거요. 이민호 씨, 이 길이 과연 옳은지 다시 생각해 보시길."

통화가 끊기고, 이민호는 깊은 혼란에 빠졌다. 그가 국민의원이 되기 위해 걸어온 길이었지만, 누군가가 그의 과거를 무기로 삼아 압박할 생각을 하고 있다는 느낌이 들었다. 불안과 의구심이 그의 마음에 스며들기 시작했다. 하지만 그는 그럼에도 불구하고 포기할 수 없었다. 그가 스스로에게 다짐한 국민을 위한 약속을 지키기 위해서라도 이 길을 끝까지 가기로 결심했다.

현직 정치인들의 방해 공작은 날로 은밀하고도 강력해졌다. 국민의원 시험은 시작도 전에 얼룩이 지고 있었고, 이러한 상황을 아는 지원자들의 마음속에 긴장감이 감돌았다. 그럼에도 그들은 포기하지 않았다. 국민을 위한 새로운 길을 열기 위해, 각자의 위치에서 고군분투하며 앞으로 나아가고 있었다.

그러나 오영섭을 비롯한 기성 정치인들의 방해가 점점 더 노골적으로 이루어지고 있음을 아직 모르는 그들에게는 더 험난한 길이 기다리고 있었다.

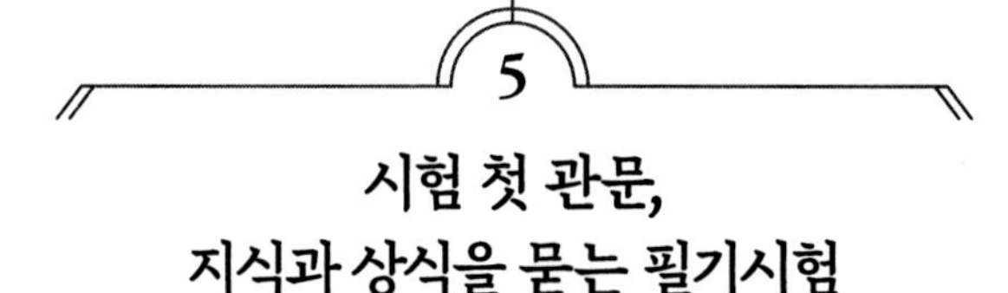

시험 첫 관문, 지식과 상식을 묻는 필기시험

드디어 대망의 첫 시험일이 다가왔다. 국민의원이 되기 위해서는 첫 관문인 필기시험부터 통과해야 했고, 수많은 응시자들이 전국 각지에서 모여들었다. 시험 당일, 시험장 건물 앞은 긴장과 설렘으로 가득 찼다. 여기저기서 나눠지는 대화는 응시자들 각자의 결의와 두려움이 묻어났다. 이들은 오랜 시간 자신만의 방식으로 준비해 왔지만, 시험장의 공기는 그 어느 때보다 무겁고도 팽팽했다.

이민호는 입구에서 얼굴이 창백해진 박지영을 발견하고 다가갔다. 이민호는 친근하게 인사를 건네며 그녀를 격려했다.

"박지영 씨, 괜찮아요? 너무 긴장하신 것 같은데요."

"아, 민호 씨…… 저도 모르게 떨리네요. 여러 번 시험을 봤어도 이번은 좀 다르네요."

박지영은 어색하게 웃으며 속마음을 털어놓았다.

"저도 마찬가지예요. 이 시험은 단순히 성적이 아닌 우리의 진심이 평가되는 거니까요. 그래도 서로 격려하며 최선을 다해 봅시다."

이민호의 따뜻한 격려에 박지영은 고개를 끄덕이며 마음을 다잡았다.

시험장에 들어선 순간, 두 사람은 마치 전투를 앞둔 군인처럼 각오를 다지며 자리에 앉았다. 시험지는 곧 배포되었고, 안내 방송이 흐르며 시험 시작 시간이 임박했음을 알렸다. 이내 시험관이 시험지를 나눠 주기 시작했고, 장내는 긴장감으로 가득 찼다.

필기시험은 예상했던 대로 헌법, 민법, 행정법, 한국사에 관한 문제가 출제되었다. 응시자들은 법과 제도에 대한 정확한 지식은 물론, 국민의 대표로서 최소한의 상식을 갖추었는지 평가받는 자리였다. 문제들은 한 치의 오차도 허용하지 않는 정확성과 논리적 사고를 요구했다. 시험 시작 종이 울리자마자 응시자들은 문제지에 눈을 고정하며 시험에 집중했다.

이민호는 첫 페이지부터 눈에 띄는 질문을 마주했다. '국가란 무엇인가?' 간단한 질문이었지만, 답변을 정리하는 데에는 그의 철학과 신념이 담겨야 했다. 그는 잠시 고민에 빠졌으나, 이내 마음을 가다듬고 펜을 움직였다.

'국가는 국민을 위한 존재여야 하며, 국민의 삶을 지키고 그들의 권리를 보호하는 데 그 의미가 있다.

특권층의 도구가 아닌, 모두의 공익을 위해 헌신하는 시스템이어야만 진정한 국가라 할 수 있다.'

이민호는 자신의 답을 하나하나 꼼꼼히 적어 나가며, 오랜 시간 준비했던 지식과 생각들을 정리했다. 그가 문제를 풀어 가던 중, 시험장 뒤쪽에서 누군가의 날카로운 목소리가 들렸다.

시험장 뒤편에서 벌어진 사건은 이민호를 비롯한 응시자들의 시선을 모았다. 뒤쪽 자리에서 시험을 치르던 임도윤이 시험 문제를 두고 시험관에게 항의하는 소리가 들려왔다. 임도윤은 청년 실업 문제와 주거 불안 문제를 언급하며 정부의 정책 실패를 비판하는 문제에 분노하고 있었다.

"이런 문제는 실질적인 변화를 위해 우리가 시험을 보는 이유 아닌가요?"

임도윤은 격분한 목소리로 시험관에게 따졌다.

시험관은 난감한 표정으로 그를 진정시키려 했다. "여기서는 시험을 잘 치르는 게 우선입니다. 이 문제는 여러분의 가치관을 묻기 위한 것입니다."

"문제를 푸는 게 아니라 이 문제의 원인이 되는 사회 구조를 해결해야 한다고 생각해요."

임도윤의 목소리에는 결연한 의지가 담겨 있었다.

이민호는 임도윤을 지켜보며 마음이 흔들렸다. 임도윤의 열정은 그의 좌절과 소신이 담긴 외침이었지만, 그가 국민의원으로서의 꿈을 이루기 위해서는 시험에 집중해야 함을 알고 있었다. 그는 임도윤이 이 순간 자신의 목소리를 참지 못하고 있는 이유를 이해하면서도, 그가 이 시험을 통과할 수 있을지 걱정스러웠다.

시험 시간이 절반쯤 흐를 때, 갑자기 조용했던 시험장이 소란스러워졌다. 한 응시자가 문제지를 내려놓으며 손을 들었다. 잠시 후 그가 크게 소리쳤다.

"이 시험, 공정한 건가요? 외부 압력 없이 정말 모든 걸 공정하게 평가하는 건가요?"

그 말에 주위의 다른 응시자들도 고개를 들며 동조하는 분위기가 형성되었다.

"여기까지 와서 말하지만, 우리 모두가 깨끗한 경쟁을 하고 있는지 확신할 수 없어요."

시험을 감독하던 인솔관은 급히 진정시켰지만, 몇몇 응시자들의 의혹 어린 눈빛은 쉽게 가라앉지 않았다. 그동안 언론에서 제기된 국민의원 시험 제도에 대한 의혹과 현직 정치인들의 방해 공작이 시험장 안에서도 불안감을 자아내고 있었던 것이다.

이민호는 조용히 펜을 내려놓고 상황을 주시했다. 국민의 대표를 뽑는 첫 관문이 시험장 안팎에서 얼마나 험난한 과정을 거치고 있는지, 그는 시험을 치르는 순간에도 이를 실감하고 있었다. 그는 알 수 있었다. 이 길은 단순한 시험이 아니라, 수많은 이해관계와 방해를 견뎌 내야 하는 싸움이었다.

시험이 끝난 후, 이민호는 자리에서 일어나며 심란한 표정을 지었다.

첫 관문부터 긴장의 연속이었고, 시험 내내 그의 머릿속에는 수많은 생각이 오갔다. 그는 시험이 끝난 뒤에도 잠시 박지영과 이야기를 나눴다.

"첫 시험부터 이렇게 혼란스러울 줄 몰랐어요. 과연 공정한 결과가 나올 수 있을까요?"

박지영이 조심스럽게 물었다.

이민호는 고개를 끄덕이며 답했다.

"이 과정이 험난할 거라는 걸 예상은 했지만, 이렇게까지 방해가 있을 줄은 몰랐습니다. 그래도 우리는 이 길을 포기할 수 없어요. 국민의원을 위해서라면 어떤 방해도 이겨 내야 하니까요."

그는 다시금 자신의 다짐을 되새겼다. 시험이 어렵고, 도전이 험난하더라도 그는 이 길을 끝까지 갈 준비가 되어 있었다. 그러나 앞으로 남은 관문들이 더욱 강한 의지와 결단을 요구할 것임을 이민호는 깨닫고 있었다.

그가 이 시험을 넘어 국민의원이 되기 위해서는 더욱 치열한 싸움과 방해를 이겨 내야 했다. 이제 남은 관문에서 진정한 그의 자질과 용기가 시험대에 오를 것이었다.

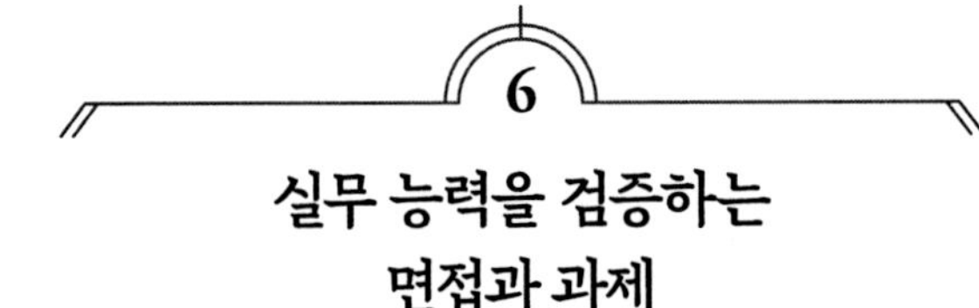

6 실무 능력을 검증하는 면접과 과제

필기시험이 끝난 후, 국민의원 후보자들에게는 더욱 까다로운 관문이 기다리고 있었다. 바로 실무 능력을 검증하는 면접과 과제 수행이었다. 필기시험을 통해 법과 정책에 대한 이해도는 확인했지만, 국민을 대변하기 위해서는 단순한 지식 그 이상이 필요했다. 면접과 과제는 지원자들이 국민의 대표로서 얼마나 민첩하고 책임감 있게 대응할 수 있는지를 시험하는 자리였다.

시험 당일, 면접 대기실은 적막과 긴장감으로 가득 차 있었다. 대기실 한쪽에는 이민호가, 그 맞은편에는 박지영과 임도윤이 앉아 있었다. 모두가 진지한 표정으로 자신의 차례를 기다리고 있었고, 차례가 다가올수록 점점 더 무거운 분위기가 감돌았다.

첫 번째 면접의 시작은 각자의 인생에서 경험한 어려운 상황과 그 상황에서의 선택을 묻는 개인 면접이었다. 면접관들은 지원자들이 윤리적 기준, 실무 감각, 문제 해결 능력을 어떻게 갖추고 있는지 알아보기 위해 질문을 이어 갔다.

박지영이 면접실에 들어섰을 때, 면접관들은 그녀에게 환경운동가로서의 활동을 묻기 시작했다.

"박지영 씨, 환경 보호를 위한 당신의 활동이 감명 깊습니다. 그렇다면 환경 정책을 추진하면서 경제 발전과의 균형은 어떻게 생각하십니까?"

박지영은 준비된 태도로 대답했다.

"물론 환경 보호가 중요하지만, 사회 전반의 발전과 함께 조화를 이뤄야 합니다. 경제적 발전도 필수적이지만, 지속 가능한 발전을 위해선 환경 보호가 반드시 병행돼야 합니다. 저는 국민의 행복이 무엇보다 중요하다고 생각하며, 이들을 위한 공존의 방법을 찾는 것이 제 역할이라고 봅니다."

면접관들은 그녀의 진정성 있는 답변을 들으며 만족스러운 표정을 지었다. 그러나 또 다른 면접관이 난처한 미소와 함께 묘한 질문을 던졌다.

"박지영 씨, 과거 시민운동 중 법적 갈등이 있었던 것으로 알고 있습니다. 국민의원이 된다면 이러한 갈등 상황에서 타협은 어떻게 할 것인가요?"

박지영은 잠시 고민한 후 대답했다.

"타협도 중요한 가치라고 생각합니다. 하지만, 반드시 지켜야 할 원칙과 신념이 있다면 그에 대한 신중한 판단을 해야겠지요. 국민을 위해 최선을 다하는 것과 타협 사이에서 균형을 맞출 필요가 있다고 생각합니다."

박지영은 본인의 신념을 지키면서도 현실과의 균형을 찾아야 한다는 것이 얼마나 중요한지 깨달으며 면접을 마쳤다.

이민호 역시 면접실에 들어섰다. 검사 출신인 그의 과거는 면접관들에게도 깊은 인상을 남겼고, 그는 날카로운 질문에 대비하고 있었다. 면접관 중 한 명이 질문을 던졌다.

"이민호 씨, 검사로서 법의 테두리 안에서 정의를 실현해 오셨겠지만, 국민의원으로서 실질적인 정치적 선택을 할 때는 법 이상의 감각이 필요할 겁니다. 위기에 처한 국민을 위해 당신이 할 수 있는 최선의 결정은 무엇일까요?"

이민호는 침착하게 답했다.

"법은 국민을 보호하기 위해 존재합니다. 그러나 국민의 뜻이 법의 테두리 안에서 실현되지 못한다면, 저는 국민을 위한 정치적 결단을 내리는 데 주저하지 않을 겁니다. 국민의 의견을 듣고 최대한 공익을 실현할 수 있는 결정을 할 것입니다."

이민호의 진지한 태도에 면접관들은 그의 의지와 책임감을 인정하는 듯 고개를 끄덕였다. 그러나 면접은 여기서 끝나지 않았다. 그의 정치적 중립성과 공정성에 의문을 제기하는 민감한 질문이 던져졌다.

"이민호 씨, 법을 지키는 것은 중요하지만, 만약 정치적 압박이 당신을 옥죄어 온다면 어떻게 대처하시겠습니까?"

이민호는 미소를 지으며 대답했다.

"압박이 오더라도 국민의 뜻을 최우선으로 여길 것입니다. 국민의원을 꿈꾸는 이유도 단 하나, 국민을 위해 일하기 위해서니까요."

그런데 면접 중간에 작은 소란이 벌어졌다. 대기실로 돌아온 박지영이 곤란한 표정으로 임도윤에게 말했다.

"도윤 씨, 방금 어떤 사람이 면접 대기실에서 우리를 찍고 있는 걸 봤어요. 비밀리에 몰래 사진을 찍고 도망치던데…… 아무래도 수상해요."

임도윤은 당황한 듯 말했다.

"정말요? 혹시 우리를 위협하려는 건 아닐까요?"

박지영은 고개를 끄덕였다.

"알 수는 없지만, 분명히 의도가 있어 보였어요. 누군가 우리를 견제하는 듯한 느낌이 들어요."

그날 저녁, 박지영과 임도윤은 여러 언론사에 자신들의 면접 대기 사진이 실린 것을 보고 충격을 받았다. 사진에는 그들의 모습을 왜곡하는 내용과 함께 '과격한 청년들이 국회를 뒤흔들 위험한 지원자들'이라는 자극적인 제목이 붙어 있었다. 현직 정치인들의 은밀한 방해 공작이 점점 더 노골적으로 드러나는 순간이었다.

다음 날, 이들은 또 다른 실무 과제를 수행하게 되었다. 지원자들은 국민의 대표로서 특정 상황에 대처하는 능력을 평가받는 시뮬레이션 과제를 받았다. 과제 내용은 갑작스러운 홍수 사태로 인해 대규모 구조가 필요한 재난 상황에서의 대처 방안을 마련하는 것이었다. 각 지원자들은 제한된 시간 안에 자신의 대응 방안을 마련해야 했다.

이민호는 신속하게 대처 방안을 마련해 나갔다. 그가 작성한 계획서에는 피해 지역의 신속한 구조와 함께, 지역 주민과의 소통을 통한 빠른 구조 계획이 포함돼 있었다. 그는 과제에 최선을 다하며 국민의원의 실질적인 역할을 고민했다.

박지영은 환경 문제를 다루며 쌓아 온 경험을 살려, 재난 구조의 효율성과 공공 안전을 우선으로 한 접근 방안을 제시했다. 그녀의 방안은 지역 사회와의 연계를 중시하며, 실제 재난 상황에서의 지속 가능성을 강조하는 것이었다.

과제를 마치고 돌아가는 길에 박지영은 이민호에게 말했다.

"오늘 면접과 과제를 겪으면서 실질적인 책임의 무게를 느꼈어요. 아무리 좋은 정책이더라도 국민이 원하지 않는다면 의미가 없다는 것을요."

이민호도 고개를 끄덕이며 진지하게 대답했다.

"저도 마찬가지예요. 오늘 하루는 단순한 평가가 아니라, 우리가 국민의 대표로 설 준비가 되어 있는지 묻는 과정 같았어요."

두 사람은 시험이 끝나 갈수록 자신이 감당해야 할 책임과 그 무게를 실감하고 있었다. 현직 정치인들의 방해와 언론의 공격 속에서도 그들은 국민의 대표로서의 길을 포기할 수 없었다. 이 과정을 넘어설 때 비로소 진정한 국민의원의 자질을 갖출 수 있을 것이라는 결심이 더욱 강해졌다.

하지만 앞으로 남은 과정은 더욱 혹독할 것이었다. 필기시험과 면접을 거치며 지원자들은 자신이 얼마나 강한 의지와 책임감을 가져야 하는지 깨달았다. 그러나 이들은 아직 모르는 사실이 있었다.

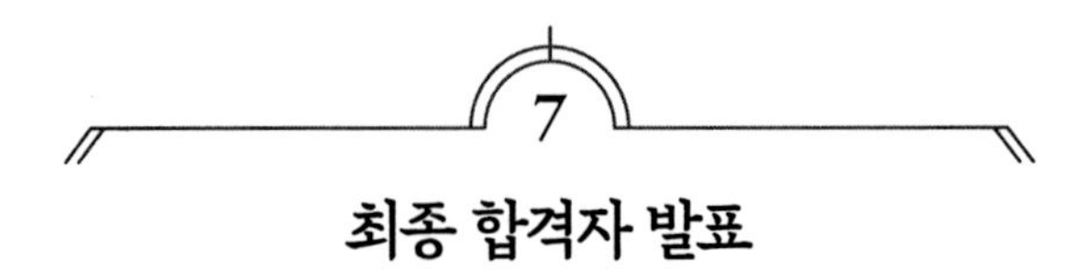

7
최종 합격자 발표 그리고 본격적인 시작

며칠 후, 드디어 국민의원 최종 합격자 발표일이 다가왔다. 지원자들은 지난 몇 주간의 고된 시험 과정을 지나며 마음을 비우려 애썼지만, 이날만큼은 긴장과 설렘을 숨기기 어려웠다. 특히 필기와 면접, 실무 과제를 거치며 치열하게 도전을 이어 온 이민호와 박지영 그리고 임도윤은 더 큰 기대와 불안을 안고 있었다.

이민호는 약속 장소인 카페로 들어가자마자 임도윤과 마주쳤다. 두 사람은 말없이 서로를 마주 보고 웃었지만, 그들 사이에는 말로 다 표현하지 못한 긴장감이 가득했다. 잠시 후 박지영이 도착했고, 그들은 시험 결과 발표를 기다리며 조용히 시간을 보냈다.

"민호 씨, 솔직히 이번엔 진짜 자신 없어요."

박지영이 떨리는 목소리로 말했다.

이민호는 미소를 지으며 격려했다.

"우리 모두 최선을 다했잖아요. 결과가 어떻든, 이번 기회를 통해 많은 걸 배웠다고 생각해요."

임도윤도 고개를 끄덕이며 말을 이었다.

"맞아요. 만약 떨어진다면 다시 도전할 수도 있고요. 근데…… 그래도 정말 붙고 싶네요."

세 사람은 마치 졸업식에서 결과를 기다리는 학생들처럼 조심스럽게 각자의 마음을 나눴다. 이때, 그들 주변에서 웅성거림이 들려왔다. 사람들은 휴대폰을 꺼내 들고 결과 발표 웹사이트를 주시하고 있었다. 곧 결과 발표 시간이 되었고, 이민호도 떨리는 손으로 휴대폰을 꺼내 들었다.

최종 합격자 명단이 화면에 뜨자마자 사람들은 일제히 환호와 탄식을 내질렀다. 이민호는 떨리는 손가락으로 스크롤을 내리며 자신의 이름을 찾기 시작했다. 그리고 마침내 그의 이름이 눈에 들어왔다.

"합격…… 했어요."

이민호는 말을 잇지 못하며, 자신도 모르게 웃음을 터뜨렸다. 박지영과 임도윤도 각자 자신의 이름을 확인하고 환호성을 지르며 이민호와 눈을 마주쳤다. 세 사람은 말없이 서로를 끌어안으며, 함께했던 모든 어려움과 긴장을 떠올렸다.

이들이 그 순간의 기쁨을 만끽할 때, '합격자 오리엔테이션'을 알리는 메시지가 도착했다. 이들은 곧바로 출발해 오리엔테이션 장소로 향했다.

오리엔테이션 장소, 정부 청사 건물로 지정된 회의실에 도착한 합격자들은 설렘과 긴장감을 안고 자리를 잡았다. 회의실 안에서는 합격자들을 환영하는 짧은 연설이 이어졌고, 국민의원으로서의 책임과 규율에 대해 설명이 시작되었다. 그러나 설명이 진행되는 동안 이민호는 강당 뒷자리에서 누군가의 시선을 느끼며 고개를 돌렸다. 그곳에는 이전 면접에서 그를 유심히 바라봤던 낯익은 인물이 앉아 있었다. 그는 바로 오영섭 의원의 보좌관으로 알려진 남자였다.

오영섭은 국민의원 시험 제도 발표 당시부터 이를 반대하며 영향력을 행사해 왔고, 이번 합격자 명단에 오른 사람들을 견제하려는 의도가 분명해 보였다. 그가 보낸 보좌관은 합격자들에게 압박을 주기 위해 앉아 있는 것처럼 보였다.

이민호는 속으로 긴장했지만, 고개를 돌려 곧바로 발표에 집중했다. 자신이 이번 기회를 통해 무엇을 이루고자 했는지 다시금 다짐하며, 주변의 방해로 흔들리지 않기로 결심했다.

오리엔테이션이 끝난 후, 합격자들은 서로 인사를 나누며 분위기를 풀어 갔다. 박지영과 임도윤은 나란히 앉아 이제 막 본격적으로 시작될 의정 활동을 상상하며 대화를 나누었다.

"도윤 씨, 이제 진짜 시작이네요. 처음엔 막연했는데, 지금은 정말 현실감이 있어요."

임도윤은 미소를 지으며 답했다.

"맞아요. 저도 국민을 위해 직접 발로 뛰며 정책을 만들 기회가 생긴 것 같아 설레요. 근데…… 쉽지는 않을 것 같아요."

박지영은 그의 말에 고개를 끄덕였다.
"우리 모두 각자의 위치에서 최선을 다합시다. 국민이 우리에게 기대하는 게 있으니까요."

그러나 그들의 다짐이 끝나기도 전에, 회의실 벽에 걸린 텔레비전에서 속보가 흘러나왔다. '국민의원 제도에 합격한 일부 인물들이 과거에 논란을 일으킨 활동 이력이 있다'는 내용이었다. 방금까지의 환영과 격려로 가득했던 분위기는 삽시간에 긴장과 불안으로 바뀌었다.

특히 박지영의 얼굴이 텔레비전에 비춰지며, 환경 운동 중 발생한 갈등과 법적 문제들이 자극적인 제목으로 보도되고 있었다. 박지영은 순간 얼굴이 하얗게 질렸고, 임도윤과 이민호는 불편한 표정으로 텔레비전을 응시했다.

"또 시작이군요……. 방금 전까지 축하를 받았는데, 이제는 국민의 기대와 의심을 동시에 받게 될 거예요."
이민호는 씁쓸한 미소를 지으며 말했다.
"이제는 우리 모두 더 강해져야 할 것 같습니다."

그들은 이제 막 첫발을 내디뎠지만, 앞으로의 여정이 순탄하지 않을 것을 예감했다. 국민의 기대를 안고 국민의원으로서의 첫발을 떼었지만, 이들 앞에는 수많은 장애물과 압력이 기다리고 있었다.

2장

국민을 섬기는 자리

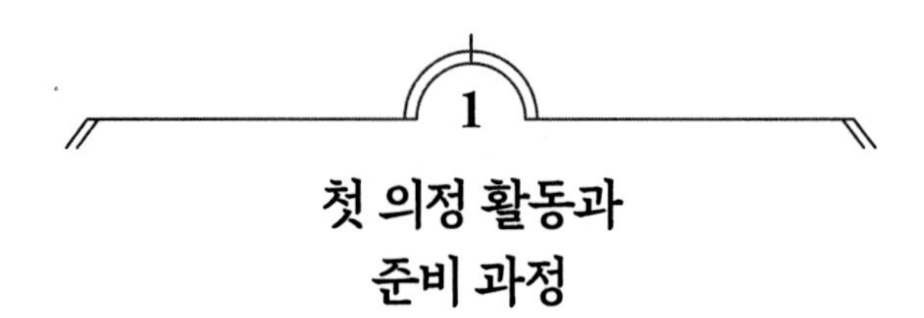

첫 의정 활동과 준비 과정

국민의원으로서의 자격을 얻고 공식 임무를 시작하기까지의 기간은 생각보다 짧았다. 합격자들은 곧바로 첫 의정 활동을 위한 교육과 준비 과정에 돌입하게 되었고, 국민을 위해 일할 수 있는 기회를 얻은 기쁨도 잠시, 그들은 막중한 책임감과 압박을 느끼기 시작했다. 특히 이민호, 박지영, 임도윤은 각자의 자리에서 국민의 신뢰를 얻기 위해 더 신중하고 철저하게 준비를 하고 있었다.

첫 의정 활동이 시작되기 며칠 전, 이민호는 박지영, 임도윤과 함께 의정 활동 준비를 위한 회의에 참석했다. 각 분야의 전문가들이 이들을 도와줄 예정이었고, 첫 과제로 국민의 의견을 반영한 정책안을 준비하라는 요청이 내려왔다.

"민호 씨, 처음으로 다루게 될 정책안이 어떤 분야일지 예상 가세요?"

박지영이 물었다. 이민호는 잠시 고민하더니 대답했다.

"글쎄요. 일단 국민들이 관심을 가지는 문제부터 시작하지 않을까요? 경제나 청년 일자리 문제, 환경 정책도 당연히 포함될 테고요."

임도윤도 고개를 끄덕이며 동의했다.

"맞아요. 저도 특히 청년 주거 문제를 다루고 싶어요. 우리 세대의 현실을 반영한 정책이 나오길 바라는 마음이 큽니다."

세 사람은 각자 맡게 될 주제에 대해 머릿속으로 다양한 아이디어를 떠올리기 시작했다. 그러나 현실은 그리 녹록지 않았다. 교육이 진행될수록 이들은 국민의원을 둘러싼 엄격한 절차와 규율을 체감하게 되었고, 국민과의 소통 방식부터 정책 수립의 투명성까지 모든 것이 예리한 기준 아래 평가될 것이었다.

며칠 후, 첫 의정 활동이 정식으로 시작되기 전날 밤, 이민호는 긴장감을 떨치지 못한 채 국회의사당 근처 카페에서 홀로 자료를 검토하고 있었다. 그런데 카페 한쪽에서 국회 관계자들이 은밀하게 이야기를 나누는 소리가 들려왔다. 그들은 국민의원의 첫 의정 활동에 대해 회의적인 시선을 보내고 있었다.

"이번 국민의원들은 참 열심이던데요. 특히 이민호 씨는 검찰 출신이라 기대도 큰 것 같고요."

"하, 기대라……. 기대가 너무 크면 실망도 큰 법이지. 국민의원? 그들 스스로가 뭐라도 될 수 있을 것 같나 봐."

이 대화를 듣고 있던 이민호는 속으로 불편함을 느꼈다. 이들은 여전히 국민의원들을 단순한 '기회주의자'로 보고 있는 듯했다.

이민호는 가슴속에서 불타오르는 각오를 다잡으며 자리를 떠났다. 그는 앞으로 자신이 감당해야 할 책임을 뼈저리게 느끼며, 이번 의정 활동을 반드시 성공적으로 해내겠다는 결심을 했다.

다음 날, 첫 의정 활동의 날이 밝았다. 국민의원들은 의정 활동을 위한 브리핑을 받고 곧바로 업무에 들어갔다. 의회는 국민의 생생한 목소리를 담아낼 수 있도록 각 국민의원들에게 실질적인 사례를 바탕으로 한 정책안을 만들 것을 주문했다. 이민호는 청년 지원 정책을, 박지영은 환경 보호와 관련된 정책을, 그리고 임도윤은 청년 주거 문제에 관한 정책을 맡았다.

박지영은 의정 활동을 위해 다양한 자료를 수집하며 현장 취재까지 나섰다. 하지만 곧바로 예기치 못한 난관에 부딪혔다. 자료 수집 과정에서 한 정부 기관의 관계자가 그녀에게 협조를 거부하며 방해를 놓기 시작한 것이다. 그녀가 자료를 요청할 때마다 기관 관계자는 자료 제공을 미루며 번번이 협조를 피했다.

"박지영 씨, 국민의원이 뭔데 이렇게 세세하게 자료를 요구하는 거예요? 우리도 일하기 바쁘다고요."

박지영은 인내심을 가지고 말했다.

"국민의 목소리를 반영하려면 정확한 자료가 필요합니다. 협조 부탁드립니다."

관계자는 비웃듯이 대답했다.

"알겠어요. 그런데 그렇게 자료가 필요한 일인지 국민들이 과연 알까요?"

박지영은 내심 분노를 억누르며 자료 수집을 위한 노력을 계속했다. 이민호와 임도윤도 각자의 자리에서 비슷한 압박과 방해를 받고 있었다. 그들은 국민의원이라는 신분이 모든 정보를 쉽게 접근할 수 있는 자리가 아님을 느끼며, 국민의 눈으로 본 현실을 담아내는 것이 얼마나 어려운 일인지를 실감했다.

의정 활동을 마친 저녁, 이민호, 박지영, 임도윤은 오랜만에 함께 저녁 식사를 하며 각자 첫 의정 활동을 마친 소감을 나누었다.

"이번 일로 하나 확실히 알았어요."

박지영이 씁쓸하게 말했다.

"어떤 정보든 국민의 손에 닿기까지 얼마나 많은 장애물이 있는지요. 그리고 우리를 방해하는 사람들이 누구인지도요."

이민호도 고개를 끄덕이며 답했다.

"맞아요. 이런 방해가 있을 거라고 예상은 했지만, 이렇게까지 시스템이 단단할 줄은 몰랐습니다. 그래도 국민을 위한 일을 하려면 끝까지 싸워야겠죠."

임도윤이 결연한 표정으로 말했다.

"우리 세대의 미래를 위해서라도 포기할 수 없어요. 이번 기회를 잡아야 해요."

그들은 각자의 의정 활동에서 마주한 현실과 난관을 통해 국민을 위한 정치가 얼마나 복잡하고 어려운지를 깨달았다. 국민의 대표로서 국민의 소리를 직접 듣고, 국민이 원하지 않는 정치적 압력과 방해를 극복하는 일이 결코 쉽지 않음을 실감하게 되었다.

이날 밤, 세 사람은 의정 활동 과정에서 느꼈던 어려움을 서로 나누며 앞으로 나아갈 길을 다시금 다짐했다. 국민의 기대를 충족시키기 위해선 단순한 열정만으로는 부족했다. 그들은 강인한 정신력과 전략이 필요한 순간을 맞이하고 있었다.

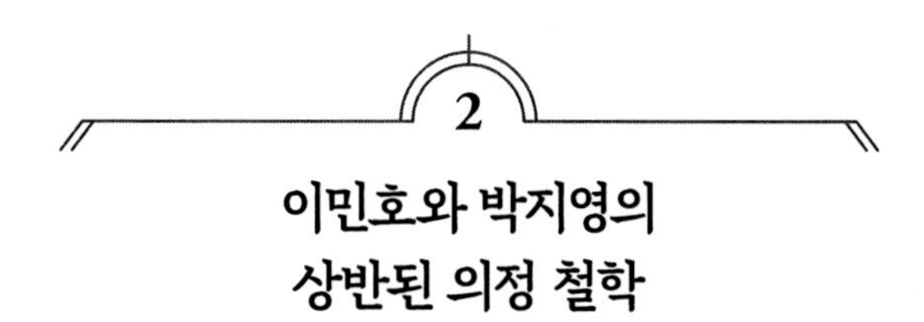

이민호와 박지영의 상반된 의정 철학

첫 의정 활동을 시작한 지 얼마 지나지 않아, 이민호와 박지영은 각자 다른 방향의 철학을 가진 채 의정 활동을 펼치고 있었다. 국민을 위해 봉사하고자 하는 마음은 같았지만, 그들이 정치를 바라보는 방식은 차이를 보이고 있었다.

이민호는 법과 원칙에 기반한 정책을 중시했다. 검사로서 쌓아 온 경험 덕에 그는 체계와 절차의 중요성을 강조하며 정책의 기반이 되는 법률과 규정에 맞춰 문제를 해결하려 했다. 국민의 목소리가 중요하지만, 그것이 법적 테두리 안에서만 실현될 수 있다고 믿었다.

반면 박지영은 현장의 목소리를 직접 반영하는 것을 더 중요하게 여겼다. 환경 운동가로 활동해 온 경험 때문에 정책은 국민의 삶에 밀접하게 닿아야 하며, 때로는 법의 한계를 넘어서라도 국민이 겪는 현실적 문제를 해결하는 것이 우선이라고 생각했다.

의정 활동 중 어느 날, 두 사람은 청년 주거 문제에 대해 토론을 벌이게 되었다. 청년들의 주거 불안정은 심각한 문제였고, 이를 해결하기 위해서는 임대료 상한제나 공공 주택 확대 같은 정책이 필요하다는 데에는 의견이 같았다. 그러나 그들이 이를 해결하기 위한 방법론에서는 크게 갈렸다.

"민호 씨, 임대료 상한제를 도입하려면 우리도 기존 법안을 개정하거나 새로 만들어야 해요. 현재 법 체계 내에서는 임대료 조정에 제약이 많거든요."

박지영이 문제의 심각성을 설명하며 말했다. 이민호는 진지한 표정으로 고개를 저으며 답했다.

"맞아요, 하지만 법 개정은 쉽게 이뤄지는 게 아닙니다. 국민들에게 불리하게 적용될 가능성이 있는 부분은 신중하게 검토하고 넘어가야 하죠."

박지영은 답답한 듯 목소리를 높였다.

"하지만, 그사이에 청년들은 주거비를 감당하지 못해 고통받고 있습니다. 법이 완벽하지 않다면 바꿔야 하지 않나요? 더 이상 법을 핑계로 국민의 고통을 방치할 수는 없어요."

두 사람의 대화는 갈등으로 이어졌다. 이민호는 법의 체계가 무너지면 정책이 오히려 혼란을 일으킬 수 있다고 우려했고, 박지영은 현실을 반영하지 않는 법이야말로 문제의 근원이라고 주장했다. 둘 사이의 대화는 점점 날카로워졌고, 마침내 회의는 서로의 차이를 더 실감하는 자리로 끝나고 말았다.

며칠 후, 박지영은 이민호의 의견을 조금 더 이해하기 위해 그와 함께 현장 조사에 나서기로 했다. 그들은 청년들이 주로 거주하는 지역을 돌아다니며 이야기를 듣기 시작했다. 한 고시원에 살고 있는 청년이 자신의 어려운 상황을 털어놓았다.

"임대료는 매달 오르는데, 저희 같은 청년들은 선택의 여지가 없어요. 주변에 비슷한 집을 찾아도 상황은 마찬가지라 그냥 여기서 버티고 있는 거예요."

박지영은 깊은 한숨을 쉬며 그의 이야기에 집중했고, 이민호도 고개를 끄덕였다.

"법이 이런 현실을 놓치고 있다는 게 너무 안타깝습니다. 청년들이 이렇게 어려운 상황에 처해 있다니……."

그러자 이민호는 조심스럽게 말했다.

"지영 씨, 그래서 법을 바꾸고자 하는 것이죠. 하지만 그 과정에서도 조심스러울 필요가 있다고 생각해요. 국민 모두의 이익을 위해서요."

이때 그들 뒤에서 낯선 남자가 몰래 대화를 엿듣고 있는 것을 이민호가 눈치챘다. 그가 가까이 다가오자, 이민호는 그를 불렀다.

"실례합니다. 무슨 일이시죠?"

남자는 당황한 듯 돌아보며 대답했다.

"아, 아닙니다. 그냥 대화가 흥미로워서 듣고 있었습니다."

그러나 그의 표정은 수상쩍었고, 이민호는 직감적으로 그가 국민의원들의 일거수일투족을 감시하고 있는 인물이라는 것을 깨달았다. 이민호는 속으로 더 강한 경계심을 가지며 박지영에게 눈짓을 보냈다.

이들은 각자의 철학을 바탕으로 소신을 지키고 있었지만, 이제는 그들이 하는 모든 말과 행동이 은밀히 감시받고 있을 가능성을 인지하게 되었다. 국민의원을 방해하려는 세력이 존재한다는 사실은 그들에게 커다란 압박감을 주었고, 단지 소신과 신념만으로 싸우기엔 위험이 크다는 걸 실감하게 했다.

며칠 뒤, 이민호와 박지영은 한 내부 회의에 참석해 법안에 대한 논의를 이어 갔다. 이번엔 환경 보호 관련 정책이 논의되던 자리였다. 박지영은 과감하게 산업 규제를 강화해야 한다고 주장하며, 국민의 삶을 위해서라도 보다 철저한 환경 기준을 도입해야 한다고 강조했다.

"지영 씨, 산업 규제를 그렇게까지 강화하면 오히려 국민들이 일자리를 잃게 될 위험도 큽니다."

이민호가 반박하며 말했다.

박지영은 냉정하게 대답했다.

"그렇다고 지금 환경 오염을 그냥 두면 우리 후손들에게 무슨 미래가 남겠어요? 당장의 경제 이익 때문에 환경을 포기할 수는 없어요."

이민호는 잠시 침묵하다 답했다.

"우리도 지속 가능한 방법을 찾아야죠. 하지만 정책은 현실과 타협도 필요합니다."

두 사람의 의견은 평행선을 달리고 있었다. 환경을 우선시하는 박지영의 이상주의와 국민의 전반적 이익을 위해 신중한 결정을 내리려는 이민호의 현실주의는 서로 양립하기 어려운 문제였다. 그러나 그럼에도 불구하고 둘 다 국민을 위한 마음에는 변함이 없었기에, 어느 쪽이 옳다고 쉽게 결론을 내릴 수 없는 상황이었다.

이날 회의는 격론 속에서 마무리되었고, 박지영과 이민호는 서로의 가치관에 대해 더욱 깊이 생각하게 되었다. 서로 다른 길을 걸어가면서도, 그들은 앞으로 더욱 복잡한 문제들이 기다리고 있음을 예감했다.

회의가 끝나고 돌아가는 길, 이민호는 박지영에게 말했다.

"우리의 방식은 다르지만, 목적은 같다는 걸 잊지 말아요. 국민을 위해 일하는 게 우리의 사명이니까요."

박지영도 미소를 지으며 대답했다.

"맞아요. 서로 다른 방향으로 가더라도, 결국엔 같은 목표를 이루기 위해 계속 싸워야 하겠죠."

그들의 갈등은 결국 국민을 위한 열정에서 비롯된 것이었다. 각자의 길에서 부딪치고 깨지더라도, 국민의 신뢰를 얻고자 하는 그들의 마음만은 같았다. 하지만 이들은 아직 알지 못했다, 이들이 가진 상반된 철학이 앞으로 더욱 치열한 대립과 선택의 순간으로 이끌어 갈 것을.

국회의원 시절과는 다른 국민의원 업무 환경

국민의원으로 첫발을 내디딘 이민호와 박지영, 임도윤은 예상과 다른 업무 환경을 마주하게 되었다. 국회의원들은 대부분 고급스러운 사무실과 보좌관의 지원을 받으며 편안하게 일할 수 있었지만, 국민의원은 철저히 검소하고 공적인 책임을 감당할 수밖에 없는 환경에 놓였다. 국민의원에게는 기본 행정요원 1명 이외는 비서와 보좌진이 한 명도 배정되지 않았으며, 대부분 업무를 스스로 처리해야 했다.

각자의 자리에서 소박한 책상과 의자에 앉아 일하는 국민의원들은 처음에는 이 환경에 적응하기 힘들었다. 전용 차량도 지원받지 못해 대중교통을 이용해야 했고, 일상적으로 지역 주민들을 직접 만나야 하는 일정도 스스로 소화해야 했다. 이민호와 박지영은 처음에 적잖이 놀랐지만, 곧 자신들이 마주할 더 큰 도전이 이 환경 속에서 기다리고 있음을 깨달았다.

첫날 업무를 마친 저녁, 이민호는 박지영, 임도윤과 함께 국회 근처 작은 카페에서 만나 각자의 소감을 나누고 있었다.

"와, 진짜 '국민을 위한 자리'라는 걸 절실히 느끼네요. 전용 사무실도 없고, 직접 발로 뛰어다녀야 하다니……."

임도윤이 쓴웃음을 지으며 말했다.

박지영도 고개를 끄덕이며 동의했다.

"사무실의 장식도 그렇고, 모든 게 국민 세금이라는 걸 의식하게 만들려는 것 같아요. 스스로 국민과의 거리감을 느끼지 않도록 조정해주는 기분이에요."

이민호는 잠시 생각하다가 말했다.

"맞아요. 이런 환경이 힘들지만, 오히려 더 책임감을 갖고 일할 수 있게 되는 것 같아요. 국민의 돈을 쓰는 것에 대해 깊이 생각하게 되니까요."

그러나 이민호는 업무 첫날부터 익명의 문자 메시지를 받았다. 메시지에는 국민의원으로서 하는 모든 행동이 국민들에게 바로 노출될 수 있다는 내용과 함께, 그가 조사하고 있는 법안과 관련된 이해관계자들이 그를 주시하고 있다는 경고가 담겨 있었다. 그는 이 메시지에 은밀한 압박이 담겨 있음을 직감했지만, 일단은 이를 무시하고 국민을 위한 의정 활동에 집중하기로 마음먹었다.

며칠 후, 국민의원들의 주요 업무 중 하나인 지역 주민과의 정기 간담회가 열렸다. 국민의원들은 기존 국회의원들이나 관료들과 달리 실질적인 문제 해결을 위해 주민들을 직접 만나야 했고, 간담회에서는 주민들의 불만과 요구가 쏟아졌다. 이민호와 박지영은 청년 주거 문제와 환경보호와 관련된 안건을 논의하기 위해 각자의 자료를 준비하고 간담회에 참석했다.

간담회가 시작되자마자, 한 중년 남성이 자리에서 일어나 목소리를 높이며 말했다.

“국민의원이란 자리에 앉아 국민을 위해 일한다면서 왜 아직도 달라진 게 없습니까? 청년 주거 문제와 환경 문제 모두 해결되지 않고 있어요!”

박지영은 차분하게 그를 바라보며 대답했다.

“선생님, 저희가 부족한 점이 많다는 걸 알고 있습니다. 지금 준비 중인 정책이 있지만, 무엇보다 현장의 목소리를 직접 듣고 반영하려고 노력하고 있습니다.”

이민호도 말을 이었다.

“맞습니다. 그래서 이 자리에 와서 여러분과 대화하고 있는 것입니다. 여러분의 요구와 불만을 기록하고, 이를 바탕으로 구체적인 해결책을 마련하겠습니다.”

그러나 주민들의 목소리는 점점 더 커져 갔고, 일부 주민들은 이민호와 박지영의 의지를 의심하기 시작했다. 간담회는 갈등 속에서 마무리되었고, 두 사람은 자신들이 마주할 현실이 결코 순탄치 않음을 다시금 깨달았다.

며칠 뒤, 박지영은 지역 주민들과의 간담회에서 발생한 사건에 대해 좀 더 자세히 알아보기 위해 자료를 조사하고 있었다. 그러다 그녀는 민감한 내용을 다룬 보고서를 발견했다. 그 보고서에는 현재 진행 중인 청년 주거 정책과 관련해 특정 대기업이 막대한 이익을 얻는 구조가 담겨 있었다. 청년 주거 문제를 개선하려는 정책이 오히려 특정 기업의 수익을 보장하는 형태로 왜곡된 것이었다.

"민호 씨, 이거 봐요."

박지영이 황급히 자료를 들고 이민호에게 달려갔다.

이민호는 자료를 받아 들고 한숨을 쉬었다.

"설마 이런 식으로 정책이 돌아가고 있었다니……. 우리가 청년 주거 문제를 해결하기 위해 일한 것이 오히려 기업의 이익만 채우고 있었다니요."

박지영은 분노를 참지 못한 채 말했다.

"이걸 밝혀내야 해요. 국민의원이 되기로 한 것도 바로 이런 부패와 싸우기 위해서였잖아요."

두 사람은 자료를 바탕으로 즉각 문제를 공론화하기로 결정했다. 그러나 다음 날, 이민호는 익명으로 발송된 두 번째 경고 메시지를 받았다. '그만두는 것이 좋을 겁니다. 당신이 폭로하려는 것이 불러올 파장을 알고 있습니까?'라는 내용이 담긴 메시지였다. 이민호는 한동안 망설였지만, 국민의원이 된 이상 두려움에 굴복할 수 없다는 생각에 결심을 굳혔다.

며칠 후, 두 사람은 국민의원으로서 이 문제를 기자회견에서 공식적으로 발표했다. 기자회견장은 긴장감으로 가득 차 있었다. 이민호는 떨리는 마음을 가라앉히며 발표를 이어갔다.

“국민 여러분, 청년 주거 문제는 단순한 경제적 문제를 넘어 우리의 미래와 직결된 문제입니다. 하지만 최근 조사 결과, 이 문제가 특정 기업의 이익에 의해 왜곡되어 왔다는 것을 확인했습니다. 국민 여러분의 뜻을 왜곡한 점, 정말 죄송합니다. 이제 이 부당함을 바로잡겠습니다.”

박지영도 이어 발표했다.

“이번 사건을 통해 우리는 국민의원으로서의 책임이 얼마나 막중한지를 절감했습니다. 어떤 이해관계에도 굴복하지 않고, 오로지 국민의 뜻에 따라 일하겠습니다.”

기자회견 이후, 국민의원들에 대한 지지와 비판의 목소리가 동시에 쏟아져 나왔다. 일부는 그들의 결단을 칭찬했지만, 다른 일부는 정책을 흔드는 국민의원의 역할을 의심했다. 그럼에도 불구하고 이민호와 박지영은 흔들리지 않기로 했다. 그들의 신념이 단단히 다져질수록, 더 큰 어려움이 찾아올 것임을 예감하면서도 국민의 목소리를 대변하겠다는 다짐을 새롭게 되새겼다.

그러나 이들이 알지 못한 채 또 다른 정치적 압박과 암중모색의 세력들이 그들을 겨냥하고 있었다. 국민의원으로서 직면하게 될 다음 장애물이 그들에게 얼마나 큰 시련이 될 것인지, 이제 이들은 조금씩 그 진면목을 마주하게 될 것이다.

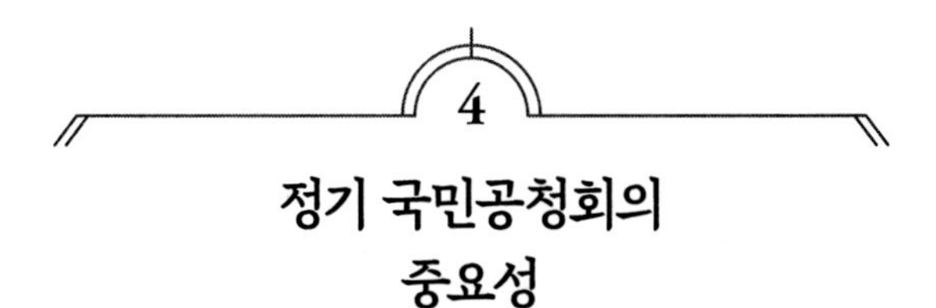

4 정기 국민공청회의 중요성

국민의원에게 가장 중요한 업무 중 하나는 정기 국민공청회였다. 국민과 직접 소통하는 자리가 바로 공청회였고, 국민의원들은 정기적으로 국민들에게 자신들의 활동을 보고하고 의견을 듣는 자리에 반드시 참석해야 했다. 이 공청회는 단순한 발표가 아닌, 국민의 감시와 신뢰를 받기 위한 자리였다. 때문에 국민의원들은 준비에 만전을 기하며 공청회에서 오고 갈 날카로운 질문과 비판을 예상해야 했다.

이민호와 박지영은 첫 정기 공청회를 앞두고 밤늦게까지 준비에 매진했다. 각자 맡은 분야에 대해 철저히 자료를 준비하고, 예상 질문을 답하며 자신의 입장을 정리했다. 첫 공청회인 만큼 두 사람 모두 긴장과 설렘이 뒤섞인 감정을 숨기지 못했다.

공청회 당일, 회의장은 국민들의 목소리로 가득 찼다. 다양한 연령대와 배경을 가진 사람들이 모여 각자의 불만과 기대를 표출할 준비를 하고 있었다. 국민의원들은 각자 준비해 온 정책과 활동 내용을 보고했고, 이민호는 청년 주거 문제와 법률 개정 현황에 대해, 박지영은 환경 정책과 현장에서의 실천 활동에 대해 설명했다.

박지영이 발표를 마치고 질문을 받기 시작했을 때, 한 중년 여성이 자리에서 일어나 목소리를 높였다.

"국민의원을 뽑아서 우리 목소리를 들어 달라고 했는데, 아직도 눈에 띄는 변화가 없네요. 환경 오염 문제는 언제쯤 해결될 수 있습니까?"

박지영은 진지한 표정으로 대답했다.

"말씀하신 것처럼, 저희가 일을 시작한 지 얼마 되지 않아 아직 가시적인 변화를 보여 드리지 못해 죄송합니다. 하지만 이번 정책을 통해 더욱 강화된 환경 보호 기준을 도입할 계획입니다. 시간을 주신다면 결과를 보여 드릴 수 있도록 최선을 다하겠습니다."

그러나 또 다른 주민이 박지영의 답변에 불만을 드러내며 말했다.

"늘 하는 말뿐이죠. 정책이 나온다고 해서 현장에 변화를 일으키지 않으면 무슨 소용입니까? 국민의원도 결국 말뿐인 정치인이 되는 건 아닌지 걱정입니다."

박지영은 차분히 고개를 끄덕이며 국민의 불만을 받아들였지만, 그들의 신뢰를 얻기까지의 길이 험난할 것임을 다시금 느꼈다.

이때, 이민호에게도 불편한 질문이 이어졌다. 한 젊은 남성이 자리에서 일어나 청년 주거 정책과 관련한 문제를 지적했다.

"이민호 의원님, 청년 주거 문제 해결을 위해 노력하고 있다고 하셨는데, 왜 여전히 집세는 오르고 임대 계약 조건은 더 나빠지고 있는 겁니까? 주거 안정 정책이 실효성이 있기는 한 건가요?"

이민호는 침착하게 답했다.

"현재 저희가 진행 중인 정책들은 법 개정과 함께 더 강화된 임대 규제안을 포함하고 있습니다. 정책이 시행되기까지 시간이 조금 걸릴 수 있지만, 장기적으로 청년들이 보다 안정적인 주거 환경을 얻을 수 있도록 노력하고 있습니다."

하지만 남성은 냉소적으로 웃으며 말했다.

"결국 기다리라는 얘기군요. 국회의원이나 국민의원이나 결국 우리 청년들이 피부로 느낄 변화는 없는 거네요."

이민호는 그의 말을 진심으로 받아들였지만, 한편으로는 지금의 현실을 개선하기 위해 얼마나 많은 시간이 필요한지 절실히 느꼈다. 그저 말로 설득하는 것만으로는 국민의 신뢰를 얻을 수 없다는 사실을 실감하게 되었다.

공청회가 계속되는 동안 회의장의 분위기는 점차 무겁고 냉랭해졌다. 이런 상황에서 임도윤이 발언 기회를 얻어 청년 주거 문제와 관련해 자신의 경험을 이야기하며, 그동안 국민의원으로서 해결해 나가려던 과정을 솔직하게 고백했다.

“사실 저도 청년 시절 열악한 환경 속에서 주거 문제를 겪으며 많은 어려움을 겪었습니다. 지금까지도 그 상황은 크게 달라지지 않았다는 걸 알고 있고, 저도 안타깝게 생각하고 있습니다. 하지만 저희 국민의원 모두가 힘을 합쳐 작은 부분부터라도 차근차근 바꿔 가고 있습니다. 당장 변화를 체감하기 어려우시겠지만, 끝까지 믿고 지켜봐 주십시오.”

임도윤의 진솔한 말은 참석한 국민들의 마음에 조금이나마 닿은 듯 보였다. 회의장은 잠시 차분해졌고, 이민호와 박지영은 그 순간 임도윤이 국민의 마음을 조금씩 열어 가는 과정을 지켜보며 감사함을 느꼈다.

공청회가 끝난 후, 세 사람은 회의장 밖에서 잠시 나누었다.

“역시, 국민의 목소리를 듣는 게 가장 중요하네요. 제가 준비한 말들이 공허하게 들릴 줄은 몰랐어요.”

박지영이 씁쓸하게 말했다. 이민호도 공감하며 고개를 끄덕였다.

“맞아요. 국민들이 원하는 건 단순한 답변이 아니라 직접 느낄 수 있는 변화죠. 저희가 정책을 내놓는 것만으로는 부족하다는 걸 실감했어요.”

임도윤이 미소를 지으며 두 사람을 위로했다.

“하지만 오늘 같은 기회가 계속 있으면, 우리도 점점 더 실질적인 변화를 만들 수 있을 거예요. 시간이 걸리더라도 포기하지 말고 최선을 다해 봅시다.”

그러나 그들이 느끼고 있는 이 험난한 길을 감시하고 있는 세력이 있었다. 공청회가 끝난 직후, 두 번째 은밀한 사건이 발생했다. 국회의회 관계자가 전화를 걸어 공청회 내용에 대한 사후 검열과 함께 향후 공청회 진행 방식을 제한하겠다는 지침을 전달한 것이다. '국민들이 너무 자극적인 발언을 하지 않도록 통제해 달라'는 말까지 덧붙여졌다.

이민호는 전화를 받고 분노를 억누르며, 다시금 공청회의 진정한 의미를 고민했다.

"이게 무슨 말이죠? 국민의 목소리를 통제하라니요. 공청회의 본질을 아예 무시하는 행위 아닙니까?"

박지영도 강하게 동의했다.

"맞아요. 국민의 목소리를 억누르면서 우리가 무슨 국민의원이란 이름을 붙일 수 있겠어요?"

그들은 공청회가 국민의 목소리를 듣고 반영하는 자리가 아니라, 정부의 통제를 받는 무색한 이벤트로 전락할 수 있음을 깨달았다. 그러나 그럴수록 국민의 신뢰를 얻고 목소리를 지키기 위해 더 많은 노력과 결단이 필요하다는 사실도 명확해졌다.

그날 밤, 이민호와 박지영은 향후 공청회를 어떻게 이끌어 갈지 심각하게 고민했다. 그리고 자신들이 진정으로 국민을 섬기기 위해, 앞으로의 공청회를 더욱 투명하고 진정성 있게 만들어야 할 필요성을 느꼈다.

5

공청회를 통해 드러나는 시민들의 다양한 요구

정기 국민 공청회를 통해 처음으로 국민의원들이 마주한 것은 국민들의 깊이 있는 요구와 바람이었다. 주민들은 단순히 법안이나 정책을 넘어, 그들 삶의 구체적인 문제를 해결해 주길 원했다. 국민의원들은 자신이 준비한 자료와 계획을 바탕으로 최선을 다해 응답했지만, 점점 더 다양한 요구와 기대가 쏟아지면서 이들의 한계도 드러나기 시작했다.

공청회가 시작되고 얼마 지나지 않아 마을 환경 문제에 대한 불만을 가진 한 남성이 일어나 강하게 항의했다.

"우리 마을 공장은 매일같이 유해 물질을 내뿜고 있어요! 아이들이 마시는 물이 안전한지, 공기가 깨끗한지 의심스럽습니다. 도대체 왜 아무 조치도 취하지 않는 겁니까?"

박지영이 진지하게 고개를 끄덕이며 답변했다.

"맞습니다. 환경 문제는 무엇보다 중요합니다. 저희도 관련 자료를 바탕으로 이번 의정 활동에서 강력한 환경 규제 법안을 마련하고자 합니다."

그러나 남성은 씁쓸하게 웃으며 답했다.

"법안 마련요? 법안이 지나가는 동안 우리는 이미 피해를 보고 있어요. 당장 내일부터라도 해결할 방법은 없나요?"

박지영은 답답한 마음에 한동안 말을 잇지 못했다. 문제를 해결할 의지와 계획이 있어도, 그들에게 주어진 권한으로는 법안을 통과시키기까지 시간이 걸렸다. 국민의원으로서 할 수 있는 것의 한계를 실감하며, 더욱 실질적인 대책이 필요하다고 생각하게 되었다.

그런가 하면, 한 청년은 청년 창업 지원을 더 늘려 달라는 요구를 했다.

"저는 창업을 하고 싶지만, 정부 지원이 불충분합니다. 서류 작업과 자격 요건이 너무 복잡하고, 기존 지원금도 일부 대기업에게만 돌아가고 있어요. 중소 창업가에게 더 많은 기회를 주세요!"

임도윤이 미소를 지으며 대답했다.

"저희가 청년 지원에 대한 정책을 강화하고자 여러 방안을 논의 중입니다. 말씀하신 부분도 추가적으로 검토하여, 청년 창업가들에게 실질적으로 도움이 될 수 있도록 노력하겠습니다."

그러나 청년은 고개를 저으며 말했다.

"그런 말은 기존 정치인들에게도 많이 들어 봤습니다. 믿고 싶지만, 그동안 경험한 결과들은 다르더군요."

임도윤은 깊은 한숨을 내쉬며 그의 실망을 이해했다. 자신이 실질적인 변화를 이루지 못한다면 결국 또 하나의 말뿐인 정치인으로 보일 것이기에, 공허한 약속을 넘어 진정성 있는 결과를 보여 줘야 한다는 부담이 더욱 커졌다.

그날의 공청회는 격렬하게 이어졌다. 이민호는 주민들의 날 선 비판과 요구를 받으며, 국민의원의 역할에 대해 더욱 깊이 고민하게 되었다. 주민들의 요구는 특정 정책이나 법안에 대한 기대를 넘어, 그들의 일상적인 문제를 직접 해결해 달라는 호소로 다가왔기 때문이다. 마을 이슈뿐 아니라 대중교통, 복지 서비스까지, 국민의원이 모든 문제의 답이 되어 주기를 바라는 듯 보였다.

공청회 중간, 한 노부인이 손을 들어 자신의 이야기를 시작했다.

"전 혼자 사는 노인입니다. 요즘은 약값도 너무 비싸고, 병원비도 부담돼서 많이 힘들어요. 노인 복지 정책이 좀 더 강화될 수 있을까요?"

이민호는 진심을 담아 대답했다.

"어르신께서 말씀하신 부분도 알고 있습니다. 저희도 의료비와 약값 문제를 해결할 수 있는 방안을 고민 중입니다. 어르신 같은 분들이 안전하고 건강하게 생활할 수 있도록 최선을 다하겠습니다."

노부인은 이민호의 말을 듣고 고개를 끄덕였지만, 속마음은 쉽게 바뀌지 않는 듯했다.

공청회가 끝난 후, 국민의원들은 서로 오늘의 일을 복기하며 토론을 시작했다. 박지영이 깊은 한숨을 쉬며 입을 열었다.

"민호 씨, 오늘 하루 종일 들은 건 결국 우리에게 해결책을 주는 자리가 아닌가 싶네요. 국민들은 우리가 모든 문제의 답을 줄 거라고 믿고 있어요. 그런데 지금의 권한과 환경으로는 도저히 감당하기 어렵다는 생각이 드네요."

이민호는 고개를 끄덕이며 말했다.

"맞아요. 국민의원의 자리가 국민을 위한 직분이라지만, 법적 권한과 자원이 한정되어 있어 큰 변화를 만드는 데는 한계가 있어요. 저희가 할 수 있는 것에 한계가 있다는 걸 다시 느끼게 되네요."

임도윤은 그런 두 사람을 보며 진지하게 말했다.

"하지만, 이런 기회를 통해 조금씩 변화를 이뤄 낼 수 있다고 생각해요. 어려운 일이지만, 그래도 포기하지 않고 국민들에게 작은 성과라도 보여 줘야 하지 않을까요?"

이때, 이민호의 휴대폰이 울렸다. 익명의 메시지가 도착해 있었다. 이번 메시지에는 '공청회에서 들은 요구들에 대해 당장 큰 변화를 추진하지 말라'는 압박이 담겨 있었다. 그들의 의정 활동이 특정 이익 단체와 현직 정치인들의 눈에 거슬리고 있음을 암시하는 메시지였다.

"지영 씨, 도윤 씨…… 저희를 압박하는 세력이 점점 노골적으로 나오기 시작한 것 같습니다."

이민호가 메시지를 보여 주자, 박지영의 표정이 굳어졌다.

"우리가 지금까지 들은 국민들의 요구와 바람을 단순히 무시할 수는 없어요. 저희를 견제하려는 사람들에게 흔들리면 안 됩니다."

임도윤은 고개를 끄덕이며 힘주어 말했다.

"저희가 이 자리까지 온 이유를 잊지 맙시다. 국민의 목소리를 제대로 반영하려면 저희가 어떻게든 목소리를 내야 합니다."

이들은 다시 한번 서로의 결의를 다지며 앞으로의 도전을 준비했다. 비록 그들에게 주어진 권한과 자원이 한정되어 있지만, 국민을 위한 진정한 변화를 만들기 위해선 결코 뒤로 물러설 수 없었다. 공청회를 통해 드러난 국민들의 다양한 요구는 이들에게 더 큰 책임과 용기를 요구하고 있었다.

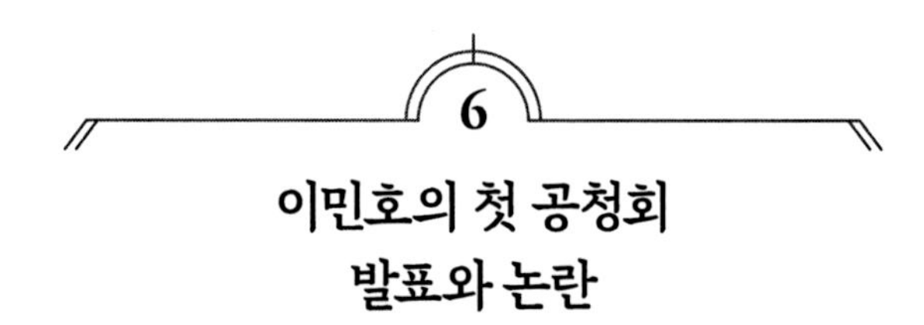

이민호의 첫 공청회 발표와 논란

국민을 대표하는 자리에 선다는 것은 영광이기도 했지만, 동시에 그만큼 큰 책임을 감당해야 하는 일이었다. 이민호에게 있어서 첫 공청회는 그동안 자신이 준비한 정책과 계획을 국민들에게 직접 발표하고 평가받는 중요한 자리였다. 이번 공청회에서는 청년 주거 문제와 관련해 새로운 법안을 제안하고 발표할 예정이었다. 그는 진정성 있는 발표를 통해 국민의 마음을 얻고자 했지만, 이 공청회는 이민호가 예상하지 못한 논란과 비판을 불러일으켰다.

공청회 날, 이민호는 청년 주거 안정법에 대해 조심스럽고도 단호하게 발표를 시작했다.

"존경하는 국민 여러분, 오늘 저는 청년 주거 문제에 대한 정책을 여러분 앞에서 말씀드리고자 합니다. 우리 청년들이 안정적인 주거 환경을 가질 수 있도록 임대료 상한제 도입과 공공임대주택 확충을 목표로 하고 있습니다. 이번 법안을 통해 청년 주거 불안을 해소하고, 보다 나은 미래를 만들기 위해 최선을 다할 것입니다."

그는 발표를 이어 가며 새로운 법안의 세부 사항을 설명했다. 그러나 발표가 끝나자마자, 한 기업인이 자리에서 일어나 강하게 반대 의견을 표명했다.

"이민호 의원님, 좋은 취지인 건 알겠습니다만, 임대료 상한제 도입은 시장을 지나치게 통제하는 방식입니다. 임대료를 제한하면 부동산 시장 자체가 위축될 위험이 큽니다. 장기적으로는 청년 주거 문제를 더 악화시킬 가능성이 있습니다."

이민호는 차분하게 그 의견을 받아들이며 대답했다.

"네, 그 점도 충분히 고려했습니다. 다만, 현 상황에서는 청년들이 감당할 수 없는 임대료로 인해 큰 고통을 받고 있어요. 시장 안정과 청년 주거 안정 두 가지 목표를 함께 추구하려고 합니다. 저희가 마련한 대안은 장기적으로도 청년들에게 도움을 줄 수 있도록 설계되었습니다."

하지만 기업인의 목소리는 잦아들지 않았고, 이어 다른 참석자들까지 그를 지지하며 이민호의 정책에 대해 비판을 이어 갔다. 이민호는 국민의 다양한 목소리를 수용하려 애썼지만, 점차 고조되는 반대에 직면하면서 발표의 흐름이 꼬이기 시작했다.

그때 한 청년이 자리에서 일어나 목소리를 높였다.

"저는 이민호 의원님의 정책을 지지합니다. 임대료 상한제 없이는 지금의 청년들은 희망이 없습니다. 저희는 더 이상 자립할 수 없는 상황에 몰려 있어요. 저희가 원하는 건 단순히 안정된 집이 아니라, 미래에 대한 안심입니다!"

이 청년의 발언에 공청회장의 분위기는 일순간 반으로 나뉘었다. 일부는 청년을 지지하며 이민호의 법안이 필요하다고 주장했고, 일부는 시장 안정이 우선이라며 반대했다. 논란이 계속되며, 이민호의 첫 발표는 점점 더 복잡해지고 있었다. 자신이 의도했던 취지와는 다르게 발표는 갈등의 중심으로 빠져들었고, 공청회는 뜨거운 논쟁으로 이어졌다.

그날 밤, 이민호는 공청회에서의 논란에 대해 깊은 생각에 잠겼다. 그는 진심을 담아 발표했지만, 청년 주거 문제에 대한 논란이 이렇게까지 뜨거울 줄은 예상하지 못했다. 그는 발표를 어떻게 수정하고 더 설득력 있게 전해야 할지 고민하고 있었는데, 그 순간 박지영이 그에게 전화를 걸어왔다.

"민호 씨, 괜찮아요? 오늘 발표가 쉽지 않았을 텐데……."

이민호는 깊은 한숨을 쉬며 대답했다.

"네…… 솔직히 예상보다 훨씬 어려웠어요. 저는 법안을 마련하면 국민들이 기뻐해 줄 줄 알았는데, 생각보다 많은 분들이 반대하셔서 당황했습니다."

박지영은 잠시 생각하다가 위로하듯 말했다.

"국민들이 요구하는 게 다 다르니까요. 그래도 중요한 건 민호 씨의 진정성이에요. 사람들은 시간이 걸리더라도 진심을 알아줄 겁니다."

박지영의 위로에 이민호는 조금 안도하며 다시 결의를 다졌다.

며칠 후, 이민호는 정책을 보완하기 위해 국회 도서관에서 자료를 찾고 있었다. 그곳에서 그를 주의 깊게 지켜보는 누군가의 시선을 느꼈다. 그는 낯선 남성이 자신을 멀리서 지켜보고 있다는 것을 직감했다. 그 남성은 슬쩍 이민호에게 다가오더니 조용히 말했다.

"이민호 의원님, 조심하셔야 할 겁니다. 이번 청년 주거 정책을 너무 밀어붙이면 반대 세력들이 가만히 있지 않을 겁니다. 적당히 타협하는 것이 좋을 겁니다."

이민호는 순간 긴장했지만, 곧 단호하게 대답했다.

"저는 국민을 위해 일하고 있습니다. 어떤 압박에도 굴복하지 않을 것입니다. 그리고 지금 청년들이 겪고 있는 현실을 외면할 수는 없습니다."

낯선 남자는 의미심장한 미소를 지으며 대답 없이 떠났다.

이 사건은 이민호에게 큰 경각심을 주었다. 단지 법안을 발표하고 정책을 추진하는 것이 아닌, 외부의 이해관계와 정치적 압박을 견뎌 내야 한다는 현실을 깨달은 순간이었다. 그는 더욱 단호하게 자신의 길을 걷기로 결심했다.

며칠 후, 이민호는 다시 공청회에서 발표를 이어 갔다. 이번에는 지난번 논란을 고려해 보다 신중하고 명확하게 의견을 제시했다. 그가 조심스레 의견을 발표하고 있을 때, 한 노인이 손을 들고 발언을 시작했다.

"저는 한 평생 월세를 내면서 살아왔습니다. 집 한 칸 없이 살면서 고생만 했죠. 그런데도 지금 세대는 더 어려운 상황이라니 안타깝습니다. 이민호 의원님, 청년들이 안정적인 삶을 살 수 있도록 해 주세요."

이민호는 그 노인을 향해 고개를 숙이며 답했다.

"걱정해 주셔서 감사합니다. 꼭 청년들이 안심할 수 있는 주거 환경을 만들기 위해 노력하겠습니다."

노인의 말은 공청회장의 분위기를 차분하게 만들었고, 이민호는 더욱 큰 책임감을 안고 자신의 발표를 마무리했다.

그러나 그는 아직 알지 못했다. 자신이 추진하는 법안과 정책이 더욱 큰 반대와 갈등을 불러일으키며, 그를 둘러싼 시련이 점점 더 복잡하게 얽혀 갈 것임을.

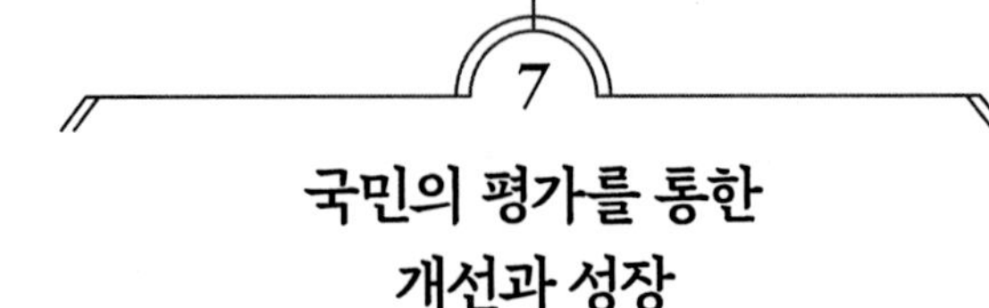

국민의 평가를 통한 개선과 성장

이민호의 첫 공청회는 그에게 큰 깨달음을 주었다. 그는 진심을 다해 정책을 발표했지만, 현실은 기대와는 달리 반대와 논란으로 가득했다. 청년 주거 정책에 대한 의견은 각기 달랐고, 각계각층의 요구와 기대가 서로 충돌하면서 공청회는 점차 긴장의 장이 되었다. 그러나 이민호는 이 과정을 통해 국민의 요구를 제대로 이해하고, 개선의 길을 찾는 것이 얼마나 중요한지 절감하게 되었다.

공청회 이후 며칠 뒤, 이민호는 동료인 박지영과 임도윤과 함께 이번 공청회에 대한 평가를 받기 위해 모였다. 그들은 각각의 발표와 응답에 대해 국민들이 남긴 피드백을 꼼꼼히 검토하고 있었다. 피드백은 기대와 격려만큼이나 아쉬움과 비판도 많았다.

"민호 씨, 저도 청년 주거 문제에 대한 정책이 필요하다고 생각하지만, 너무 단기적인 성과에 치중하는 것 같다는 평가가 많았어요."

박지영이 이민호에게 조심스럽게 말했다.

이민호는 고개를 끄덕이며 대답했다.

"맞아요. 저도 이번 공청회를 통해 좀 더 현실적인 접근이 필요하다는 걸 느꼈어요. 청년 문제를 푸는 데 있어서 장기적인 안목을 더 길러야 할 것 같아요."

임도윤은 다른 의견도 제시했다.

"그리고 공청회장에서 바로 대답하지 않고 모르는 건 솔직히 모른다고 하는 것도 좋은 전략일 것 같아요. 국민들은 오히려 정직한 답변에 더 신뢰감을 느끼는 것 같아요."

이민호는 이번 공청회를 통해 자신이 더 많은 준비와 유연한 사고가 필요하다는 점을 깨닫게 되었다. 모든 답을 당장 주려 하기보다는, 국민의 의견을 제대로 듣고 현실적이고 장기적인 접근으로 문제를 해결하는 것이 중요하다는 점을 실감했다.

며칠 후, 이민호는 보다 체계적인 정책 개선을 위해 전문가들을 초청해 청년 주거 문제와 관련한 세미나를 열었다. 전문가들은 다양한 아이디어를 제공하며, 현재 정책이 국민들에게 어떻게 반응을 얻고 있는지 분석해 주었다. 그 과정에서 이민호는 자신이 놓친 부분과 부족했던 점을 더 분명히 깨닫게 되었다. 그는 단순히 임대료 상한제만으로는 해결할 수 없는 문제들이 많다는 점을 인식하게 되었다.

그날 밤, 세미나가 끝난 후, 이민호는 전문가 중 한 명인 김 교수와 차를 마시며 이야기를 나누었다.

"이민호 의원님, 첫 공청회가 많이 힘드셨다고 들었습니다. 하지만 국민이 직접 의원님께 조언하고 비판할 수 있는 것 자체가 긍정적인 신호입니다."

이민호는 씁쓸한 미소를 지으며 대답했다.

"맞아요. 국민들의 기대에 부응하고 싶지만, 동시에 그들의 비판이 부담으로 느껴지기도 합니다."

김 교수는 고개를 끄덕이며 조언했다.

"중요한 건 '모든 사람을 만족시키는 정책'이 아니라, '진정성을 가지고 다가가는 정책'입니다. 결국 국민은 의원님의 진정성과 개선의 의지를 보고 판단할 것입니다."

김 교수의 말은 이민호에게 큰 위로와 깨달음을 주었다. 그는 모든 사람의 요구를 동시에 만족시키려 하기보다는, 진정성 있는 태도로 문제를 개선해 나가기로 결심했다.

며칠 후, 이민호는 정책 개선의 일환으로 공청회에서 받았던 비판 중 몇 가지를 바탕으로 작은 개정안을 발표했다. 그는 국민의 의견을 직접 반영하는 과정을 통해 정책이 더 개선될 수 있다는 점을 강조하며, 일부 임대 규제 방안을 수정하고 공공임대주택 지원 계획을 보다 현실적으로 조정하겠다고 발표했다.

이민호의 개선안을 보고 많은 국민들은 그가 정말로 국민의 의견을 듣고 정책을 수정하고 있다는 점에 신뢰감을 보였다. 그러나 일부 비판

세력은 여전히 그를 압박하려 했다. 그날 저녁, 이민호는 익명의 협박 메시지를 또 받았다. '너무 국민의 요구에 맞춰 정책을 급격히 변경하지 말라'는 내용이었다. 그 메시지에는 정부와 기업의 이해관계를 무시하지 말라는 경고까지 담겨 있었다.

"이게 무슨 일이죠? 제가 국민의 목소리를 반영하는 것이 무슨 문제가 된다는 말인가요?"

이민호는 박지영에게 메시지를 보여 주며 분노를 표했다.

박지영은 신중하게 답했다.

"민호 씨, 사실 저도 최근 비슷한 압박을 받고 있어요. 국민의 요구를 반영하려다 보면 여러 이해관계와 충돌할 수밖에 없겠죠. 하지만 그런 압력에 흔들리지 않는 것이 진정한 국민의원 아닐까요?"

이민호는 박지영의 말을 들으며, 국민의 뜻을 무시하고 외부 압력에 굴복하는 것은 자신의 신념에 어긋난다는 것을 다시 한번 다짐했다.

며칠 후, 그는 공청회 발표 후의 경험을 되짚으며 기자회견을 열었다. 기자회견에서 그는 그동안 받았던 비판을 진솔하게 언급하며 자신이 이뤄 내고자 하는 목표와 개선 의지를 밝혔다.

"국민 여러분, 첫 공청회에서 여러 비판과 요구를 받아들였습니다. 이를 통해 제 정책이 국민의 요구에 얼마나 부합하는지 고민하게 되었습니다. 저는 모든 국민을 위한 정책을 만들지는 못하겠지만 여러분의 목소리를 귀 기울여 듣고, 필요한 부분은 즉각 개선하는 국민의원이 되겠습니다."

그의 진정성 있는 발표는 많은 국민들의 마음에 닿았다. 기자들 또한 그가 보여 주는 솔직한 태도에 감동받았고, 이후 긍정적인 반응이 이어졌다. 이번 발표를 통해 이민호는 더 많은 지지를 받게 되었고, 국민들은 그가 단순히 자신의 주장을 고집하지 않고 국민과 함께 성장하는 모습을 긍정적으로 평가하게 되었다.

그러나 이민호의 결단과 성장에도 불구하고, 그의 길은 여전히 평탄치 않을 것이었다. 외부의 압박과 이권 다툼 속에서 그는 더욱더 견고한 신념과 강인한 의지를 필요로 하게 될 것이었다.

3장

국민의 신뢰를 향하여

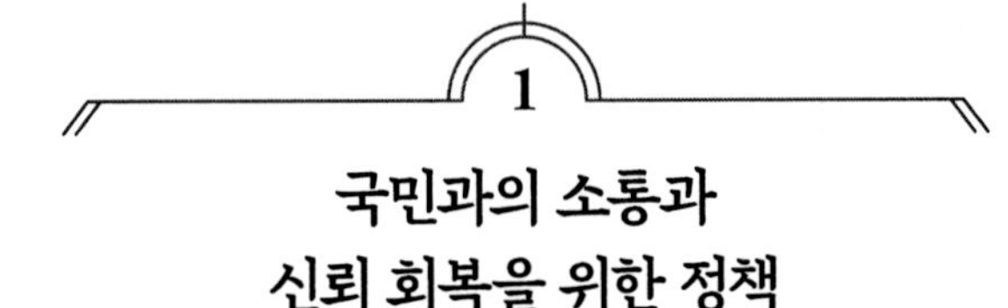

국민과의 소통과 신뢰 회복을 위한 정책

첫 공청회를 통해 국민의원의 역할과 기대에 대한 깨달음을 얻은 이민호는 국민과의 신뢰를 쌓기 위한 정책을 고민하기 시작했다. 정책이 실제로 국민에게 다가가기 위해서는 무엇보다 국민과의 직접적인 소통이 중요했다. 기존의 정치인들이 정책을 일방적으로 발표하고 실행했던 방식과는 다르게, 이민호는 국민의 목소리를 정책의 중심에 놓고 진행하고자 했다.

이민호는 동료 국민의원들과 함께 '정기 지역 간담회'를 기획했다. 기존의 공청회처럼 국민들이 일정 장소로 찾아오는 방식이 아니라, 국민의원이 직접 각 지역을 순회하며 시민들의 목소리를 듣고 현장에서 정책에 반영할 아이디어를 얻는 방식이었다. 그는 이 간담회를 통해 국민의 기대와 의견을 더 가깝게 듣고 정책에 반영할 생각이었다.

첫 간담회 장소는 한 도시 외곽의 소규모 커뮤니티 센터였다. 이민호는 간담회장에 들어서며, 자리한 주민들과 눈을 맞추며 인사를 나누었다. 대부분 고령층의 주민들이 참석한 가운데, 지역의 노인 복지 문제에 대한 불만과 요구가 나오기 시작했다.

"이민호 의원님, 요즘 경로당 운영 예산이 줄어들어서 난방비를 감당하기 어려워요. 겨울에 제대로 따뜻하게 지낼 수 있을지도 걱정입니다."

이민호는 진지하게 고개를 끄덕이며 답변했다.

"경로당 운영 문제에 대해 저희가 더 구체적으로 조사하고 지원 방안을 마련하겠습니다. 특히 겨울철 난방비 문제는 더 시급하게 다루도록 하겠습니다."

또 다른 주민이 발언 기회를 얻어 이야기를 이어 갔다.

"의원님, 저희 지역에 공공 의료 서비스가 턱없이 부족해요. 노인들이 가까운 병원을 찾기가 힘듭니다."

이민호는 메모를 하며 응답했다.

"저희가 공공 의료 서비스 강화를 위해 예산을 확보하고, 접근성 있는 서비스를 확대할 수 있는 방안을 검토하겠습니다. 지역 사회와 협력해 빠르게 개선할 수 있도록 하겠습니다."

이날 간담회를 통해 이민호는 지역의 실질적인 문제와 주민들이 겪는 불편을 직접 느꼈다. 그는 정책이 현장에서 실질적인 도움을 줄 수 있도록 준비되어야 한다는 점을 다시 한번 깨달았다.

간담회를 마치고 돌아오는 길에 이민호는 박지영과 함께 그날의 이야기를 나눴다.

"지영 씨, 오늘 간담회를 하면서 내가 부족했던 부분을 많이 느꼈어요. 국민의 목소리를 듣는다는 게 단순히 말뿐이 아니라, 그들의 삶을 함께 경험하는 거란 걸 이제 알겠어요."

박지영도 고개를 끄덕이며 답했다.

"맞아요. 저도 환경 문제를 다루면서 비슷한 걸 느꼈어요. 우리가 만든 정책이 실제로 국민들에게 도움이 되기 위해선 현장과 소통이 정말 중요하죠."

박지영의 말에 이민호는 더욱 확신을 갖게 되었다. 간담회와 같은 소통 방식은 앞으로도 국민의원으로서 반드시 지켜 나가야 할 중요한 요소라는 것을.

이러한 활동들이 국민들의 긍정적인 반응을 얻자, 이민호와 박지영은 전국을 순회하며 주민들과 소통하는 '찾아가는 국민 소통 버스' 계획을 추진했다. 국민들이 직접 질문하고 의견을 낼 수 있는 이동 간담회로, 국민의원들이 지역을 순회하며 주민들의 목소리를 실시간으로 듣고 정책에 반영하는 것이 목적이었다.

이 소통 버스의 첫 번째 일정은 이민호와 박지영이 함께 참여하기로 했다. 그런데 첫 행사 당일, 그들의 계획을 방해하려는 시도가 있었다. 누군가가 버스의 출발을 늦추려는 듯 예상치 못한 시간에 안전 점검을 요청한 것이다. 버스 기사와 직원들은 당황했고, 이민호와 박지영은 긴장된 표정으로 상황을 파악했다.

“민호 씨, 이건 분명 우리를 방해하려는 의도일 거예요. 평소에는 문제가 없었던 차가 이렇게 갑자기…….”

이민호도 심각한 표정으로 동의했다.

“아마도 우리 활동이 불편한 이들이 의도적으로 방해하려는 것 같아요. 하지만 이런 일에 굴복할 순 없죠. 최대한 빨리 상황을 정리하고 출발합시다.”

결국 약간의 지연 끝에 소통 버스는 예정된 시간에 가까스로 출발할 수 있었고, 첫 지역 방문이 순조롭게 진행되었다. 주민들은 국민의원이 직접 찾아와 이야기를 들어 주는 소통 방식에 크게 만족하며, 다양한 의견을 적극적으로 제시했다.

소통 버스를 운영한 첫 달 후, 이민호는 점점 늘어나는 주민들의 참여와 요구에 감동받았다. 그는 이러한 소통을 통해 국민들이 얼마나 간절하게 변화를 원하는지를 느꼈고, 그들의 요구를 실제로 반영할 방안을 더 깊이 고민하기 시작했다. 한편, 그는 공청회에서 받은 비판을 반영해 정책 개선을 위한 실질적인 연구를 더 진행했다.

하지만 그의 이러한 노력이 계속해서 외부의 견제를 받았다. 어느 날 밤, 이민호는 익명의 편지를 받았다. 그 편지에는 ‘너무 나서지 마라. 불필요한 소통이 문제를 더 키울 뿐이다.’라는 경고가 담겨 있었다. 이민호는 처음에는 불안했지만, 이내 국민과의 진정한 소통이야말로 그의 역할이자 사명이라는 사실을 떠올리며 결심을 다졌다.

얼마 후, 이민호는 소통 버스를 통해 얻은 피드백을 바탕으로 '주민 맞춤형 복지 정책'을 발표했다. 각 지역 주민의 요구를 반영해 예산을 조정하고, 노인과 청년층을 위한 지역 특화 복지 서비스와 공공 의료 시스템을 강화하는 내용이었다. 기자회견에서 그는 진심을 담아 발표했다.

"국민 여러분, 저희는 각 지역을 돌아다니며 국민 여러분의 목소리를 직접 들었습니다. 이를 반영하여 보다 실질적이고 맞춤형 복지 정책을 마련했습니다. 국민과 함께 만들어 나가는 정책을 위해 앞으로도 여러분의 의견을 듣고, 적극적으로 반영하겠습니다."

그의 발표는 많은 사람들에게 긍정적인 반응을 얻었고, 이민호는 점차 국민의 신뢰를 회복해 나가고 있었다.

그러나 국민과의 신뢰 회복을 향한 이민호의 결단에도 불구하고, 앞으로 그가 마주할 과제는 더욱 복잡하고 도전적인 일이었다.

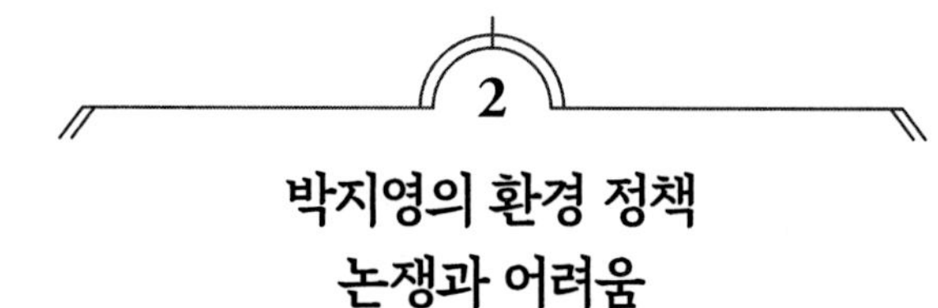

박지영의 환경 정책 논쟁과 어려움

국민의원으로서 환경 보호와 지속 가능한 발전을 목표로 활동 중인 박지영은 최근 들어 환경 정책의 필요성을 더욱 강하게 느끼고 있었다. 그러나 정책 추진 과정에서 예상치 못한 강력한 반발과 논란에 부딪히며, 그녀는 자신의 이상과 현실 사이의 괴리감을 실감하게 되었다.

박지영이 추진하고자 하는 핵심 정책 중 하나는 '대기질 개선을 위한 산업 규제 강화'였다. 공장과 대규모 기업들이 밀집한 산업 지역의 대기 오염 문제를 개선하고, 환경 보호 기준을 높이는 내용이었다. 그녀는 환경 운동가로 활동했던 경험을 바탕으로 법안을 준비하고, 현장의 목소리를 담기 위해 자료를 꼼꼼히 조사했다.

그러나 정책 발표가 있던 이후, 예상치 못한 곳에서 거센 반발이 시작되었다. 주요 대기업들과 산업 지역의 정치권 인사들이 그녀의 정책을 강하게 비판하며, 경제 활성화에 해가 될 수 있다는 입장을 표명한 것이다.

한날, 박지영은 공청회장에서 대기업 관계자들과의 토론에 참석하게 되었다. 대기질 개선 정책에 대해 발표한 직후 한 기업 관계자가 일어나

거칠게 반박하기 시작했다.

"박 의원님, 환경 보호도 중요하지만, 그만큼 중요한 건 국민의 경제적 안정입니다. 의원님이 추진하시는 대기질 규제 강화는 여러 중소기업에게 엄청난 부담이 될 겁니다. 이 정책이 현실적이라고 생각하십니까?"

박지영은 차분히 대답했다.

"네, 물론 경제적 측면도 중요합니다. 하지만 지금 이 순간에도 많은 국민이 오염된 대기 속에서 건강을 위협받고 있습니다. 국민의 건강과 생명이 경제적 이익보다 우선이 되어야 한다고 생각합니다."

토론장은 긴장감이 감돌기 시작했다. 다른 관계자들도 줄줄이 손을 들며 그녀의 정책을 비판했다. 한 정치인은 그녀에게 은근한 경고의 메시지를 던졌다.

"박 의원님, 이상주의만으로는 정책을 운영할 수 없습니다. 이런 강경한 규제가 자칫하면 의원님의 정치적 입지에도 좋지 않은 영향을 미칠 수 있음을 유념해 주시기 바랍니다."

박지영은 그들의 태도에 불쾌함을 느꼈지만, 흔들리지 않고 자신의 신념을 지키기로 했다. 그러나 그녀의 내면은 이런 위협에 큰 갈등과 불안을 안고 있었다.

며칠 후, 박지영은 이민호와 만나 이번 정책 추진에 대한 고민을 털어 놓았다.

"민호 씨, 정말 쉽지 않네요. 환경 정책은 정말 절실하게 필요하지만, 이렇게까지 거센 반발을 받을 줄은 몰랐어요."

이민호는 고개를 끄덕이며 그녀의 고충을 이해했다.

"지영 씨, 국민들은 결국 의원님이 가진 진심을 알아줄 거예요. 하지만 그렇다고 외부 압박을 무시하기엔 너무 위험해요. 필요한 순간에는 타협도 생각해 보는 게 좋을 것 같습니다."

박지영은 잠시 침묵하더니 단호히 말했다.

"민호 씨, 저는 환경 문제만큼은 타협할 수 없습니다. 우리의 후손들이 살아갈 미래를 위해서라도, 더 강력한 환경 보호 정책이 필요하다고 생각해요."

박지영의 결연한 태도에 이민호는 걱정을 감추지 못했지만, 그녀의 신념을 존중하기로 했다.

며칠 후, 박지영은 산업단지 지역에서 열리는 한 주민 간담회에 참석하게 되었다. 환경 문제로 고통받고 있는 주민들이 직접 그녀에게 문제를 제기하며 도움을 요청했다. 그러나 그곳에서 예상치 못한 사건이 발생했다. 한 주민이 자리에서 일어나 그녀를 비판하기 시작한 것이다.

"박 의원님, 환경 보호가 중요하다는 건 우리도 이해합니다. 하지만

의원님이 추진하는 규제로 인해, 우리 지역 경제가 큰 타격을 받을까 봐 걱정입니다. 결국 우리는 경제적 손실만 보고 살게 되는 것 아닌가요?"

박지영은 그의 말을 조용히 들으며 답했다.

"말씀하신 경제적 영향도 충분히 고려하고 있습니다. 하지만 우리가 이 문제를 방치한다면 더 큰 피해를 입을 수 있습니다. 주민 여러분의 건강을 지키기 위해 꼭 필요한 정책이기 때문에, 힘들더라도 함께 나아가길 부탁드립니다."

그녀의 설명에도 불구하고, 일부 주민들은 여전히 환경 규제가 지역 경제에 미칠 영향에 대해 불안감을 표출했다. 이 장면을 본 박지영은 갈등을 해소하기 위해 더 깊이 고민하게 되었다.

그날 저녁, 박지영은 언론에 자신이 추진하는 환경 정책의 진정성과 필요성을 더 강하게 알리기 위해 인터뷰를 요청했다. 그러나 인터뷰가 진행되던 중, 그녀의 말이 일부 왜곡되어 보도되는 사건이 발생했다. 특히 경제 활성화에 대해 부정적인 입장을 표명한 듯한 내용이 강조되면서, 대중의 반발을 초래하게 되었다.

그녀는 자신이 원하는 방향과는 전혀 다른 여론이 형성되고 있음을 알게 되었고, 자칫 잘못하면 국민들에게 부정적인 인식을 줄 수 있다는 위기를 느꼈다.

며칠 후, 박지영은 이번 일을 통해 국민과의 신뢰를 회복할 필요성을 절실히 느끼고 기자회견을 열었다. 그녀는 자신의 정책을 설명하면서 정책의 진정성을 강조했다.

"국민 여러분, 저는 환경 보호 정책이 단순히 자연을 지키기 위한 것이 아닌, 우리 모두의 건강과 생명을 지키기 위한 것임을 말씀드리고자 합니다. 경제적 부담도 충분히 고려하고 있으며, 주민 여러분의 의견을 반영하여 실질적인 개선 방안을 마련하겠습니다. 저 또한 여러분과 함께 이 문제를 해결할 수 있도록 노력하겠습니다."

기자회견에서 그녀의 진심 어린 발언은 국민들에게 긍정적인 반응을 얻었고, 일부 비판적인 시선도 그녀의 진정성을 인정하기 시작했다.

그러나 국민과의 신뢰 회복과 정책 추진을 위해 그녀는 앞으로 더 높은 투명성과 정직한 소통을 통해 신뢰를 쌓아야 했다.

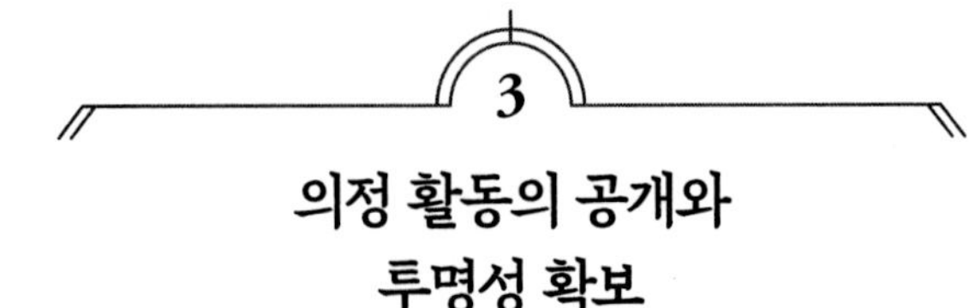

의정 활동의 공개와 투명성 확보

국민의원으로서 활동을 시작한 지 몇 달이 지나면서, 이민호와 박지영은 국민들에게 신뢰받는 정치인이 되기 위해 필요한 것이 무엇인지 고민하게 되었다. 특히, 최근 국민의회에서 추진 중인 정책들이 일부 세력의 이해관계에 따라 왜곡되고, 거짓 정보가 확산되는 일이 빈번하게 발생했다. 이러한 상황 속에서, 민호와 지영은 국민의 신뢰를 지키기 위해 의정 활동의 투명성과 공개성을 강화해야 한다는 결론에 이르렀다.

하루는 이민호가 박지영을 만나 투명성 확보 방안에 대해 논의하기 위해 사무실로 초대했다. 이민호는 각종 자료를 준비해 놓고 그녀를 기다리고 있었다.

"지영 씨, 최근 우리 정책에 대한 오해가 너무 많아요. 특히 언론에서 의도적으로 왜곡해 보도하는 경우도 많고요. 우리 의정 활동을 국민들에게 더 투명하게 보여 줄 필요가 있어요."

지영도 고개를 끄덕이며 동의했다.

"맞아요. 저도 그런 생각을 하고 있었어요. 대기질 개선 정책도 왜곡된 채 전해지면서 국민들이 불안해하고 있죠. 국민들이 우리가 어떤 일을 하고 있는지 정확히 알 수 있도록 해야 해요."

이민호는 잠시 고민하더니, 그녀에게 새로운 아이디어를 제안했다.

"주간 활동 보고서를 만들어서, 국민들이 직접 온라인에서 우리의 의정 활동을 확인할 수 있게 하는 건 어때요? 그리고 의사 결정 과정도 자세하게 공개하면 좋겠어요."

박지영은 미소 지으며 답했다.

"좋은 생각이에요, 민호 씨. 그러면 국민들도 실제로 우리가 어떤 일을 하고 있는지 알 수 있을 거예요. 더 이상 오해할 여지도 줄어들겠죠."

이들의 계획은 국민의 신뢰를 확보하기 위해 의정 활동을 더 적극적으로 공개하고 소통하는 방향으로 구체화되기 시작했다.

이민호와 박지영은 먼저 각자 활동 보고서를 작성해 정기적으로 공개하기로 했다. 또한 중요한 정책에 대한 논의와 결정 과정을 영상으로 기록해 인터넷에 게시하고, 국민들이 언제든 이를 볼 수 있도록 했다. 의정 활동의 투명성을 강화하기 위해 다양한 플랫폼을 통해 국민들과의 소통을 이어 가기로 한 것이다.

몇 주 후, 이들의 첫 주간 보고서가 공개되었고, 국민들은 국민의원이 어떤 일을 하고 있는지 더 잘 이해할 수 있게 되었다. 반응은 매우 긍정적이었다. 특히 청년층과 시민 단체들은 이들의 투명한 소통에 큰 호응을 보였고, 국민의원에 대한 신뢰가 한층 강화되었다.

그러나 투명성을 강화하는 노력이 모두에게 환영받는 것은 아니었다. 일부 정치권 인사들은 국민의원들이 지나치게 투명성을 강조하고, 국민들에게 모든 것을 공개함으로써 기존 정치 구조에 도전하고 있다고 여겼다. 이민호와 박지영의 움직임이 정치권에 위협이 된다고 느낀 일부 인사들은 이들의 활동을 견제하려는 움직임을 보이기 시작했다.

하루는 익명의 제보자가 이민호에게 전화를 걸어왔다. 그의 목소리는 낮고 비밀스러웠다.

"이민호 의원님, 요즘 너무 나서는 것 아닙니까? 국민이 모든 것을 알 필요는 없다는 걸 아셔야죠. 정치란 때로는 보이지 않게 이루어져야 하는 법입니다."

이민호는 당황한 얼굴로 대답했다.

"저는 국민이 신뢰할 수 있는 정치인을 목표로 하고 있습니다. 제 행동이 불편하시다면, 그건 제가 잘하고 있다는 증거가 아닐까요?"

상대는 불쾌한 웃음을 지으며 대답했다.

"곧 알게 되실 겁니다. 투명성이 얼마나 위험할 수 있는지 말이죠."

이민호는 전화를 끊은 후 깊은 생각에 빠졌다. 그는 이번 일로 인해 자신의 의정 활동이 주시당하고 있다는 것을 실감하게 되었다.

며칠 뒤, 이민호는 박지영과 함께 또 다른 사건에 휘말렸다. 그들이 추진하던 국민 투표 관련 법안이 국회 내에서 갑자기 무산될 위기에 처한 것이다. 국민들이 주요 정책에 직접 참여하고 투표할 수 있는 이 법안은 이민호와 박지영이 힘써 준비한 중요한 정책 중 하나였지만, 비밀리에 국회 내의 일부 의원들이 연합해 이 법안을 저지하려고 시도하고 있었다. 이들은 국민의원이 더 큰 힘을 가지게 되면, 자신들의 권력에 위협이 될 것을 우려한 것이다.

"민호 씨, 이거 정말 심각한 상황이에요. 국민들이 직접 참여할 수 있는 길을 막으려는 사람들이 이렇게나 많다니……."

박지영이 답답한 표정으로 말했다.

이민호는 결심한 듯 단호한 목소리로 답했다.

"지영 씨, 그렇다면 우리가 더욱 국민의 지지를 받을 수밖에 없겠죠. 이번 투표 법안을 놓고 국민들과 더욱 소통하고, 이 법안이 얼마나 중요한지 알리면 됩니다. 국회 내부의 압력을 외부의 국민 지지로 이겨 낼 수밖에 없어요."

이민호와 박지영은 국민 투표 관련 법안의 중요성을 알리기 위해 다시금 소통의 장을 마련했다. 지역 순회 간담회를 통해 국민들에게 직접 법안을 설명하고, 국민들의 지지를 이끌어 내기 위해 최선을 다했다.

이후 이민호와 박지영의 법안에 대한 국민들의 관심과 지지가 높아지면서, 국회 내 반대 세력의 견제는 한층 더 거세졌다. 그중 특히 오영섭은 이민호와 박지영이 자신들의 정치적 권한을 확장하고 기존 정치 질서에 위협을 가하고 있다고 판단해, 은밀한 계획을 세우기 시작했다.

이민호와 박지영의 노력을 무너뜨리기 위해 오영섭은 언론에 이민호의 활동을 비판하는 기사를 흘려보내고, 과거 활동을 왜곡하여 국민의 신뢰를 흔들기 위한 음모를 꾸몄다. 며칠 후, 이민호는 신문에서 자신과 박지영에 대한 부정적인 기사들이 쏟아지고 있다는 소식을 듣게 되었다.

"지영 씨, 우리를 견제하려는 세력들이 본격적으로 움직이기 시작한 것 같아요. 이렇게 의정 활동이 공개된 것조차 악용될 수 있다니……."

박지영도 놀라며 말했다.

"민호 씨, 이대로 두면 우리 노력의 결실이 무너질 수 있어요. 국민들에게 진실을 알리는 방법이 필요해요."

이민호는 결연한 표정으로 대답했다.

"지영 씨, 우리는 국민의 신뢰를 얻기 위해 투명성을 선택했어요. 그 선택을 흔들림 없이 지키며, 국민의 힘을 바탕으로 계속 싸울 수밖에 없겠죠. 이제 국민들이 진정한 힘을 발휘하도록 돕는 게 우리의 역할입니다."

이제 이민호와 박지영은 자신들이 세운 투명성과 신뢰의 원칙을 지키며, 국민의 힘으로 권력의 압박을 이겨 내기 위한 더 큰 싸움을 준비해야 했다.

그러나 이들 앞에 놓인 길은 더욱 험난하고 복잡해져만 갔다. 오영섭의 음모는 아직 시작에 불과했으며, 그들의 싸움은 이제 막 본격적으로 가열되기 시작하고 있었다.

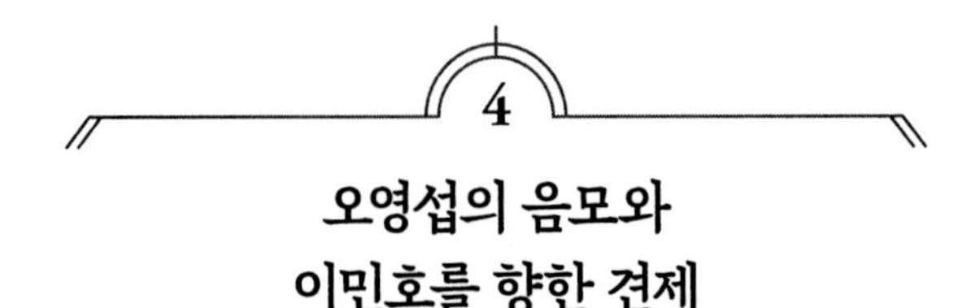

오영섭의 음모와 이민호를 향한 견제

국민의원으로서 신뢰와 투명성을 바탕으로 활동을 펼치고 있는 이민호는 시간이 지나면서 국회 내부의 강력한 반발과 견제를 점점 더 실감하게 되었다. 특히 국민 참여를 확대하고 정치 투명성을 높이려는 그의 행보는 기존 정치 세력에게 위협이 되었고, 그중에서도 오영섭은 이민호의 존재를 눈엣가시로 여기며 강력히 견제하고 있었다.

오영섭은 다선 의원으로서 국회 내 권력과 영향력을 고루 갖춘 인물이었다. 이민호와 국민의원들이 투명성과 개혁을 내세우는 만큼 자신의 권력과 기득권이 위협받을 것을 우려하고 있었다. 그는 이민호를 직접적으로 공격하기보다는 교묘한 전략과 음모로 이민호를 고립시키고, 국민의원의 신뢰를 무너뜨리려는 계획을 세웠다.

하루는 이민호가 박지영과 의정 활동에 대한 논의를 마치고 사무실로 돌아가는 길이었다. 그때 전화가 걸려 왔다. 발신자는 오영섭 의원이었다. 이민호는 의아한 마음으로 전화를 받았다.

"이민호 의원님, 만나서 이야기 좀 나누고 싶은데요. 국회 내에서 조율할 일이 생긴 것 같아서 말입니다."

이민호는 직감적으로 이 만남이 단순하지 않음을 느꼈지만, 응했다.

"알겠습니다. 언제 만나 뵙죠?"

오영섭은 미소를 띠며 대답했다.

"내일 오후에 내 사무실로 오세요. 긴 얘기가 될 것 같으니 시간을 비워 두시고요."

다음 날, 이민호는 오영섭의 사무실을 방문했다. 그는 상대방의 표정에서 무언가 불길한 의도가 숨어 있음을 느꼈다. 오영섭은 친근한 미소로 이민호를 맞이했지만, 대화가 시작되자 그의 본심을 드러냈다.

"이민호 의원, 요즘 아주 잘나가고 있더군요. 국민들과 소통하며 인기 끌기도 좋지만, 정치는 그렇게 순수하게 할 수 있는 게 아니죠. 지금처럼 의정 활동을 공개하고 투명성을 강조하면 기존 정치 질서가 무너지지 않겠어요?"

이민호는 당당하게 맞섰다.

"저는 국민이 신뢰하는 정치를 만들기 위해 이 자리에 왔습니다. 기존 질서를 무너뜨리는 게 아니라, 국민과 함께 새로운 길을 만들어 가려는 겁니다."

오영섭은 비웃으며 말했다.

"그런 이상론은 여기서 통하지 않아요, 이민호 의원. 현실에 순응하는 것도 정치인의 역할입니다."

이민호는 오영섭의 제안을 거절했고, 그가 요구하는 타협을 받아들일

수 없다는 입장을 고수했다. 이로 인해 두 사람의 갈등은 더욱 깊어졌다.

며칠 후, 이민호는 언론에 자신의 의정 활동과 새로운 정책에 대한 비판적인 기사가 쏟아지고 있음을 알게 되었다. 기사 내용은 '국민의원의 활동이 지나치게 선동적이며, 정치의 안정을 해친다'는 식의 자극적인 내용이었다. 특히 이민호의 정책을 겨냥한 기사들은 왜곡된 정보를 포함하고 있어, 그에 대한 부정적인 여론이 퍼지기 시작했다.

박지영은 이민호의 사무실을 찾아와 그를 위로하고 격려했다.

"민호 씨, 요즘 언론이 정말 도가 지나친 것 같아요. 전혀 사실이 아닌 내용들로 공격하고 있어요."

이민호는 깊은 한숨을 쉬며 대답했다.

"아마 오 의원이 계획한 일일 거예요. 국민의원이 힘을 얻는 걸 두려워하는 그들이 여론을 이용해 우리를 고립시키려는 거죠."

박지영도 단호히 말했다.

"우리는 국민의 신뢰를 얻기 위해 이 자리에 온 거잖아요. 언론이 우리를 공격하더라도 흔들리지 말아요."

박지영의 격려에 이민호는 다시 한번 결의를 다졌다. 하지만 그는 앞으로 언론의 공격이 계속될 것을 예감하고, 대책을 세워야 한다고 생각했다.

다음 날, 예상대로 이민호와 박지영을 겨냥한 또 다른 보도가 나왔다. 이번에는 '국민의원이 사적인 이익을 위해 의정 활동을 활용하고 있다'는 의혹이 제기되었다. 이민호는 이런 근거 없는 비난에 강하게 반발하고자 기자회견을 열기로 했다.

기자회견에서 이민호는 국민의 신뢰를 지키기 위해 자신이 지금까지 해 온 활동을 설명하고, 터무니없는 비난에 대해 정면으로 반박했다.

"국민 여러분, 저 이민호는 이 자리에 사적인 이익이 아닌, 국민의 신뢰를 얻고자 섰습니다. 제 활동을 왜곡하고 음해하는 시도에도 불구하고 저는 흔들리지 않을 것입니다. 제가 하는 모든 의정 활동은 국민과의 약속이며, 앞으로도 그 약속을 지키기 위해 최선을 다할 것입니다."

이민호의 단호한 태도에 국민들은 큰 지지를 보냈다. 그의 진심이 국민들에게 전해지면서 오히려 국민의원에 대한 신뢰가 더욱 높아졌다.

하지만 오영섭은 쉽게 포기하지 않았다. 그는 다음 단계로 이민호의 주변 사람들을 조사해 이민호의 약점을 찾으려 했다. 그의 계획은 이민호의 인맥을 약점으로 삼아 그를 압박하는 것이었다. 특히 이민호의 과거 동료들 중 몇몇 인물들과 관련한 루머를 퍼뜨려 그의 명예를 훼손하고자 했다.

며칠 후, 이민호는 오랜 친구로부터 갑작스러운 전화를 받았다. 친구는 언론에서 이민호에 대한 이상한 기사를 접했다며, 자신이 이민호와 연결되어 문제가 될까 두려워하고 있었다.

"민호야, 나한테까지 이런 기사가 나올 줄은 몰랐어. 너한테 피해가 갈까 봐 걱정돼."

이민호는 침착하게 친구를 위로하며 말했다.

"내가 책임질 테니까 걱정하지 마. 이건 명백히 나를 견제하려는 시도야. 하지만 나는 이런 협박에 굴복하지 않을 거야."

친구는 안도의 한숨을 쉬며 말했다.

"알았어, 민호. 너를 믿어. 하지만 조심해. 여기저기서 너를 견제하려는 움직임이 커지고 있는 것 같아."

이민호는 친구와의 통화를 끝내며, 자신의 활동이 얼마나 강력한 세력들에 의해 방해받고 있는지를 다시 한번 실감하게 되었다.

그러나 이 모든 방해와 음모에도 불구하고, 이민호는 의지를 굽히지 않았다. 그는 오히려 이번 경험을 통해 국민과 더 강하게 연대해야 한다는 결심을 다졌다. 그의 목표는 단순히 정치적 성과를 내는 것이 아니라, 국민의 뜻을 지키고 진정한 변화를 이루는 것이었기 때문이다.

그는 이제 국민과의 소통을 강화하고, 그들의 직접적인 지지를 받기 위해 투명한 의정 활동을 더욱 적극적으로 공개하고자 했다. 그의 활동이 많은 장애물을 마주하고 있지만, 국민들의 지지를 통해 계속해서 앞으로 나아가기로 결심한 것이다.

그러나 이민호가 마주할 도전은 여기서 끝나지 않았다. 국민의원이 추진하는 투명성 강화와 개혁이 계속되면서, 언론의 관심과 압박은 더욱 거세질 것이었다.

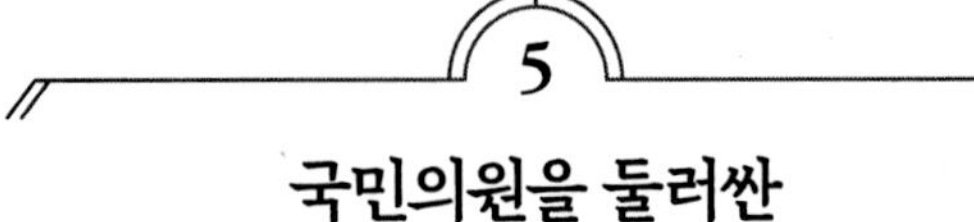

5
국민의원을 둘러싼 언론의 관심과 영향

이민호와 박지영이 의정 활동을 본격적으로 펼치면서 언론의 관심이 점점 더 집중되기 시작했다. 국민의원이 기존 정치권과는 다른 방식으로 국민과 소통하고 투명성을 강조하자, 언론은 이를 하나의 '현상'으로 주목하며 긍정적·부정적 시각이 엇갈리는 보도를 내놓았다. 국민의원의 개혁적 행보는 많은 국민에게 희망을 주었지만, 이들의 활동이 정치계에 미칠 파장에 대해 의문을 품고 있던 언론과 일부 기존 세력은 그들의 행보를 곱지 않게 바라보고 있었다.

하루는 이민호가 박지영과 함께 지역 주민들과의 간담회를 마치고 사무실로 돌아왔을 때였다. 그들의 얼굴은 대체로 피곤해 보였지만, 간담회에서 들은 다양한 의견들이 주는 에너지로 가득 차 있었다. 그러나 그들의 사무실에 도착하자마자, 한 기자가 이민호에게 인터뷰를 요청하며 다가왔다.

"이민호 의원님, 요즘 국민의원이 지나치게 소통과 투명성만 강조하는 것 아니냐는 비판이 일고 있습니다. 오히려 이러한 행보가 정책의 실질적 성과보다는 보여 주기식이라는 비판이 있는데, 이에 대해 어떻게 생각하시나요?"

이민호는 차분히 대답했다.

"저희 국민의원은 단순한 보여 주기가 아닌, 국민과 함께하는 정치를 실현하기 위한 노력을 하고 있습니다. 정치인이 해야 할 가장 기본적인 일은 국민의 목소리에 귀 기울이는 것이라고 생각합니다."

민호는 인터뷰 내내 흔들림 없이 자신의 소신을 밝혔다. 그러나 기자의 질문들은 미묘하게 부정적이고, 국민의원의 활동을 의도적으로 폄하하려는 분위기가 느껴졌다. 인터뷰를 마치고 돌아가는 길에 박지영이 이민호에게 말했다.

"민호 씨, 요즘 언론의 관심이 우리에게 너무 쏠려 있어요. 기자들마다 각기 다른 이야기를 만들어 내고 있고, 일부는 아예 비판만 하려는 것 같아요."

이민호도 고개를 끄덕이며 말했다.

"맞아요. 우리를 둘러싼 언론의 관심이 커질수록, 그만큼 왜곡되거나 부정적인 보도도 많아질 수 있겠죠. 하지만 국민들에게 진심을 전하려면 흔들리지 말고 계속 나아가야 할 것 같아요."

며칠 뒤, 오영섭 의원의 비호를 받는 한 언론사가 국민의원에 대한 부정적인 기사를 대대적으로 보도했다. 이 기사에서는 '국민의원이 추진하는 정책들이 충분한 검토와 분석 없이 진행되고 있으며, 그들의 활동이 정치적 혼란만 초래하고 있다'는 주장을 펼쳤다. 기사에는 이민호와 박지영의 활동을 상세히 나열하며, 이들이 과연 국민의 대표로서 자격이 있는지 의문을 제기하는 내용이 담겨 있었다.

그 보도가 나온 후, 이민호와 박지영을 향한 여론은 엇갈리기 시작했다. 일부는 국민의원의 노력을 응원하며 이들을 지지했지만, 또 다른 일부는 언론의 보도에 영향을 받아 이들의 활동이 과연 실질적인 변화를 가져올 수 있을지 의문을 품기 시작했다.

이러한 언론의 부정적인 시선은 국민의원들의 일상에도 큰 영향을 미치기 시작했다. 특히 이민호는 공청회와 간담회에서 만나는 국민들로부터 '언론에 나온 이야기들이 사실이냐'는 질문을 받기 시작했다. 처음에는 차분히 해명하고 설득했지만, 언론의 부정적인 보도가 거듭될수록 그 해명은 더 어렵고 길어졌다.

어느 날, 이민호는 다시 한번 오영섭과의 연관성을 암시하는 익명의 전화를 받았다.

"이민호 의원, 언론은 단순히 국민의 반응을 반영하는 매체일 뿐입니다. 이 점을 잘 활용하는 것이 정치인의 중요한 덕목이라는 걸 명심하십시오."

이민호는 상대방의 말을 가만히 듣고, 침착하게 대답했다.

"정말 그렇다면, 언론은 국민을 위한 진실을 보도해야겠죠. 저는 국민을 기만하는 방식으로 언론을 활용하고 싶지 않습니다."

상대방은 냉소적인 웃음을 지으며 대답했다.

"그런 이상론으로는 오래 버티지 못할 겁니다, 이민호 의원. 곧 알게 되겠죠."

전화가 끊기고, 이민호는 언론이 자신에게 얼마나 큰 도전이 될 수 있는지 실감하게 되었다.

언론의 공세가 계속되는 가운데, 국민의원에 대한 반응은 더욱 복잡하게 엉켜갔다. 어느 날, 박지영은 한 청년 단체의 초대를 받아 환경 정책에 대해 설명하는 자리에 참석하게 되었다. 그러나 그녀가 발표를 시작하자마자, 몇몇 청년들이 미리 준비한 질문을 던지며 그녀의 정책에 대해 강하게 비판하기 시작했다.

"박 의원님, 언론 보도를 보니 환경 규제가 오히려 소상공인들에게 경제적 타격을 줄 수 있다는 지적이 있습니다. 이에 대한 대응은 있으신가요?"

박지영은 잠시 생각하다가 대답했다.

"저희는 환경 보호와 경제적 안정 사이에서 균형을 맞추기 위해 노력하고 있습니다. 실제로 각계각층의 의견을 들으며 정책을 조정해 가고 있습니다."

그러나 청년들은 그녀의 답변에 고개를 저으며 말했다.

"그런데 왜 언론에서는 그런 내용이 충분히 다뤄지지 않았을까요? 결국 정치인들의 말뿐이라는 불신이 생길 수밖에 없는 거 아닙니까?"

그들의 질문에 박지영은 답답함을 느꼈다. 자신이 어떤 노력을 기울이고 있는지 설명하고 싶었지만, 언론의 왜곡된 보도가 국민들의 마음속에 남아 있는 현실을 목도하게 되었다.

언론의 관심이 점점 커지고, 왜곡된 정보가 확산될수록 이민호와 박지영은 새로운 방안을 모색할 필요성을 느꼈다. 어떻게 해야 국민들이 언론의 영향에서 벗어나 이들의 진심을 제대로 이해할 수 있을지 고민이 깊어졌다.

그러던 중, 이민호는 과거 언론계에 있었던 친구 김수혁이 떠올랐다. 김수혁은 기자 시절 이민호와 긴밀하게 일해 왔던 동료이자 친구로, 지금은 프리랜서 언론인으로 활동하며 독립적으로 기사를 작성하고 있었다. 그는 이민호의 진심과 국민의원이 추구하는 방향성을 누구보다 잘 이해하는 인물이었다.

이민호는 용기를 내어 김수혁에게 도움을 요청하기로 결심했다. 그날 저녁, 이민호는 김수혁에게 연락해 만나기를 청했다.

"수혁아, 우리가 추진하는 의정 활동이 언론에서 계속 왜곡되면서 국민들에게 잘못 전달되고 있어. 우리 의정 활동의 진심을 제대로 알리고 싶은데, 도움을 받을 수 있을까?"

김수혁은 잠시 고민하더니 고개를 끄덕이며 답했다.

"민호 의원, 그간 어떤 노력을 해 왔는지 잘 알고 있지. 언론의 프레임 속에 묶이지 않으려면 진실을 담은 기사를 만들어서 국민들에게 전할 필요가 있어. 할 수 있는 한 도와줘야지."

이민호는 김수혁의 결심에 감사를 표하며, 그와 함께 언론의 잘못된 보도에 대응할 전략을 세우기 시작했다.

김수혁의 도움으로 이민호는 이제 언론과의 싸움에서 새로운 가능성을 발견하게 되었다. 이민호와 김수혁은 국민의원들의 진심을 제대로 전달할 방법을 고민하며, 독립적인 미디어 플랫폼을 통해 의정 활동을 국민들에게 직접 알리는 방안을 모색했다. 이를 통해 기존 언론의 왜곡된 프레임을 깨고 국민의 신뢰를 회복할 수 있을 것이라는 희망이 싹텄다.

며칠 후, 김수혁은 이민호와 박지영의 의정 활동을 상세히 취재한 후 첫 기사를 독립 미디어 채널에 올렸다. 기사의 제목은 '국민과의 약속을 지키기 위해, 국민의원이 선택한 투명성의 길'이었다. 기사에는 그동안 이민호와 박지영이 겪은 어려움, 진심 어린 노력이 고스란히 담겼다. 또한, 국민의원이 왜 기존 정치 구조와 다른 방식으로 활동하고 있는지를 설명하며, 그들의 진정성을 강조했다.

이 기사는 점차 많은 사람들에게 공유되기 시작했고, 국민들 사이에서는 기존 언론이 보도하지 않던 국민의원의 진면목에 대한 이야기가 퍼져 나갔다. 댓글에는 응원의 목소리와 함께 이민호와 박지영을 신뢰하는 글들이 이어졌고, 그들은 드디어 국민들과 직접적으로 소통할 창구를 찾은 듯했다.

그러나 이 새로운 소통 방식이 국민들에게 긍정적으로 다가가자, 오영섭과 기존 세력은 더 큰 위협을 느끼기 시작했다. 그들은 국민의원이 기존 정치 질서를 흔드는 것은 물론이고, 국민들에게 직접적인 지지를 받으며 점점 더 강한 정치적 입지를 다져 가는 상황을 좌시할 수 없었다.

오영섭은 내부 회의를 열어 이민호와 박지영을 더 강하게 견제할 방안을 논의했다. 그는 여론을 조작해 국민의원에 대한 신뢰를 다시 한번 무너뜨리려는 계획을 세우고, 이민호와 박지영의 사생활을 포함한 의정 활동까지 샅샅이 조사해 허점을 잡으려 했다.

이민호는 이러한 음모와 압박에도 굴하지 않고 김수혁과 협력해 국민의원이 하는 모든 활동을 투명하게 공개하는 일에 박차를 가했다. 또한, 정기적인 온라인 토론회와 간담회를 열어 국민의 직접 질문에 응답하며 소통의 창구를 더욱 넓혔다.

어느 날, 김수혁은 이민호에게 중요한 제안을 했다.

"민호 의원, 단순히 기사로만 전달하는 것보다 직접 국민들과 실시간으로 소통할 수 있는 방송을 열어 보는 게 어때? 요즘은 라이브 방송이 많은 사람에게 호응을 얻고 있거든."

이민호는 김수혁의 제안에 잠시 생각하더니 미소 지으며 답했다.

"좋은 생각이야, 수혁아. 국민들이 직접 질문을 하고, 우리가 바로 대답할 수 있는 기회를 제공하면 훨씬 더 투명하게 다가갈 수 있을 것 같아."

그들은 즉시 준비를 시작해, 국민의원 의정 활동을 생중계로 공개하는 첫 라이브 방송을 열었다. 방송 중에는 예상보다 많은 국민이 참여해, 그들에게 직접 질문을 던지며 활발한 소통이 이어졌다. 이민호와 박지영은 국민들이 궁금해하는 점을 성실히 답변했고, 시청자들은 국민의원이 실제로 국민의 목소리를 듣고자 하는 모습을 보고 큰 호응을 보냈다.

라이브 방송이 성황리에 종료된 후, 이민호와 박지영은 국민의 기대와 지지를 실감하며 자신감을 얻었다. 그러나 이러한 노력에도 불구하고, 그들을 견제하려는 세력들의 압박은 점점 더 교묘해지고 있었다. 오영섭은 이민호와 박지영의 라이브 방송에서 나온 사소한 발언을 문제 삼아 여론을 왜곡하려 했고, 이들이 단지 이상만을 좇는 비현실적인 정치인이라는 이미지를 씌우려 했다.

이민호와 박지영은 국민의 신뢰를 얻기 위한 노력이 언론과 정치 세력의 방해로 가로막힐 수 있다는 사실에 좌절할 뻔했지만, 그럴수록 국민들과의 소통을 더 강화하고 투명성을 지키기로 결심했다. 그들은 김수혁과 협력하여 독립적인 언론과 국민을 연결하는 새로운 플랫폼을 확장해 나갔다.

이제 이민호와 박지영은 국민들의 지지를 통해 오영섭의 음모에 맞서 싸우는 방법을 터득하고 있었다. 국민의 신뢰를 얻는 길이 쉽지 않음을 깨달은 그들은, 김수혁의 지원과 언론을 활용해 더 강력한 투명성의 방패를 만들기로 결심했다. 이들 앞에 다가올 새로운 도전과, 국민의 힘을 이용해 이들을 억누르려는 정치 세력과의 충돌은 이제 시작에 불과했다.

김수혁의 지원을 통한 언론 활용

국민의 신뢰를 얻기 위한 투명성과 개혁의 길을 가고 있는 이민호와 박지영에게 언론은 양날의 검이었다. 그들의 진심이 왜곡된 채 퍼지기도 했고, 특정 세력에 의해 비판과 비난이 증폭되기도 했다. 이런 상황에서 이민호는 과거 언론계 동료였던 김수혁에게 도움을 청하게 되었다. 김수혁은 국민의원이 그저 보여 주기식 정치가 아니라 진정한 변화를 이루고자 하는 사람들임을 잘 알고 있었기에, 적극적으로 그들의 곁에서 지원하고자 했다.

김수혁과 이민호는 언론을 활용해 진실을 전달할 수 있는 방안을 함께 모색했다. 기존의 대형 매체들보다는 독립적이고 객관성을 가진 매체를 통해 국민들에게 정확한 정보를 전달하고, 국민의원이 추구하는 투명성과 국민과의 소통을 중심으로 기사를 작성하는 것이 핵심이었다.

어느 날, 김수혁은 이민호를 만나 이 계획에 대해 의견을 나누었다.

"민호 의원, 이제 국민에게 직접 다가갈 수 있는 새로운 방식이 필요해. 기존 언론에 기대기보다는 독립적인 매체를 통해 우리만의 목소리를 내야 해."

이민호는 고개를 끄덕이며 대답했다.

"맞아. 이제는 우리가 일방적으로 당하지 않고, 국민들에게 정확한 정보를 전할 수 있는 채널을 만들어야 해. 수혁이 네 지원이 없었다면 힘들었을 거야."

김수혁은 곧바로 기획을 시작해 국민의원 활동을 심층적으로 다룬 기사와 다큐멘터리 형식의 영상을 제작하기로 했다. 이 기획은 국민들이 국민의원의 의정 활동과 정책에 대해 오해 없이 이해할 수 있도록 모든 과정을 상세히 담아내는 것이 목표였다.

며칠 후, 김수혁은 첫 기사를 통해 국민의원의 활동과 그들이 겪는 어려움을 상세히 소개했다. 기사에는 기존 정치 질서와의 갈등, 의정 활동의 투명성을 지키기 위한 노력, 그리고 이민호와 박지영이 국민의 신뢰를 얻기 위해 기울이는 노력이 진솔하게 담겼다. 또한 오영섭을 비롯한 정치 세력들의 방해와 언론의 왜곡에 대해 사실을 알리는 내용도 포함되었다.

이 기사는 온라인에서 큰 반향을 일으켰고, 사람들은 국민의원이 단순히 보여 주기식 정치인이 아니라 국민의 삶과 직결된 문제들을 해결하기 위해 헌신하고 있다는 것을 알게 되었다. 반응은 뜨거웠다. 국민들은 이민호와 박지영의 진정성을 응원하며, 국민의원에 대한 지지가 점점 늘어 갔다.

김수혁의 지원은 여기서 멈추지 않았다. 그는 더 많은 국민이 이들의 진심을 알 수 있도록 독립적인 온라인 플랫폼을 구축해 정기적으로 국민의원 활동을 직접 알릴 수 있게 했다. 이 플랫폼은 기사, 영상뿐만 아니라 국민의원이 국민들과 실시간으로 소통할 수 있는 온라인 채널도 제공했다. 이를 통해 이민호와 박지영은 국회에서의 결정 과정, 현장의 목소리를 반영하는 정책 추진 상황 등을 투명하게 공개했다.

어느 날, 이민호와 박지영은 김수혁이 운영하는 온라인 플랫폼에서 라이브 방송을 진행했다. 수많은 국민이 접속해 그들에게 질문을 던졌고, 이민호와 박지영은 각자의 정책에 대한 계획과 의지를 진솔하게 이야기했다. 방송 중 한 청년이 질문을 던졌다.

"이민호 의원님, 요즘 언론에서는 의원님들의 활동을 폄하하려는 기사들이 많던데, 그저 인기 끌기 위한 행동 아니냐는 말도 있습니다. 이에 대해 어떻게 생각하시나요?"

이민호는 잠시 고민하다가 답했다.

"저희는 국민의 신뢰를 얻기 위해 모든 것을 공개하고 투명하게 소통하려 합니다. 정치가 국민에게 가깝게 다가갈 수 있도록 하는 것이 저희의 진심입니다. 보여 주기식이 아닌 진정한 변화를 만들기 위해 계속 노력할 것입니다."

박지영도 청년들에게 진심 어린 메시지를 전했다.

"정치가 멀게 느껴지지 않도록, 국민 여러분이 정책의 중심에 설 수 있도록 노력하겠습니다. 국민 여러분이 저희의 진정성을 믿어 주신다면, 저희는 흔들리지 않고 앞으로 나아갈 수 있습니다."

이 방송을 통해 이민호와 박지영의 진심이 다시 한번 국민들에게 전해졌다. 그러나 방송 후, 오영섭은 이들의 활동을 방해하기 위해 더 강력한 계획을 세웠다. 그는 이민호와 박지영의 활동을 왜곡하고, 그들의 지지율을 떨어뜨리기 위해 일부 언론과 결탁해 부정적인 기사를 쏟아내기로 했다. 동시에 오영섭은 이민호의 과거 발언과 정책 제안을 문제 삼아 법적인 압박을 가하려는 시도를 준비하고 있었다.

며칠 후, 이민호는 신문에서 자신에 대한 또 다른 비판 기사를 발견했다. 이번에는 그가 특정 이해관계에 얽혀 있다는 허위 주장이 담긴 내용이었다. 그는 이러한 음모에도 불구하고 자신이 택한 길을 지켜야 한다는 확신을 가졌지만, 점점 커져 가는 압박에 대한 걱정도 떨쳐 낼 수는 없었다.

그날 저녁, 이민호는 김수혁을 만나 모든 상황을 털어놓았다.

"수혁아, 이번엔 더 강력한 압박이 들어오고 있어. 이런 상황에서도 국민의 신뢰를 얻을 수 있을지 모르겠다."

김수혁은 단호하게 답했다.

"민호 의원, 지금처럼 진정성 있게 국민과 소통하면 돼. 국민들은 결국 진심을 알아줄 거야. 이 싸움이 쉬울 것이라곤 생각하지 않지만, 우리가 진실을 지키기 위해 해야 할 일이야."

김수혁의 말을 들으며 이민호는 다시 한번 힘을 얻었다. 김수혁의 지원과 독립적인 언론 채널을 통해 그는 국민들에게 더 가까이 다가갈 수 있었다. 이들의 활동은 점차 더 많은 국민들에게 지지를 얻기 시작했고, 국민들은 이민호와 박지영의 진정성을 응원하며 그들에게 힘을 실어 주었다.

그러나 이민호와 박지영이 국민의 신뢰를 얻기 위한 노력을 기울이던 가운데, 그들의 길은 더욱 험난해질 조짐을 보이고 있었다. 국민의 신뢰를 기반으로 세운 국민의원의 성과를 무너뜨리려는 세력들이 계속해서 음모와 압박을 준비하고 있었고, 이민호와 박지영은 국민의 응원과 지지를 더욱 얻기 위해 새로운 결단을 내려야 했다. 이제 이들이 마주할 더 큰 도전 속에서, 과연 어떤 결과를 맞이하게 될 것인가?

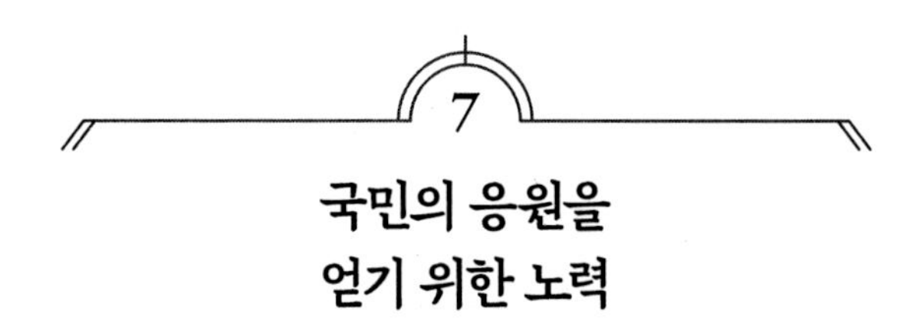

국민의 응원을 얻기 위한 노력

이민호와 박지영은 점차 깊어지는 정치적 압박 속에서 국민의 신뢰를 지키기 위해 더 많은 노력을 기울이고 있었다. 국민의 응원 없이는 그들의 의정 활동이 지속될 수 없다는 사실을 잘 알고 있었기에, 이들은 소통을 통한 진정성 있는 접근을 최우선으로 삼았다. 그리고 김수혁의 지원 덕분에 독립적인 언론과 온라인 플랫폼을 통해 점차 국민과의 신뢰를 회복해 나가고 있었다.

하지만 이들은 국민의 신뢰를 얻기 위해서는 단순히 소통만으로는 부족함을 느꼈다. 더 나아가 국민이 원하는 변화와 요구에 실질적으로 응답하는 모습을 보여야만 진정한 지지를 얻을 수 있다는 것을 절실히 깨닫고 있었다.

어느 날, 이민호와 박지영은 시민들을 직접 만나 의견을 듣기 위해 거리 간담회를 계획했다. 그들이 현장에 도착하자 예상보다 많은 사람들이 그들을 반갑게 맞이했다. 그러나 그 자리에서 나눈 대화는 순탄치만은 않았다. 한 중년 남성이 목소리를 높이며 이민호에게 따져 물었다.

"이민호 의원님, 투명성이니 국민과의 소통이니 좋습니다. 하지만 실질적인 변화를 만들어 내야 하지 않습니까? 이 어려운 경제 상황 속에서 우리에게 진짜 필요한 정책은 언제 나오나요?"

이민호는 진지하게 고개를 끄덕이며 대답했다.

"말씀하신 대로 국민의 실질적인 삶에 영향을 줄 수 있는 변화를 만드는 것이 무엇보다 중요합니다. 저희는 지금 여러분의 의견을 더 구체적인 정책으로 반영하기 위해 최선을 다하고 있습니다. 국민 여러분의 응원이 저희에게 큰 힘이 될 것입니다."

그의 답변에 일부는 고개를 끄덕이며 이해했지만, 다른 몇몇 사람들은 여전히 회의적인 눈빛을 보냈다. 이민호는 그들의 반응에서 현실의 무게를 다시 한번 느꼈다. 그들이 원하는 것은 단순한 약속이 아니라, 실제로 체감할 수 있는 변화였기 때문이다.

간담회가 끝난 후, 박지영은 이민호와 함께 돌아가며 이날의 이야기를 되짚어 보았다.

"민호 씨, 우리가 열심히 한다고 하지만 아직 국민들은 실질적인 변화를 원하고 있어요. 우리 정책이 제대로 자리 잡으려면 더 과감한 결단과 신속한 실행이 필요할지도 몰라요."

이민호는 고개를 끄덕이며 답했다.

"맞아요, 지영 씨. 이제는 구체적인 성과를 보여 줄 때가 된 것 같아요. 우리 정책이 국민의 삶을 어떻게 변화시킬지 증명해야 하죠. 우리가 가진 자원을 최대한 활용해서 실질적인 변화를 만들어야겠어요."

그들은 국민들이 원하는 정책을 더 체감할 수 있도록 빠르게 실현시키기 위해 전략을 세우기 시작했다.

이민호와 박지영은 이후 소통의 방식을 바꾸어 정책과 활동의 성과를 국민들이 직접 확인할 수 있는 자리를 마련하기로 했다. 그들은 국민들에게 최근 정책이 적용된 사례와 그 결과를 투명하게 공개하고, 국민들이 직접 평가할 수 있는 '정책 평가회'를 개최했다.

이 행사는 큰 호응을 얻었고, 많은 사람들이 직접 참여해 정책 성과를 평가하고 의견을 제시했다. 특히 청년층과 중장년층은 자신의 삶에 영향을 준 정책에 대해 솔직한 피드백을 남겼고, 이민호와 박지영은 이들의 의견을 경청하며 정책을 개선하기 위해 추가적인 아이디어를 메모했다.

평가회가 한창 진행되던 중, 한 여성이 자리에서 일어나 질문을 던졌다.

"박 의원님, 저희는 환경 보호 정책이 필요하다고 생각하지만, 그로 인해 일자리가 줄어들까 봐 걱정됩니다. 혹시 이를 해결할 방안이 있으신가요?"

박지영은 미소 지으며 대답했다.

"네, 저희도 같은 고민을 하고 있습니다. 환경과 경제를 모두 살릴 수 있는 방향을 고민 중입니다. 구체적인 방안을 찾기 위해 전문가들과 협력하고 있으며, 여러분께서도 지속적으로 피드백을 주신다면 큰 도움이 될 것입니다."

참석자들은 박지영의 답변에 고개를 끄덕이며, 국민의원의 진지한 노력에 긍정적인 반응을 보였다.

그러나 이민호와 박지영이 국민의 응원을 받기 위해 진심을 다하는 그 순간에도, 뒤에서는 오영섭을 비롯한 일부 정치 세력이 이들의 활동을 견제하기 위한 음모를 꾸미고 있었다. 그들은 국민의원들이 국민의 지지를 얻는 것에 큰 위기감을 느끼고, 그들의 인기를 떨어뜨리기 위해 또 다른 계획을 세우기 시작했다. 이번에는 국민의원 활동의 세부 사항을 꼬투리 잡아 부정적으로 보도하게 하려는 언론 플레이를 준비하고 있었다.

며칠 후, 일부 언론에서 '국민의원이 실제로 내놓은 정책 성과는 부진하다'는 비판 기사가 쏟아져 나왔다. 기사에는 이민호와 박지영이 보여주기식 소통에 치중하고 있다는 내용과 함께, 그들의 정책이 실질적 효과를 거두지 못하고 있다는 분석이 포함되어 있었다.

이민호와 박지영은 이를 접하고, 다시 한번 국민의 신뢰를 얻기 위한 구체적 전략을 세워야 한다는 사실을 절감하게 되었다.

그날 밤, 이민호는 김수혁에게 연락해 언론의 비판에 어떻게 대응할지 상의했다.

"수혁아, 이번 기사들은 우리 정책이 전혀 효과를 내지 못하는 것처럼 몰아가고 있어. 국민들의 마음이 돌아설까 걱정돼."

김수혁은 차분하게 대답했다.

"민호 의원, 지금 필요한 건 진정한 성과를 보여 주는 거야. 국민들은 언론 보도보다 실제 변화를 원해. 이럴 때일수록 흔들리지 말고, 보여주기식이 아닌 실제 성과를 낼 수 있는 일에 집중해야 해."

김수혁의 조언을 듣고 이민호는 다시 한번 힘을 얻었다. 그는 박지영과 함께 실질적인 성과를 증명할 구체적 계획을 세우기로 했다. 정책의 실효성을 강화하는 한편, 국민들에게 직접 변화된 모습을 보여 줄 수 있는 새로운 방안을 마련하는 것이었다.

이민호와 박지영은 국민의 응원을 얻기 위한 노력을 한층 강화하며, 국민과 함께 새로운 정치의 길을 걷기로 결심했다. 하지만 그들을 기다리고 있는 더 큰 도전과 압박은 이제 막 시작에 불과했다. 이들의 순수한 결의가 과연 기존 정치의 굴레와 특권을 넘어서 국민의 신뢰를 얻을 수 있을 것인가?

4장

특권의 굴레를 넘어서

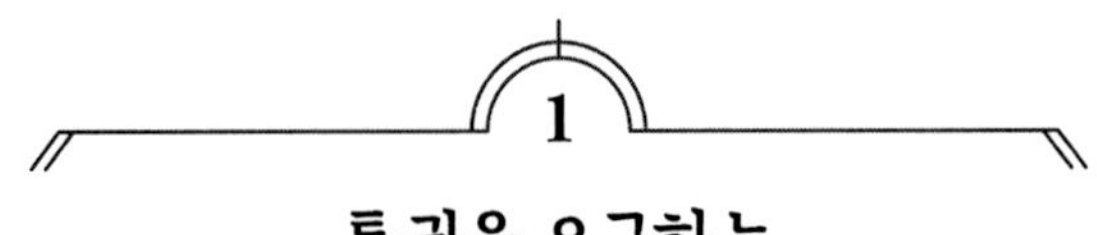

1
특권을 요구하는 일부 국민의원들의 갈등

이민호와 박지영이 국민과의 소통을 통해 신뢰를 다져 가고 있던 그 시점, 국민의원 내부에서는 또 다른 문제가 불거지고 있었다. 국민을 위해 봉사하겠다며 의원직을 맡았던 일부 국민의원들이 오히려 '특권'을 요구하기 시작한 것이었다. 국민의원은 특권이 아닌 봉사와 희생의 자리로 출발했지만, 몇몇 의원들은 시간이 지날수록 자신들이 더 많은 혜택과 권한을 누려야 한다고 주장하며 점차 이탈하려는 기미를 보이고 있었다.

어느 날, 이민호는 회의에서 몇몇 동료 국민의원들이 사무실 운영 예산 증액과 더불어 교통비, 각종 편의 시설 지원을 요구하는 모습을 목격했다. 이들은 기존의 단순하고 검소한 의원 환경에 불만을 표하며, 더 나은 근무 여건을 이유로 다양한 특혜를 원했다. 그러나 민호는 이 요구가 국민의원 본래의 취지에 어긋난다고 느꼈다.

한 중년 의원이 격양된 목소리로 발언했다.

"국민의원이라는 자리가 왜 이렇게 불편해야 합니까? 우리도 일반 의원들처럼 기본적인 혜택을 누릴 권리가 있어요. 국민에게 봉사한다고 해서 우리가 불편을 감수해야 한다는 건 불공평하지 않습니까?"

박지영이 침착하게 그에게 답변했다.

"국민의원으로서 우리는 국민과 함께 호흡하기 위해 불편을 감수하는 겁니다. 우리가 누리는 특권이 없는 것이 오히려 우리를 더 국민에 가깝게 만들어 줍니다."

중년 의원은 냉소를 지으며 대꾸했다.

"박지영 의원님, 이상론은 그만두고 현실을 보시죠. 편의가 있어야 우리가 더 나은 일을 할 수 있는 겁니다. 다른 의원들과 똑같이 일하면서 왜 우리는 그들보다 열악한 환경에서 일해야 합니까?"

이민호는 동료 의원들의 주장이 점점 특권에 대한 요구로 변질되는 것을 보며 큰 실망을 느꼈다. 국민의원이라는 자리는 특권이 아닌 국민의 목소리에 더 가깝게 다가가는 자리여야 했다. 하지만 이제는 일부 의원들이 이 자리를 새로운 특권의 자리로 만들려 하고 있었다.

며칠 후, 일부 국민의원들이 불만을 가지고 회동을 계획하고 있다는 소식을 듣게 된 이민호와 박지영은 문제의 심각성을 깨달았다. 이민호는 특권을 요구하는 의원들과의 갈등을 해결하기 위해 이 회동에 직접 참여하기로 결심했다.

회의실에 들어선 이민호와 박지영은 특권을 요구하는 의원들과 날카로운 눈빛을 교환했다. 한 의원이 회의 시작과 동시에 자신들의 요구 사항을 강하게 주장하기 시작했다.

"이민호 의원님, 우리가 국민의원으로서 일하는 데 필요한 기본적 권리를 보장받지 못하는 현실에 대해 어떻게 생각하십니까? 국민을 위해 일하겠다고 하지만, 우리도 일을 잘하기 위해서는 필수적인 지원이 필요하다고 생각합니다."

이민호는 단호한 목소리로 대답했다.

"여러분의 주장이 이해가 되지 않는 것은 아닙니다. 하지만 우리는 국민에게 가까이 다가가고, 그들과 같은 눈높이에서 일하기 위해 이 자리에 온 것입니다. 특권을 요구하는 순간, 우리는 국민의 신뢰를 잃을 위험이 있습니다."

한 의원은 반발하며 말했다.

"그럼 우리는 일만 하고 아무 혜택도 받지 말라는 말입니까? 무리한 요구가 아닌, 정당한 권리를 요청하는 것뿐입니다."

이민호와 박지영은 회의실 안에서 의견이 엇갈리는 상황을 보며 갈등의 골이 깊어지고 있음을 느꼈다. 그들의 결심은 국민의원의 본질을 지키는 데 있었지만, 이제 일부 동료 의원들과의 가치관 충돌로 인해 그들마저 흔들릴 위험에 처하고 있었다.

그날 저녁, 이민호와 박지영은 회의 이후의 여운이 남아 각자의 생각에 잠겨 있었다. 이들은 국민의원이 특권 없는 자리로서 국민과 함께해야 한다고 믿었지만, 동료 의원들의 요구와 불만이 이어질수록 이들의 신념도 시험을 받고 있었다.

박지영이 먼저 침묵을 깨고 말했다.

"민호 씨, 이렇게 갈등이 커지면 결국 국민의원이라는 자리 자체가 흔들릴 위험이 있어요. 우리가 지키려는 가치를 이해하지 못하는 동료들과 계속 협력할 수 있을지 걱정됩니다."

이민호는 고개를 끄덕이며 대답했다.

"저도 같은 고민입니다, 지영 씨. 하지만 우리가 국민을 위해 이 자리에 있는 한, 우리의 목적을 잃지 말아야 한다고 생각해요. 특권을 요구하는 순간, 국민의원이 다른 의원들과 다를 바 없게 될 겁니다."

그들은 고된 하루를 마무리하며 결심을 다졌다. 국민을 위한 자리, 특권 없는 봉사의 자리를 지키기 위해 앞으로도 굽히지 않겠다는 다짐이었다.

며칠 후, 특권을 요구하는 일부 의원들은 자신의 불만을 공개적으로 표출하며 국민의원의 운영 방식을 비판하는 언론 인터뷰를 했다. 이 인터뷰는 큰 논란을 불러일으켰다. 일부 국민들은 이들의 주장이 타당하다고 생각했지만, 많은 이들은 특권을 요구하는 의원들에게 실망감을 표하며, 국민의 신뢰를 잃는 것에 대한 위험이 커지고 있었다.

이민호와 박지영은 이번 사건이 국민의원의 본질을 위협할 수 있는 중대한 상황임을 인식하고, 동료 의원들과 협력해 국민의원 본래의 취지를 지키기 위한 선언문을 발표하기로 했다.

그들은 선언문에서 국민의원이 '특권 없는 자리'라는 점을 강조하고, 국민과 함께하는 소통의 자리로서 역할을 다하겠다고 공표했다. 또한, 일부 의원들의 특권 요구에 대해 반대 입장을 분명히 하며 국민과의 신뢰를 지키기 위해 계속해서 노력하겠다는 다짐을 밝혔다.

이 선언문은 국민들에게 큰 반향을 일으켰고, 많은 국민들은 이민호와 박지영의 결단에 응원을 보내며 지지를 표명했다.

그러나 특권을 둘러싼 내부 갈등은 단순한 문제가 아니었다. 특권을 요구하는 의원들과 이상을 지키려는 이민호와 박지영의 가치관은 점점 더 깊이 충돌하게 되었다. 앞으로 이들이 갈등을 어떻게 해결해 나갈지, 이상과 현실 사이에서 어떤 결단을 내려야 할지, 국민들은 긴장 속에서 이들의 다음 행보를 지켜보기 시작했다.

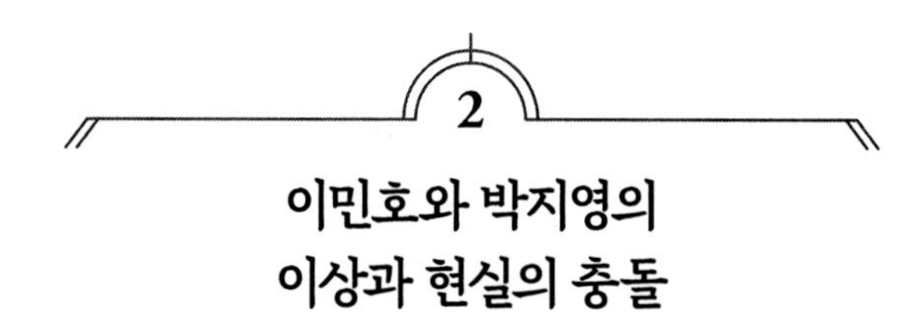

이민호와 박지영의 이상과 현실의 충돌

이민호와 박지영은 국민의원으로서 특권 없는 정치를 추구하며 헌신하고 있었지만, 시간이 지나며 그들의 이상과 현실이 충돌하는 문제에 직면하게 되었다. 국민과의 신뢰를 지키기 위해 시작한 의정 활동은 시간이 지날수록 점점 더 무거운 짐이 되었고, 이들의 순수한 열정에도 조금씩 금이 가기 시작했다.

국민의원 내부에서 일부 의원들이 특권을 요구하며 일으킨 갈등은 이들에게 깊은 고민을 안겨 주었다. 이민호와 박지영은 국민의원 본래의 목적을 잃지 않기 위해 특권에 반대하는 입장을 고수했지만, 정작 그 자신들도 정치와 사회의 현실적인 문제 앞에서 점점 흔들리기 시작했다.

어느 날, 이민호와 박지영은 특권 요구를 주장하는 의원들과의 회의를 마치고 함께 사무실로 돌아오고 있었다. 회의 내내 뜨거운 논쟁이 오갔고, 서로의 입장이 첨예하게 엇갈렸다.

박지영이 깊은 한숨을 쉬며 입을 열었다.

"민호 씨, 솔직히 나도 가끔은 지칩니다. 국민을 위해 희생한다고 하지만, 이렇게 계속 싸워야만 하는 현실이 점점 힘들어지네요. 우리가 추구하는 이상이 정말 실현 가능한 건지 의문이 들어요."

이민호는 그녀의 말에 조용히 고개를 끄덕였다.

"지영 씨, 나도 같은 생각을 하고 있었어요. 우리가 원했던 세상은 현실 속에서 점점 멀어지는 것 같아요. 하지만 특권 없는 정치를 지키겠다는 마음만은 변하지 않았으면 해요."

두 사람은 잠시 침묵 속에서 서로의 고민을 나누었다. 그들이 믿었던 이상과 목표는 점점 현실의 벽에 부딪히며 그들에게 깊은 피로와 좌절감을 안기고 있었다. 하지만 그들은 마음속 깊은 곳에서 국민의 신뢰를 지켜야 한다는 책임감을 놓을 수 없었다.

며칠 후, 이민호는 박지영과 함께 한 공청회에 참석했다. 이 자리에서 한 시민이 다가와 그들에게 기대와 신뢰를 담아 질문을 던졌다.

"이민호 의원님, 저는 정말 국민의원이 지금까지 해 온 일에 감사하고 있어요. 하지만 요즘 언론에서 들리는 이야기가 저희를 불안하게 만듭니다. 정말로 우리와 같은 서민의 편에서 일하시는 건가요?"

이민호는 순간 당황했지만, 진심을 담아 대답했다.

"물론입니다. 우리는 국민의 목소리를 대변하기 위해, 오로지 여러분만을 위해 이 자리에 있는 겁니다. 결코 흔들리지 않겠습니다."

그러나 이민호는 이 말을 하면서도 마음 한편에서 혼란을 느꼈다. 그는 확신을 가지고 대답했지만, 현실적으로 자신이 추구하는 가치와 현실의 타협 사이에서 균형을 잡는 일이 얼마나 어려운지 깨닫고 있었다.

한편, 점점 더 큰 정치적 압박에 시달리던 이민호와 박지영은, 기존 국회의원들로부터 거센 반발과 견제를 받기 시작했다. 기존 정치 세력은 국민의원의 개혁적 행보를 위협으로 받아들이고, 이들의 활동을 방해하는 데 힘을 쏟고 있었다. 특히 오영섭은 이민호와 박지영이 추진하는 정책과 개혁을 노골적으로 반대하며, 이들의 활동을 무력화하기 위한 다양한 방법을 강구하고 있었다.

어느 날 저녁, 이민호는 뜻밖의 인물로부터 긴급한 전화를 받았다. 오영섭의 측근이 그에게 불리한 정보를 흘리려 한다는 내용이었다. 이민호는 자신의 의정 활동이 심각한 위협을 받고 있음을 실감하며, 박지영과 함께 이 상황을 어떻게 해결할지 고민하기 시작했다.

"민호 씨, 오 의원이 우리의 활동을 방해하려고 하고 있어요. 그들이 얼마나 더 깊이 개입해 있는지 알 수 없지만, 우리가 이대로 버티기만 한다고 해결될 문제가 아니에요."

이민호는 고개를 끄덕이며 답했다.

"맞아요, 지영 씨. 우리도 더 강한 대응이 필요할 것 같아요. 하지만 우리가 이상을 잃지 않으면서도 이 상황을 극복할 수 있을지 걱정입니다."

이제 그들은 이상과 현실 사이에서 또 다른 결단을 내려야 하는 갈림길에 서 있었다.

이 일이 있고 며칠 후, 이민호와 박지영은 자신들의 신념을 지키면서도 현실적인 타협을 찾아야 한다는 압박 속에서 갈등을 이어 갔다. 그들은 각자의 자리에서 국민의 기대를 저버리지 않기 위해 애쓰고 있었지만, 점점 늘어나는 정치적 압력과 현실적인 한계가 그들의 신념을 시험하고 있었다.

한 시민이 이민호에게 진심 어린 편지를 보냈다. 편지에는 그의 이상에 대한 지지와 함께, 어려운 현실 속에서도 이상을 놓지 말아 달라는 부탁이 담겨 있었다.

'이민호 의원님, 저희는 지금 당신 같은 사람이 있어야 한다고 믿고 있습니다. 세상이 힘들어도 포기하지 말아 주세요. 저희도 힘이 닿는 한 응원하겠습니다.'

이 편지를 읽으며 이민호는 눈시울이 붉어졌다. 그동안 지친 마음을 다잡고, 국민이 기대하는 이상을 포기하지 않기로 결심했다.

그러나 이민호와 박지영이 이상을 지키며 현실과 싸우려는 그 순간에도 기존 국회의원들과의 갈등은 점점 더 심화되고 있었다. 특권을 고수하려는 의원들의 압박은 이민호와 박지영에게 더 큰 시련을 안겨 주고 있었고, 이들은 이제 본격적인 정치적 대립에 직면하게 될 것이었다. 그들이 앞으로 맞이할 충돌과 갈등 속에서 과연 어떤 결단을 내릴 수 있을지, 그들의 행보는 국민들에게도 긴장과 기대를 동시에 안겨 주고 있었다.

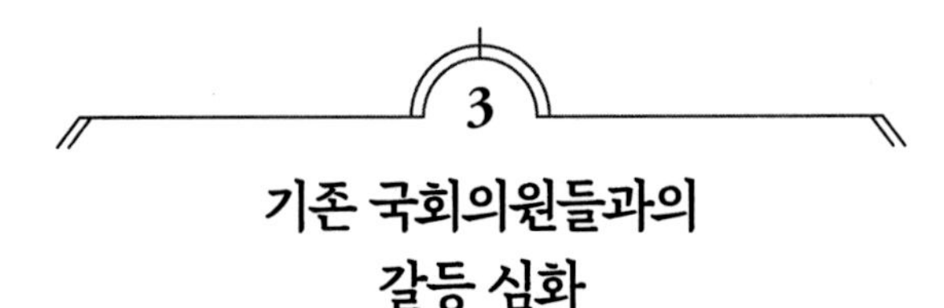

3 기존 국회의원들과의 갈등 심화

이민호와 박지영이 국민을 위한 특권 없는 정치를 지켜 가고자 할수록, 그들의 개혁적 활동은 기존 국회의원들 사이에서 점점 더 큰 불편과 반감을 사게 되었다. 기존 의원들은 국민의원의 활동이 자신들의 기득권에 위협이 된다고 느끼며, 이민호와 박지영을 견제하기 위한 다양한 방법을 강구했다. 특히, 오영섭 의원을 필두로 한 몇몇 국회의원들은 이들의 의정 활동을 무력화하기 위해 보이지 않는 곳에서 은밀한 압박을 가하기 시작했다.

하루는 이민호와 박지영이 소속된 국민의원 회의에서 불쾌한 장면이 연출되었다. 기존 의원들의 회의에 참석하던 이민호와 박지영이 들어선 순간, 분위기는 급격히 차가워졌다. 오영섭이 다른 의원들에게 의도적으로 그들의 활동을 비판하며 견제하는 말을 던졌다.

"요즘 국민의원들이야말로 보여 주기식 정치의 전형 아닙니까? 대중에게 인기를 얻으려는 것 외에 실제로 이룬 성과가 무엇이죠?"

이민호는 가만히 듣고 있다가 차분하게 답변했다.

"오 의원님, 저희의 목표는 국민과 함께 정책을 만들어 나가는 것입니다. 보여 주기식이 아닌, 실제로 국민이 체감할 수 있는 변화를 이끌어 내고자 합니다."

오영섭은 비웃음을 지으며 대꾸했다.

"그런 이상론으로는 정치가 굴러가지 않습니다. 국민이 모르는 뒷면에서 결정되는 일들이 많다는 걸 왜 모르십니까? 국민에게 모든 걸 보여 주겠다는 게 과연 옳은 일일까요?"

오영섭의 말에 몇몇 기존 의원들도 고개를 끄덕이며 그를 지지했다. 이민호는 이들이 자신의 활동을 단순히 인기를 얻기 위한 것으로 치부하고 있다는 사실에 실망을 느꼈지만, 흔들리지 않고 자신의 신념을 지키고자 마음을 다잡았다.

그날 저녁, 박지영은 이민호와 함께 사무실로 돌아가며 이날의 회의에서 느낀 압박감에 대해 이야기했다.

"민호 씨, 우리가 하는 일들이 이렇게까지 기존 의원들의 반감을 사다니……. 우리 의정 활동이 그들에게는 큰 위협으로 느껴지는 것 같아요."

이민호는 침울한 표정으로 고개를 끄덕였다.

"맞아요. 우리가 상상했던 것 이상으로 그들은 변화 자체를 두려워하고 있어요. 하지만 국민을 위한 정치라면 기존의 방식을 과감히 바꿔야 한다고 생각해요."

박지영도 고개를 끄덕이며 이민호의 의견에 동의했다. 그들은 변화를 추구하는 일이 얼마나 큰 반발과 갈등을 불러올 수 있는지를 실감하며, 앞으로 맞이할 도전이 더 험난할 것임을 예감했다.

며칠 후, 이민호는 오영섭이 은밀하게 모임을 열고 있다는 정보를 접했다. 이 모임은 국민의원의 개혁 정책을 무산시키기 위한 비공식 회동이었고, 이곳에는 개혁에 반대하는 다수의 기존 의원들이 모였다. 이민호는 이들이 국민의원의 주요 법안 통과를 방해하기 위해 조직적인 움직임을 계획하고 있다는 사실에 큰 충격을 받았다.

모임 후, 이민호는 그 자리에서 나오는 오영섭과 우연히 마주쳤다. 오영섭은 민호를 보며 의미심장한 미소를 지었다.

"이민호 의원, 정치가 그렇게 이상만으로는 운영되지 않는다는 걸 아실 때가 된 것 같네요. 당신이 추구하는 그 고귀한 이상들이 현실에서 어떻게 작용하는지 곧 알게 될 겁니다."

이민호는 그의 말을 무시하고 조용히 답했다.

"오 의원님, 국민을 위해 투명하고 깨끗한 정치를 실현하겠다는 제 목표는 변함없습니다. 무슨 방해가 있더라도 저는 물러서지 않을 겁니다."

그 말을 남긴 채 이민호는 회의장을 떠났지만, 그의 마음속에는 큰 갈등과 혼란이 휘몰아치고 있었다.

그로부터 얼마 후, 이민호와 박지영이 추진하던 중요한 개혁 법안이 표결을 앞두고 있었다. 이 법안은 국민의원이 제안한 첫 번째 주요 개혁으로, 국민의 요구를 반영해 기존 정치의 구조적인 문제를 해결하고자 하는 내용이었다. 그러나 법안을 막으려는 기존 의원들의 반대가 만만치 않았고, 표결 직전부터 이민호와 박지영은 거센 압박에 시달렸다.

이민호는 법안이 통과되기 어려운 상황을 직감하고 있었다. 국민의원의 개혁이 현실에서 좌절되는 상황을 막기 위해 그는 마지막으로 법안을 지지해 줄 동료 의원들을 설득하며 전력을 다했다. 하지만 일부 의원들은 이미 기존 국회의원들로부터 강한 압력을 받고 있었고, 이민호의 설득은 쉽지 않았다.

박지영도 좌절감을 느끼며 이민호에게 말했다.

"민호 씨, 이대로라면 우리가 힘겹게 준비해 온 이 법안도 무산될 가능성이 큽니다. 국민의원을 위해 힘을 합치자고 했던 의원들도 점점 등을 돌리고 있어요."

이민호는 깊은 한숨을 내쉬며 말했다.

"맞아요. 우리가 이상을 지키기 위해 싸워 왔지만, 이 현실의 벽은 너무나도 높고 단단하네요."

이들의 대화는 허탈함과 좌절로 가득했다. 그들이 그토록 원했던 변화가 현실 정치의 장벽 앞에서 무너질 위기에 처해 있었기 때문이다.

결국, 표결에서 개혁 법안은 부결되고 말았다. 이 결과는 이민호와 박지영에게 큰 충격과 아픔을 안겼다. 이들은 이상과 신념을 지키기 위해 싸워 왔지만, 현실 정치에서의 갈등과 이해관계 속에서 큰 좌절을 맛보게 되었다. 하지만 국민의 신뢰와 기대를 저버릴 수 없다는 것을 알기에, 민호와 지영은 다시 일어서기로 결심했다.

이러한 상황 속에서, 그들에게 힘을 실어 줄 새로운 동력이 필요했다. 다행히 국민의원 내에서 존경받는 인물 중 한 명인 윤세진 의원이 이들 사이에서 중재와 조율 역할을 자처하고 나섰다. 그는 국민의원 내 갈등을 봉합하고, 개혁과 특권 없는 정치의 의미를 다시금 상기시키기 위해 힘을 모으기 시작했다.

이제 이민호와 박지영은 윤세진 의원의 중재와 지지를 통해 새로운 가능성을 모색해야 할 순간에 놓여 있었다. 과연 윤 의원의 조율로 이들은 다시금 국민의 신뢰를 얻을 기회를 잡을 수 있을 것인가? 다음 장에서 갈등을 해소하고, 국민을 위한 변화를 이어 가려는 그들의 도전이 어떻게 펼쳐질지, 그들의 행보는 한층 더 깊은 기대와 긴장 속에서 지켜보게 될 것이다.

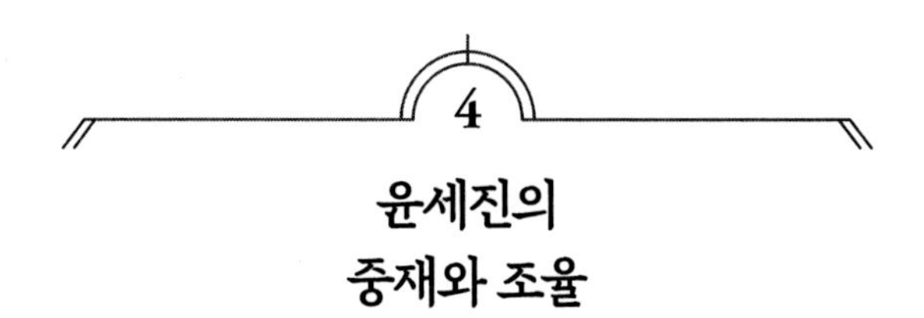

윤세진의 중재와 조율

이민호와 박지영이 추진한 개혁 법안이 결국 기존 의원들의 압력에 의해 무산된 후, 국민의원 내부에는 깊은 좌절감이 퍼졌다. 이들은 이상을 지키려 했지만, 현실 정치의 벽은 생각보다도 단단하고 견고했다. 이로 인해 국민의원 내부의 결속도 흔들리기 시작했고, 의정 활동의 방향과 역할에 대한 의견이 엇갈리면서 분열의 기운이 감돌았다.

이 상황에서 국민의원 중 원로이자 존경받는 인물인 윤세진 의원이 중재에 나섰다. 윤세진은 국민의원의 목표를 다시금 명확히 하고 내부 갈등을 해결하는 데 앞장서기로 결심했다. 그는 국민의원의 정신을 일깨우고, 개혁의 가치를 지키기 위해 강력한 조율과 중재를 시작했다.

하루는 이민호와 박지영을 비롯한 국민의원 의원들이 참석한 자리에서 윤세진이 모두를 불러 모아 특별 회의를 열었다. 회의실에 모인 이들은 저마다의 입장과 감정을 내비쳤지만, 윤세진은 차분한 눈빛으로 모두를 바라보았다.

윤세진이 입을 열었다.

"여러분, 우리는 국민을 위해 특권 없는 정치를 실현하겠다는 뜻을 품고 이 자리에 왔습니다. 그런데 최근의 상황을 보면, 국민의원이 처음 가졌던 목표와 의지가 많이 흐려지고 있는 것 같습니다. 이대로 가다간 우리는 오히려 국민의 신뢰를 잃을 것입니다."

이민호는 윤세진의 말을 듣고 고개를 끄덕이며 공감했다.

"맞습니다. 최근의 갈등으로 인해 국민의원으로서의 본질을 놓치고 있었습니다. 하지만 우리가 현실의 압박 속에서 이 이상을 어떻게 지킬 수 있을지 고민이 됩니다."

윤세진은 이민호를 바라보며 말했다.

"그래서 우리에게 필요한 건 포기하지 않는 신념과 균형입니다. 변화는 하루아침에 이루어지지 않습니다. 우리가 국민과 약속한 개혁을 이루려면, 때로는 조율과 타협이 필요할 수도 있습니다."

윤세진의 단호한 목소리는 방 안의 분위기를 다잡았다. 회의실에 있던 몇몇 의원들도 그의 말에 고개를 끄덕이며, 국민의원으로서 가져야 할 책임과 사명을 다시 한번 떠올리게 되었다.

그 후 윤세진은 이견을 좁히고, 개혁을 위해 실질적인 성과를 낼 수 있는 방안을 마련하기 위해 노력했다. 그는 국민의원의 결속을 다지기 위해 각 의원들과 개인적으로 대화를 나누며 그들의 생각과 고민을 경청했다. 특히 최근 특권을 요구하며 갈등을 일으켰던 의원들에게는 현실적인 문제를 인정하되 국민의 뜻에 부합하는 방향으로 활동할 것을 설득했다.

이 과정에서 윤세진은 오영섭을 만나 국민의원의 개혁이 왜 필요한지 설명하고, 그의 반대를 완화하기 위해 설득을 시도했다. 오영섭은 윤세진의 노력과 조율에 일부분 동의했으나, 여전히 강한 반대를 표하며 협조를 망설였다.

"윤 의원님, 저는 지금의 정치 구조가 쉽게 바뀌리라 생각하지 않습니다. 국민의원도 결국엔 한낱 꿈에 불과할지도 모릅니다."

윤세진은 미소를 지으며 말했다.

"그렇기에 우리에게 국민의원이 필요한 겁니다. 우리가 꿈을 현실로 만들어 갈 수 있다는 걸 국민들에게 보여 줘야 합니다."

오영섭은 윤세진의 말에 잠시 말을 잇지 못했지만, 완전히 마음을 돌리지는 않았다. 윤세진의 조율이 국민의원 내에서는 효과를 발휘하고 있었으나, 기존 정치권과의 갈등을 근본적으로 해소하기는 어려운 상황이었다.

며칠 후, 윤세진은 국민의원 전체가 모인 자리에서 '국민과의 재다짐 선언식'을 제안했다. 이 선언식은 국민의원들이 국민에게 다시 한번 진심을 다해 다짐을 하고, 국민과 소통하며 개혁의 뜻을 다잡는 자리였다. 이민호와 박지영을 비롯한 여러 국민의원들은 윤세진의 제안을 흔쾌히 받아들이고, 이를 준비하기 시작했다.

행사 당일, 국민의원들이 하나하나 무대에 올라 국민에게 자신들의 신념과 다짐을 전했다. 이민호는 국민 앞에서 강력한 결의를 다지며 말했다.

“저는 국민 여러분과 함께 변화를 만들고자 이 자리에 섰습니다. 결코 현실의 어려움에 굴하지 않고, 끝까지 여러분의 목소리를 대변하겠습니다.”

박지영 역시 한결같은 목소리로 자신의 의지를 표명했다.

“국민의원으로서 특권 없는 정치를 실현하고, 환경과 미래 세대를 위한 책임을 다하겠습니다. 여러분의 믿음에 부응할 수 있도록 끝까지 노력하겠습니다.”

선언식은 많은 국민들에게 깊은 감동을 주었고, 국민의원들에 대한 신뢰가 다시금 높아졌다. 그러나 선언식의 감동적인 순간 속에서도 이민호와 박지영은 자신들에게 여전히 해결해야 할 과제가 산적해 있음을 알았다. 그들의 개혁은 여전히 정치의 견고한 벽에 부딪혀 있었고, 국민의원의 이상을 지키기 위해선 끝없는 싸움이 필요했다.

행사가 끝난 후, 윤세진은 이민호와 박지영에게 다가와 조용히 말했다.

“이민호 의원, 박지영 의원, 오늘 여러분의 말은 국민들에게 큰 힘이 되었을 겁니다. 하지만 앞으로도 쉽지 않은 길이 계속될 겁니다. 저도 여러분과 함께하겠습니다. 이제 우리는 국민이 믿고 의지할 수 있는 국회를 만들어 가야 합니다."

이민호는 고개를 숙이며 감사의 뜻을 전했다.

"윤 의원님, 감사드립니다. 앞으로도 조언을 부탁드립니다."

윤세진은 민호의 어깨를 두드리며 미소 지었다.

"언제든, 함께 갑시다."

윤세진의 지지와 중재로 인해 국민의원 내에서의 결속은 한층 강화되었고, 이민호와 박지영 역시 개혁을 향한 의지를 다잡을 수 있었다. 그들은 이상과 현실의 충돌 속에서도 결코 포기하지 않고 국민을 위해 나아갈 것을 다시 한번 다짐했다.

하지만, 국민의원의 개혁과 투명성 강화가 기존 정치 질서에 대한 도전을 의미하는 만큼, 이들의 앞날에는 여전히 많은 장애물이 놓여 있었다. 그리고 그 장애물 속에서 장순재 의원이 지적하는 '국민의 진정한 요구'에 대한 이야기는 앞으로 그들이 나아가야 할 길에 새로운 질문을 던지게 될 것이었다. 과연 이들은 국민이 진정으로 원하는 변화와 요구를 충족할 수 있을 것인가?

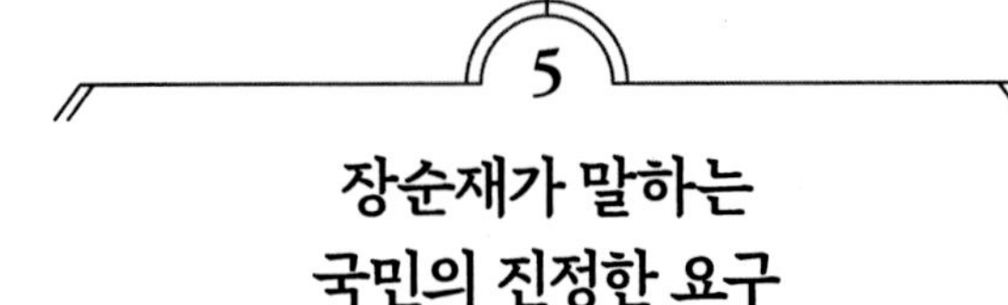

5
장순재가 말하는 국민의 진정한 요구

윤세진의 중재로 국민의원 내 갈등은 어느 정도 진정되었고, 이민호와 박지영은 개혁의 뜻을 다시 한번 다질 수 있었다. 하지만 국민의 기대에 부응하기 위해서, 그들에게는 단순히 특권 없는 정치를 넘어서 진정으로 국민의 삶을 변화시키는 정책이 필요했다. 이 시점에서 국민의원 내에서 깊은 통찰력과 지혜를 가진 의원으로 인정받는 장순재 의원이 이민호와 박지영에게 중요한 조언을 전하기 위해 나섰다.

장순재 의원은 정치 경력이 오랜 만큼 현실에 대한 이해가 깊고, 국민의 목소리를 정확하게 파악하는 능력을 갖춘 인물이었다. 그는 국민의원이 현실적인 문제들을 해결하지 못하면 결국 이상만을 추구하는 정치로 머물 가능성이 크다는 점을 우려하고 있었다. 그러던 어느 날, 장순재는 이민호와 박지영을 자신의 사무실로 초대했다.

“이민호 의원, 박지영 의원, 요즘 국민의원으로서 정말 열심히 활동하고 있다는 걸 잘 알고 있습니다. 하지만, 국민들이 진정으로 바라는 것이 무엇인지 다시 한번 깊이 생각해 볼 필요가 있을 것 같아요.”

이민호는 그의 말에 호기심이 일었다.

“장 의원님, 국민이 원하는 게 무엇인지 더 알려 주신다면 정말 큰 도움이 될 것 같습니다."

장순재는 잠시 침묵한 후 의미심장한 표정으로 답했다.

"국민들은 단순히 투명성과 소통만을 바라는 것이 아닙니다. 그들이 진정으로 원하는 것은 그들의 삶이 구체적으로 나아지는 것입니다. 결국 정치가 국민의 실제 문제를 해결할 수 있어야 합니다."

장순재의 말은 이민호와 박지영에게 큰 깨달음을 주었다. 개혁과 이상을 실현하는 것이 중요하지만, 국민에게 필요한 것은 구체적이고 실질적인 변화를 통해 더 나은 삶을 제공하는 것이었다.

며칠 후, 장순재는 이민호와 박지영을 데리고 한 작은 농촌 마을로 내려갔다. 그곳은 노령 인구가 많고, 교통과 의료 서비스가 부족해 주민들이 큰 불편을 겪고 있었다. 장순재는 이민호와 박지영에게 현장을 직접 보여 주며 국민이 어떤 문제를 겪고 있는지 알려 주고자 했다.

한 노인이 이민호에게 다가와 말했다.

"의원님들, 여기서 저희는 병원에 가는 것도 어렵습니다. 교통도 마땅치 않아서, 아플 때마다 하늘만 쳐다볼 수밖에 없어요."

박지영이 그의 말을 듣고 진심 어린 표정으로 답했다.

"정말 안타깝네요. 이런 상황이라면 건강 관리가 큰 어려움이 될 수밖에 없겠어요."

장순재는 이 상황을 설명하며 덧붙였다.

"이곳의 주민들은 단순히 국가의 변화나 대의명분을 원하지 않습니다. 그들이 원하는 건 지금 당장 필요한 것들, 눈에 보이는 변화입니다."

그날 이민호와 박지영은 장 의원의 안내로 여러 주민들과 이야기를 나누었고, 그들이 겪고 있는 어려움을 생생히 체험할 수 있었다. 돌아오는 길, 장순재는 이민호와 박지영에게 깊은 의미를 담아 말했다.

"여러분이 국민의 진정한 목소리를 듣기 위해 이곳을 찾아온 건 참 의미 있는 일입니다. 하지만 중요한 건 그 목소리를 듣고 나서 무엇을 할 것인가입니다. 이상을 위한 개혁도 중요하지만, 국민들은 지금 당장 필요한 것이 해결되기를 바랍니다."

장순재의 말을 들으며 이민호와 박지영은 마음속 깊이 무거움을 느꼈다. 자신들이 이상과 개혁을 위해 열심히 싸워 왔지만, 정작 국민이 원하는 것은 좀 더 눈에 보이는 해결책이었다는 사실을 깨달은 것이다.

그날 밤, 이민호는 사무실에 돌아와 박지영과 함께 그날의 경험에 대해 이야기했다.

"지영 씨, 우리가 추구해 온 방향이 잘못되었다고 생각하는 건 아니에요. 하지만 국민에게 필요한 건 더 구체적이고 실질적인 해결책일지도 모르겠어요."

박지영은 고개를 끄덕이며 동의했다.

"맞아요, 민호 씨. 우리는 개혁을 위해 큰 그림을 그렸지만, 그 과정에서 국민이 겪는 일상적인 어려움을 놓친 건 아닌가 싶어요. 장 의원님의 조언을 통해 더 나은 정책을 구체적으로 마련해야 할 것 같아요."

그들은 장순재의 조언을 바탕으로 실질적인 변화를 위한 정책을 마련하기로 결심했다. 이를 위해서는 복잡한 현실 문제를 간단하게 해결할 수 있는 방안을 모색해야 했다.

며칠 후, 이민호와 박지영은 장순재와 함께 '국민 생활 개선 프로젝트'를 시작했다. 이 프로젝트는 국민들이 겪는 일상적인 불편을 해소하는 데 중점을 두고 교통 개선, 의료 접근성 강화, 공공 서비스의 질 향상 등을 목표로 했다. 국민들이 직접 참여할 수 있는 설문 조사를 통해 구체적인 의견을 수렴하고, 그에 맞는 정책을 만들기로 했다.

프로젝트는 예상보다도 더 큰 호응을 얻었다. 국민들은 자신들의 일상 문제에 대해 직접 목소리를 내고, 의견이 정책으로 반영될 수 있다는 가능성에 많은 기대를 보였다. 특히 농촌 지역과 소외된 계층의 사람들이 프로젝트에 열정적으로 참여하며, 국민의원이 자신들의 삶에 긍정적인 변화를 가져올 수 있기를 바랐다.

이러한 프로젝트가 성공적으로 진행되면서, 이민호와 박지영은 국민이 진정으로 바라는 것이 무엇인지 점차 깨닫기 시작했다. 그들이 필요로 하는 것은 단순히 정치적 개혁이 아니라, 더 나은 삶을 위한 구체적인 변화였다. 그들은 장순재의 조언이 이토록 강력한 힘을 발휘할 줄은 몰랐고, 앞으로의 의정 활동에서도 이를 바탕으로 실질적이고 현실적인 문제 해결을 최우선으로 삼기로 했다.

그러나 국민 생활 개선 프로젝트가 성과를 내기 시작한 바로 그 순간, 이민호는 뜻밖의 실수와 장애물을 마주하게 된다. 그가 추진한 정책 중 하나가 예기치 않은 결과를 불러오며 논란이 일고, 국민의원 내부에서도 그를 둘러싼 의견이 갈라지기 시작하는데……. 이민호는 과연 이 어려움을 어떻게 극복할 것인가?

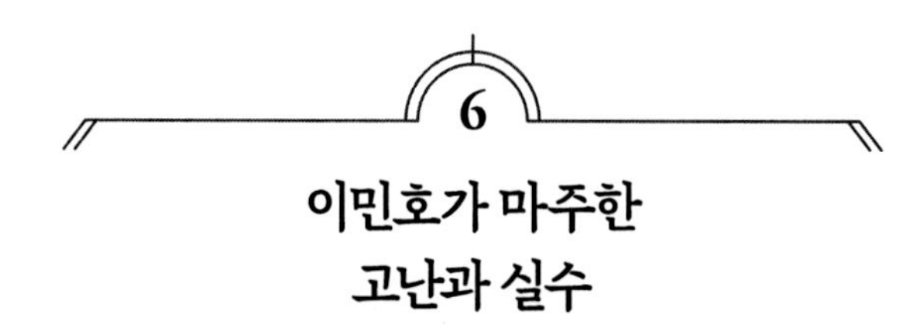

이민호가 마주한 고난과 실수

이민호는 국민 생활 개선 프로젝트를 시작하면서 국민들이 직면한 실질적인 문제에 적극적으로 다가서기 시작했다. 그동안 이상적인 개혁을 중심으로 움직였던 그였지만, 장순재의 조언을 통해 실질적인 변화를 이루는 것이 국민의 진정한 요구라는 것을 깨닫고, 작은 문제부터 해결해 나가기로 결심한 것이다. 국민들의 일상 속 불편함을 개선하는 데 주력하면서 그의 노력은 순조롭게 진행되는 듯 보였다.

그러나 이 과정에서 예상치 못한 실수가 발생하게 된다. 이민호가 추진하던 교통 개선 정책 중 하나가 지역 내 이해관계와 충돌하며 오히려 국민들에게 불편함을 초래하는 결과를 낳았다.

이민호는 도심 내 낙후된 대중교통 시스템을 개선하기 위해 특정 버스 노선의 재구성 계획을 발표했다. 노선이 효율적으로 조정되면 많은 시민들에게 편리함을 제공할 수 있을 것으로 기대했다. 그러나 이 계획이 발표된 이후, 일부 지역 주민들이 갑작스럽게 교통수단의 부족을 겪으며 큰 불편을 호소했다. 이 지역의 노인들과 학생들은 학교와 병원 등 필수적인 장소에 가는 데 어려움을 겪기 시작했다.

이민호는 이를 알게 된 후, 직접 현장을 방문해 주민들과 대화를 나누었다. 한 중년 여성이 그에게 다가와 격양된 목소리로 말했다.

"의원님, 이번 노선 변경으로 우리 마을 사람들은 제대로 다니지도 못하게 되었어요. 어르신들은 병원에 가기 어려워졌고, 아이들도 학교에 늦기 일쑤입니다. 이런 게 정말 국민을 위한 정책입니까?"

이민호는 당황한 기색을 숨기지 못한 채 대답했다.

"죄송합니다. 그동안 모든 지역 주민들의 필요를 충분히 고려하지 못했습니다. 문제를 신속히 해결할 수 있도록 다시 조정하겠습니다."

그러나 이민호의 사과에도 불구하고 주민들의 불만은 쉽게 사라지지 않았다. 이번 실수는 그가 모든 상황을 충분히 검토하지 않은 채 성급하게 결정을 내린 결과였다. 이민호는 자신의 실수로 인해 주민들이 겪는 불편함을 보며, 정책의 변화가 국민의 실질적인 요구를 얼마나 정확하게 반영해야 하는지를 절실히 깨닫게 되었다.

며칠 후, 이민호는 박지영과 이 사안에 대해 논의했다. 그는 자신의 실수에 대해 솔직히 고백하며, 앞으로의 개선 방안을 모색하고자 했다.

"지영 씨, 내가 이번에 너무 서둘렀던 것 같아요. 각 지역의 세부적인 상황을 더 신중하게 고려했어야 했습니다. 국민 생활을 개선하려는 마음이 앞서다 보니 이런 실수를 저지른 것 같아요."

박지영은 이민호의 말을 경청하며 위로했다.

"민호 씨, 우리는 모두 처음부터 완벽할 수는 없어요. 중요한 건 실수를 통해 배운 교훈을 다음에 어떻게 적용할지입니다. 이번 일을 통해 국민의 목소리를 더 세심하게 듣고, 정책을 신중히 설계해야 한다는 걸 느꼈을 거예요."

박지영의 위로와 조언 덕분에 이민호는 자신의 실수에 좌절하기보다 이 경험을 바탕으로 더 나은 방향으로 나아갈 용기를 얻었다. 그들은 주민들과 더욱 밀착해 의견을 수렴하고, 상황을 정확히 반영한 개선안을 마련하기 위해 노력하기로 했다.

이후 이민호는 문제 해결을 위해 직접 지역 주민들과 소규모 간담회를 열었다. 그는 자신의 실수를 솔직하게 인정하고, 이번 교통 노선 재구성 계획을 전면 재검토할 것을 약속했다. 주민들은 그의 진정성에 조금씩 마음을 열기 시작했고, 그와 함께 개선안을 논의했다.

간담회 중, 한 주민이 조심스럽게 손을 들고 말했다.

"의원님, 이번 일을 통해 저희도 조금 느낀 게 있어요. 사실 우리도 변화가 필요하다는 걸 알고는 있었지만, 현실적인 불편함에 대한 두려움이 더 컸던 것 같아요."

이민호는 그의 말을 경청하며 고개를 끄덕였다.

"네, 저도 충분히 이해합니다. 저도 여러분께 진심으로 필요한 변화가 무엇인지 충분히 듣고 결정할 수 있도록 하겠습니다. 이번에는 여러분의 의견을 더 반영한 개선안을 마련할 테니, 계속 의견을 주시면 감사하겠습니다."

이 간담회에서 이민호는 주민들과 한층 더 깊은 신뢰를 쌓을 수 있었다. 실수를 인정하고 국민의 의견을 직접 들으면서 수정해 가는 과정에서, 그는 국민과 함께 가야 할 진정한 방향을 점차 깨달아 갔다.

간담회가 끝나고 돌아오는 길, 이민호는 그동안 자신의 방식이 얼마나 한계가 있었는지를 다시 한번 되짚어 보았다. 그는 국민의 의견을 충분히 반영하지 못한 것이 자신의 가장 큰 실수였음을 깨달았다. 한편으로, 이러한 어려움 속에서도 국민의 목소리에 귀 기울이는 것이야말로 진정한 정치인의 길임을 다시금 다짐하게 되었다.

이제 이민호는 실수를 통해 얻은 교훈을 바탕으로 더 나은 정치인이 되기 위한 결심을 다지게 된다. 그러나 그가 맞이할 도전은 끝나지 않았다. 앞으로 갈등을 통해 얻은 교훈이 그에게 어떤 변화를 가져다줄지, 그리고 국민과의 진정한 신뢰를 쌓아 갈 수 있을지에 대한 궁금증이 더해진다.

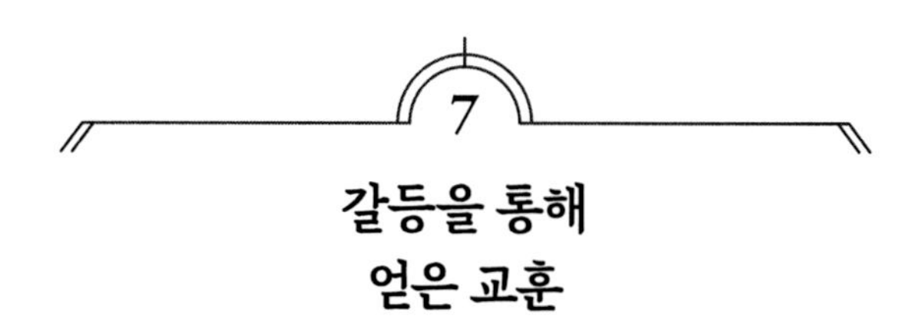

7
갈등을 통해 얻은 교훈

이민호는 국민 생활 개선 프로젝트에서 벌어진 자신의 실수와 혼란을 겪으면서도, 그 과정을 통해 많은 것을 배울 수 있었다. 그동안 이상과 개혁에만 집중하며 빠르게 나아갔지만, 그의 정책이 국민의 실제 생활에 어떤 영향을 미치는지 세세하게 살피지 못했던 것이다. 그는 이제 성급한 결정보다는, 국민과 함께 호흡하는 정치가 필요함을 절실히 느꼈다.

그는 이번 교훈을 잊지 않고 앞으로의 정책에도 신중을 기하기로 결심했다. 박지영과 장순재의 조언을 통해 깊은 성찰을 얻은 이민호는 국민의 목소리에 더욱 귀를 기울이며 의정 활동을 이어 가기로 마음먹었다.

하루는 이민호가 박지영과 함께 사무실에서 정책 논의를 하고 있었다. 그들은 그동안의 시행착오를 반영해, 보다 현실적이고 국민의 의견이 반영된 정책을 만들기 위해 아이디어를 나누고 있었다.

"지영 씨, 이번 경험을 통해서 우리 둘 다 정말 많은 걸 배운 것 같아요. 우리가 아무리 이상을 위해 열심히 해도, 그 과정에서 국민의 목소리를 놓쳐선 안 되는 거였죠."

박지영은 고개를 끄덕이며 대답했다.

“맞아요, 민호 씨. 이상은 중요하지만, 그 이상이 국민의 생활에 맞춰 조정되지 않으면 오히려 반감을 불러일으킬 수 있다는 걸 깨달았어요. 앞으로는 현실과 이상 사이에서 균형을 잘 맞추는 게 관건일 거예요.”

그들은 각자가 배운 교훈을 서로 나누며, 앞으로 나아가야 할 방향에 대해 깊이 고민했다.

며칠 후, 이민호는 주민들과의 간담회를 다시 열어 국민 생활 개선 프로젝트에 대한 피드백을 받았다. 이번에는 지역별로 나뉘어 소규모로 진행되었으며, 주민들이 자신의 의견을 솔직하게 나눌 수 있도록 했다. 한 어르신이 자리에서 일어나, 최근의 상황에 대한 의견을 진지하게 전했다.

“이민호 의원님, 그동안 많은 걸 느끼셨다고 들었습니다. 처음에는 조금 실망했지만, 요즘 의원님이 보여 주신 진심을 보고 많이 고마웠어요. 우리에게 필요한 것은 정치인들의 이상이 아니라, 실질적인 도움이라는 걸 이제 이해하신 것 같아서 기쁩니다.”

이민호는 어르신의 말에 머리를 숙이며 답했다.

“말씀 감사합니다. 저도 이번 일을 겪으면서 진정으로 국민께 필요한 것이 무엇인지 깊이 배울 수 있었습니다. 앞으로는 국민 여러분의 목소리를 더 신중하게 듣고 정책을 마련하겠습니다.”

이민호의 사과와 다짐에 주민들은 따뜻한 박수로 응원해 주었다. 이민호는 이들의 지지를 느끼며, 실수와 갈등 속에서도 국민과의 신뢰를 쌓아 가는 정치인이 되기로 결심했다.

그날 저녁, 이민호는 박지영과 함께 다시 사무실로 돌아와 오늘의 간담회에서 느낀 점들을 나누었다.

"지영 씨, 오늘 주민들이 제 말을 들어 주고 응원해 주시는 모습을 보면서, 이 길을 포기하지 않고 계속 가야겠다는 생각이 들었어요."

박지영도 미소 지으며 말했다.

"맞아요, 민호 씨. 우리에게는 이상이 중요하겠지만, 국민들과 함께 나아가는 것이 진정한 의미의 개혁이라는 걸 다시 한번 깨달은 것 같아요."

그들은 함께 오늘의 경험을 정리하며, 다음 정책에서는 더욱 섬세하게 국민의 목소리를 반영하고, 현실적인 문제에 대한 대응책을 마련하기로 다짐했다.

이후, 이민호는 각종 정책과 프로젝트에서 얻은 교훈을 바탕으로 더욱 발전된 국민 생활 개선 정책을 제안하기 시작했다. 특히 그는 정책의 투명성을 강화하고, 주요 정책의 결정 과정에 국민의 의견을 반영할 수 있는 방안을 추가했다. 이를 통해 국민들이 정책의 변화를 실시간으로 확인하고 의견을 반영할 수 있도록 시스템을 구축하려고 했다.

이러한 변화는 국민들 사이에서도 큰 반향을 일으켰고, 점점 더 많은 국민들이 이민호와 박지영의 활동을 지지하고 신뢰하기 시작했다. 그들은 진심으로 국민의 목소리를 반영하는 정책을 지향하며, 처음 가졌던 결심을 더욱 강하게 다지게 되었다.

그러나 이민호와 박지영이 국민들과의 신뢰를 다시 쌓아 가던 그 순간에도 그들을 둘러싼 정치적 갈등은 여전히 남아 있었다. 특히 오영섭의 비리 의혹이 수면 위로 떠오르며 새로운 정치적 위기를 예고하기 시작했다. 이제 이민호와 박지영은 국민의 신뢰를 지키기 위한 더 큰 도전, 부정부패와의 싸움을 본격적으로 시작하게 될 것이다.

5장

부정부패와의 싸움

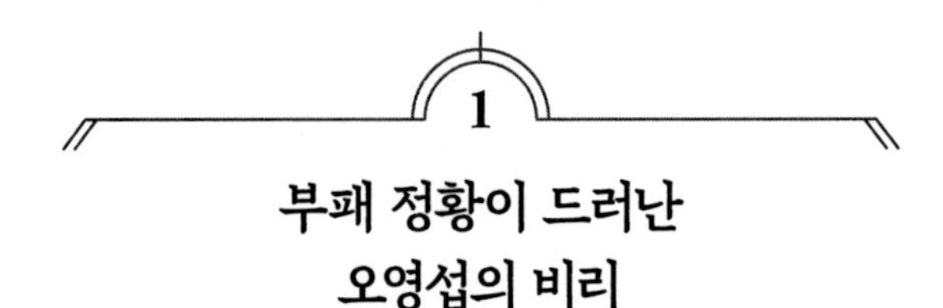

부패 정황이 드러난 오영섭의 비리

이민호와 박지영이 국민 생활 개선 프로젝트에서 배운 교훈을 바탕으로 더 큰 신뢰를 쌓아 가고 있던 시점에, 국회 내부에서는 새로운 소문이 퍼지기 시작했다. 바로 다선 의원이자, 정치권에서 막강한 영향력을 행사하고 있던 오영섭의 부패 의혹이었다. 그의 이름이 포함된 각종 비리 사건이 하나둘씩 밝혀지면서 국회와 언론은 긴장감으로 가득 찼다.

소문에 따르면, 오영섭은 대기업과의 뒷거래를 통해 막대한 금품을 받은 것으로 알려졌다. 그가 국회에서 추진했던 주요 법안 중 일부는 대기업의 이익을 우선시한 것이며, 이를 대가로 돈과 여러 특혜를 받았다는 내용이었다. 오영섭은 공식적으로 의혹을 부인했지만, 그의 주변에서 수상한 정황이 포착되면서 의심은 더욱 짙어져 갔다.

어느 날, 이민호는 오영섭의 비리 관련 자료를 입수하게 되었다. 이는 익명의 제보자가 남긴 것이었고, 몇 가지 구체적인 정황이 기록된 문서와 함께 오영섭과 대기업 간의 의심스러운 자금 흐름이 상세히 기술되어 있었다. 이민호는 이 문서를 받아 들며 내심 충격을 감추지 못했다.

박지영이 이 소식을 듣고 이민호의 사무실로 찾아왔다.

“민호 씨, 정말 오 의원이 이렇게까지 불법적인 거래를 하고 있었다는 건가요?”

이민호는 무거운 표정으로 대답했다.

“지영 씨, 우리 국민의원의 정신을 지키기 위해선 이 비리를 조사하지 않을 수 없어요. 오 의원의 비리가 드러나면 국회 전반에 걸쳐 큰 파장이 일어날 겁니다.”

박지영은 고민스러운 표정으로 말했다.

“하지만 민호 씨, 이 일은 단순히 개인의 비리를 넘어선 문제예요. 만약 오 의원을 건드리면 우리에게도 큰 위협이 될 거예요.”

두 사람은 잠시 고민에 잠겼다. 오영섭의 비리를 폭로할 경우, 기존 정치 세력으로부터 강한 반발과 보복을 받을 가능성이 컸다. 하지만 국민의 신뢰를 위해선 그 비리를 묵과할 수 없는 일이기도 했다.

며칠 뒤, 이민호와 박지영은 내부 조사를 위해 특별 팀을 구성하고, 신뢰할 만한 몇몇 의원들과 함께 비리 조사를 시작했다. 이 과정에서 여러 충격적인 사실이 드러나기 시작했다. 오영섭은 이미 오래전부터 여러 대기업과 연결되어 있었고, 그는 이들의 사업 이익을 대변하며 국민의 이익을 외면해 온 것으로 보였다.

어느 날 저녁, 이민호는 오영섭의 측근 중 한 명과 은밀하게 만나게 되었다. 그 측근은 이민호에게 오영섭의 비리 정황을 실토하기 시작했다.

"이민호 의원님, 사실 오 의원님은 국회 내에서 막대한 금품을 받으면서도 자신의 입지와 권력을 지키기 위해 모든 수단을 동원해 왔습니다. 그동안 그가 국회에서 통과시킨 여러 법안들이 사실상 특정 대기업의 이익을 위해 작성된 것입니다."

이민호는 충격을 감추지 못한 채 묻고 싶었던 질문을 던졌다.

"그렇다면, 오 의원은 자신의 정치 생명보다 돈과 권력을 위해 국민을 배신한 셈이군요."

측근은 조용히 고개를 끄덕이며 말했다.

"그렇습니다. 하지만 그와 얽힌 인물들이 많기에, 단번에 이 일을 폭로하는 것은 위험할 수도 있습니다."

이민호는 그날 밤 이 문제의 심각성을 다시 한번 되새기며, 박지영과 상의하기로 결심했다.

다음 날, 이민호는 박지영과 함께 비리 의혹을 본격적으로 조사하기 위한 계획을 세웠다. 그들은 오영섭의 비리 관련 문서와 정보를 분석하며, 이 사건을 국민에게 알릴 방법을 고심했다. 하지만 자료가 방대했고, 오영섭의 영향력은 여전히 막강했기에 쉽게 접근할 수 있는 일이 아니었다.

그러던 중 이민호는 자신이 조사하던 자료 속에서 이상한 자금 흐름을 발견했다. 오영섭이 특정 기업과 주고받은 자금이 복잡하게 얽혀 있었으며, 자금을 추적하기 어렵도록 여러 경로를 통해 숨겨 놓았다는 것을 알게 되었다.

박지영이 이 자료를 검토하며 말했다.

"민호 씨, 이 정도라면 단순히 돈을 받았다 수준이 아닌데요? 정말 치밀하게 숨기고 있습니다. 오 의원이 생각보다 더 깊이 개입된 것 같아요."

이민호는 조용히 답했다.

"그렇습니다, 지영 씨. 국민들이 모르게 이렇게까지 했다는 게 더 화가 납니다. 이 사건을 국민에게 알리고, 반드시 진실을 밝혀야 합니다."

하지만 이민호와 박지영이 본격적으로 조사에 나서자, 오영섭 측의 반격도 시작되었다. 언론에 이민호와 박지영의 의정 활동을 비판하는 기사들이 연이어 실리기 시작했고, 그들이 '정치적 목적'을 위해 무리한 조사를 진행하고 있다는 식의 주장이 제기되었다. 이로 인해 국민의원에 대한 여론이 흔들리기 시작했고, 이민호와 박지영은 거센 압박에 시달리게 되었다.

하루는 이민호가 기자회견을 열어 국민 앞에서 입장을 밝히기로 했다. 그는 카메라 앞에 서서 국민에게 오영섭의 비리 의혹을 알리고, 국민의 신뢰를 저버린 이 사건을 결코 묵과하지 않겠다고 선언했다.

"존경하는 국민 여러분, 저 이민호는 부패와 비리를 결코 용납할 수 없습니다. 비록 이 길이 험난하더라도, 여러분의 신뢰를 지키기 위해 오영섭 의원의 비리 의혹을 끝까지 조사하고자 합니다."

이민호의 발언에 국민들은 큰 호응을 보냈고, 국민의원에 대한 지지와 응원이 다시금 높아졌다. 하지만 동시에 그를 향한 정치적 압박도 점점 더 거세졌다.

이제 이민호와 박지영은 오영섭의 비리를 추적하며 국민에게 진실을 밝히기 위한 싸움을 시작하게 된다. 과연 그들이 어떠한 방법으로 이 거대한 부패를 밝혀낼 수 있을지, 그리고 부정부패를 뿌리 뽑기 위해 이민호와 박지영은 어떤 계획을 세울 것인지.

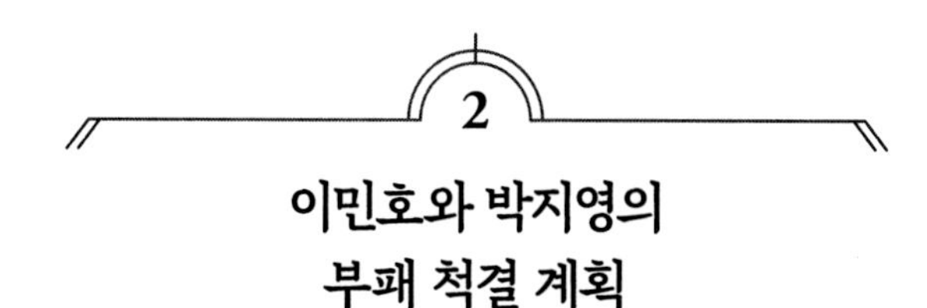

이민호와 박지영의 부패 척결 계획

오영섭의 부패 정황을 확인한 후, 이민호와 박지영은 이제 이 거대한 비리의 실체를 드러내기 위한 구체적인 계획을 세우기 시작했다. 이들은 그동안 이상을 좇아왔지만 이번 사건을 통해 현실의 어두운 면을 직접 마주하게 되면서 부정부패와의 싸움이 진정한 개혁을 위한 필수적인 단계임을 깨달았다. 이민호와 박지영은 위험을 감수하고서라도 오영섭의 비리를 국민에게 알리고 진실을 규명하기로 결심했다.

먼저, 이민호와 박지영은 오영섭 의원의 비리 관련 자료를 면밀히 검토하고, 그와 연관된 인물들과의 연결 고리를 추적하기 시작했다. 그들은 오영섭이 국회에서 추진한 법안들이 특정 대기업의 이익을 대변한 것이라는 의심스러운 정황을 다수 확인했고, 이를 통해 오영섭과 기업 간의 뒷거래가 있었다는 확신을 얻었다.

하루는 이민호가 박지영과 함께 심층 분석한 자료를 바탕으로 오영섭과 그의 측근들을 연결하는 구체적인 도표를 만들어 냈다. 그 도표에는 각종 금전 거래 내역과 자금 흐름이 상세하게 표시되어 있었고, 이를 통해 오영섭이 대기업과 불법적인 거래를 해 왔음을 시각적으로 보여줄 수 있었다.

박지영이 그 자료를 보며 말했다.

“민호 씨, 이 자료만 제대로 공개한다면 오 의원의 비리를 확실히 드러낼 수 있을 거예요. 하지만 그의 영향력이 막강하니, 이 자료를 가지고 접근할 방법을 신중히 생각해야겠어요.”

이민호는 고개를 끄덕이며 대답했다.

“맞아요. 그의 권력은 우리가 생각하는 것 이상이에요. 하지만 국민의 신뢰를 지키기 위해 이 진실을 밝혀야 합니다. 이를 위해 확실한 전략이 필요해요.”

이민호와 박지영은 오영섭의 비리 내용을 국민에게 투명하게 공개하는 한편, 그의 법적 책임을 묻기 위해 법률 전문가들과 협력하기로 했다. 이들은 법률팀을 꾸리고, 오영섭의 자금 흐름과 관련된 구체적인 증거들을 철저히 분석하기 시작했다. 이 과정에서 이민호와 박지영은 대형 로펌에 소속된 변호사와 은밀한 만남을 가지며, 법적인 뒷받침을 강화해 나갔다.

한편, 이민호는 믿을 수 있는 언론사와의 협력도 도모했다. 그는 특정 언론사 편집장과의 비공식적인 회동을 통해 오영섭의 부패 사건을 취재하고, 이를 국민에게 신속히 알릴 수 있는 방안을 논의했다. 언론사가 사건에 개입하게 되면 오영섭 측의 반발이 더 거세질 수 있었지만, 이민호는 더 이상 이 문제를 혼자 감당할 수 없다고 판단했다.

편집장이 이민호의 이야기를 듣고 조심스레 물었다.

“이민호 의원님, 이 사건을 공개할 경우, 의원님께도 큰 타격이 있을 겁니다. 감당할 자신이 있으십니까?”

이민호는 결연한 표정으로 답했다.

“물론입니다. 국민의 신뢰를 배신하는 것보다는 차라리 이 길을 선택하겠습니다. 언론의 힘이 없다면 이 싸움은 더 어려울 겁니다.”

그는 언론의 지지와 협력을 얻어 사건을 투명하게 공개할 계획을 세웠다. 국민들에게는 오영섭의 부패 행위뿐 아니라 이로 인해 국회 전체가 얼마나 부패에 물들어 있는지 그 실상을 고발하려는 것이었다.

이민호와 박지영이 치밀하게 비리 척결 계획을 세워 가던 어느 날, 이들은 오영섭 측이 자신의 조사 진행 상황을 감지하고 대응에 나섰다는 소식을 듣게 되었다. 오영섭은 비리 폭로를 막기 위해 이민호와 박지영의 신뢰도를 떨어뜨리기 위한 조작된 정보를 언론에 흘리고 있었다. 갑작스레 이민호와 박지영이 국민의 신뢰를 저버리고 있다는 근거 없는 기사가 인터넷과 방송에 올라오며 이들을 음해하려는 움직임이 일기 시작했다.

박지영은 이민호에게 전화해 상황을 보고했다.

“민호 씨, 오 의원 측이 우리를 공격하기 시작했어요. 사실이 아닌 내용이 기사로 나오고 있어요. 이대로 가다간 우리의 계획도, 우리의 명예도 위험해질 수 있어요.”

이민호는 다급히 답했다.

"지영 씨, 절대 물러서지 맙시다. 오 의원의 비리와 우리의 계획을 완벽히 준비한 후에 한 번에 공개해야 합니다. 지금 흔들리면 이 싸움에서 질 수밖에 없어요."

두 사람은 잠시 흔들렸지만, 다시 한번 이 싸움을 포기하지 않기로 결심했다. 이민호는 언론과의 소통을 더욱 강화하며, 진실을 밝힐 순간을 위해 만반의 준비를 갖춰 나갔다.

며칠 후, 이민호와 박지영은 사건의 주요 자료를 정리한 후 오영섭의 비리를 폭로하기 위한 언론 브리핑을 계획했다. 이 브리핑에서는 오영섭의 불법 자금 흐름, 대기업과의 연루 관계 그리고 국민의 이익을 배신한 정황을 구체적으로 공개할 예정이었다. 이민호와 박지영은 국민 앞에서 투명하고 신뢰받는 의정 활동을 약속하며, 이번 사건을 계기로 더욱 단단한 결심을 다지게 되었다.

그날 저녁, 이민호와 박지영은 마지막으로 자료를 점검하며 서로에게 다짐했다.

"민호 씨, 이제 정말 결단의 순간이에요. 이 싸움이 힘들겠지만, 우리는 국민을 위한 의정 활동을 포기하지 않겠다고 약속했으니 끝까지 가야죠."

이민호는 고개를 끄덕이며 대답했다.

"지영 씨, 국민의 신뢰를 저버리지 않기 위해서라도 이 진실을 밝혀야 해요. 두렵지만, 이 길이 우리가 가야 할 길입니다."

두 사람은 브리핑을 하루 앞둔 밤, 서로에게 힘을 북돋아 주며 그들의 계획을 마무리했다.

이제 이민호와 박지영은 오영섭의 부패와 국회의 부패 구조를 공개적으로 폭로할 준비가 되어 있었다. 언론과의 협력을 통해 이 사건을 대중 앞에 알리기로 결심한 이들은 과연 국민의 지지를 얻어 내고 부패와의 싸움에서 승리할 수 있을 것인가?

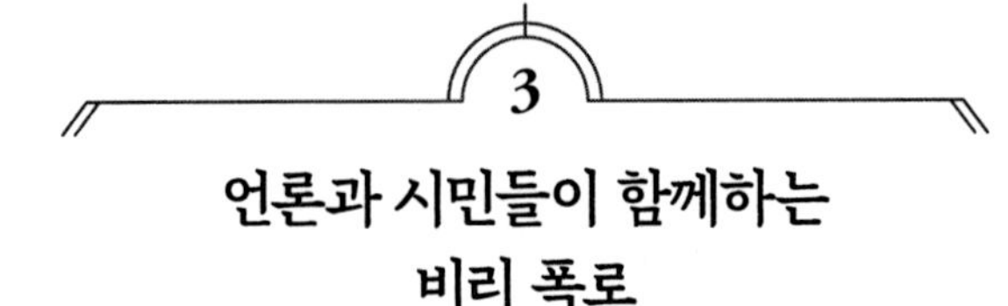

3
언론과 시민들이 함께하는 비리 폭로

이민호와 박지영은 오영섭 의원의 부패를 드러낼 모든 준비를 마치고, 이제 국민에게 진실을 알릴 계획을 실행에 옮기기로 결심했다. 그들은 진실을 알리기 위해 언론과의 협력과 시민들의 참여가 필수적임을 느끼고, 신뢰할 수 있는 언론사와 긴밀히 협력하며 폭로를 위한 기자회견을 계획했다. 이를 통해 오영섭이 단순한 부패 행위를 넘어, 국민을 기만하고 정치 권력을 남용해 왔음을 낱낱이 공개하려 했다.

기자회견 당일, 이민호와 박지영은 엄중한 분위기 속에서 기자회견장에 도착했다. 이미 언론사 기자들은 오영섭의 부패 의혹이 폭로된다는 소식을 듣고 대거로 모여들어 있었고, 현장은 긴장감으로 가득 차 있었다. 이민호와 박지영은 각각 자료를 들고 단상에 섰다. 그들의 표정은 결연했으며, 진실을 밝히겠다는 굳은 의지가 엿보였다.

박지영이 먼저 입을 열었다.

"존경하는 국민 여러분, 그리고 언론인 여러분. 저희는 국민의 대표로서 오영섭 의원의 부패 의혹에 대해 철저한 조사를 진행했습니다. 이 과정에서 밝혀진 진실은 충격적이었습니다. 오 의원은 국민의 신뢰를 배신하며, 대기업과의 부당한 거래를 통해 막대한 이익을 챙겼습니다."

박지영의 발언이 끝나자, 기자들은 일제히 그녀에게 질문을 던졌다. 그중 한 기자가 소리쳤다.

"박 의원님, 구체적인 증거가 있습니까? 이 사건이 단순한 의혹으로 끝나지 않으려면 확실한 자료가 필요합니다."

박지영은 차분히 준비한 자료를 들어 보이며 말했다.

"여기에는 오 의원이 특정 대기업으로부터 받은 자금 흐름과 그가 추진한 법안과의 관련성이 명확히 드러나 있습니다. 저희는 이 모든 자료를 국민과 언론에 투명하게 공개할 것입니다."

기자들은 숨죽이며 그녀의 설명을 들었고, 이민호가 이어서 구체적인 자료를 공개했다. 자료에는 오영섭이 특정 대기업으로부터 받은 자금 흐름이 상세히 기록되어 있었고, 그 자금이 여러 차례 세탁된 후 다시 오영섭의 계좌로 흘러들어 온 과정이 드러나 있었다.

이 폭로는 곧바로 언론에 대대적으로 보도되었고, 국민들은 충격과 분노에 휩싸였다. 여러 방송국에서 속보로 다루었으며, 각종 뉴스 채널과 인터넷 포털 사이트에는 '오영섭 의원 비리'라는 제목이 실시간으로 올라왔다. 분노한 시민들은 인터넷과 SNS를 통해 정부와 국회에 강력한 조사와 처벌을 요구하는 목소리를 높였다.

어느 늦은 저녁, 이민호와 박지영은 사무실에 모여 시민들의 반응을 실시간으로 확인하고 있었다. 수많은 댓글과 메시지가 올라왔고, 대부분은 두 사람의 폭로에 대한 지지와 응원이었다. 그러나 그중에는 걱정 어린 메시지도 있었다.

'이민호 의원님, 박지영 의원님. 두 분이 용기 있게 진실을 밝혀 주셔서 감사합니다. 하지만 이번 일로 두 분에게 불이익이 가지 않을지 걱정입니다. 부디 조심하시길 바랍니다.'

박지영은 메시지를 읽고 고개를 숙였다.

"민호 씨, 우리 때문에 국민들이 오히려 걱정하게 만든 것 같아요. 우리가 이번 일을 어떻게 마무리할 수 있을지 아직 불안합니다."

이민호는 진지하게 대답했다.

"맞아요, 지영 씨. 하지만 우리는 국민의 신뢰를 지키기 위해 이 싸움을 시작했어요. 이제 멈출 순 없습니다. 시민들이 우리와 함께 이 싸움을 지지해 주고 있으니, 끝까지 가야만 합니다."

그들은 서로의 결심을 다지며, 이 싸움의 무게를 다시 한번 실감했다.

며칠 뒤, 이민호와 박지영의 폭로에 힘입어 시민단체들이 거리로 나섰다. 대규모 집회가 열렸고, 수천 명의 시민들이 오영섭의 비리 사건을 규탄하며 정부에 철저한 조사를 요구했다. 시민들은 피켓을 들고 "부패한 정치인을 청산하라"는 구호를 외쳤고, 언론도 이를 대대적으로 보도했다. 국민들이 이 싸움에 적극적으로 나서자 이민호와 박지영은 큰 용기를 얻었다.

이날 집회가 끝난 후, 이민호는 시민단체 대표와 만나 의견을 나눴다. 시민단체 대표는 진지한 얼굴로 이민호에게 말했다.

"이민호 의원님, 국민이 함께하고 있습니다. 이제 오 의원의 비리를 드러내는 건 국민 모두의 싸움입니다. 의원님도 이 싸움에서 절대 물러서지 말아 주십시오."

이민호는 고개를 끄덕이며 답했다.

"네, 저도 국민 여러분과 함께 끝까지 싸울 것입니다. 여러분의 지지가 저희에게 큰 힘이 됩니다."

이민호는 시민들의 응원을 등에 업고 더욱 결연한 의지를 다졌다.

그러나, 오영섭은 이 상황을 가만히 두고 보지 않았다. 그는 자신의 정치 생명이 위태로워지자, 이민호와 박지영에게 직접적인 위협과 반격을 가하기로 결심했다. 이들은 오영섭 측의 강력한 반격과 압박에 직면하게 되고, 그들의 의지가 더욱 큰 시련 속에 놓이게 된다. 과연 이민호와 박지영은 이 위기를 어떻게 돌파해 나갈 것인가?

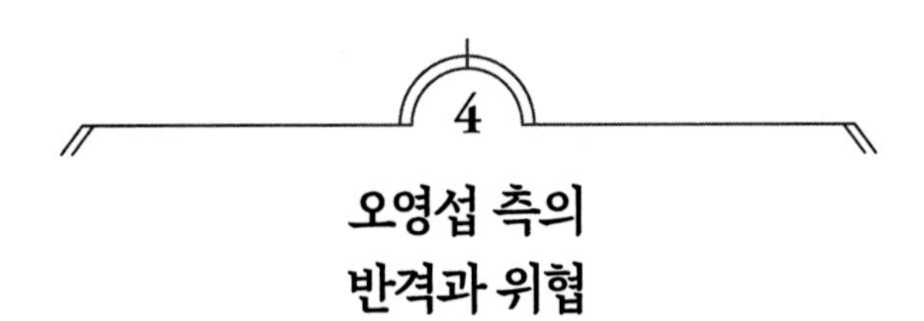

오영섭 측의 반격과 위협

오영섭의 비리가 폭로되고, 언론과 시민들이 그 비리를 규탄하며 압박을 가하기 시작하자 오영섭은 위기감을 느꼈다. 그는 수십 년간 쌓아 온 정치적 입지와 대기업과의 연줄을 통해 수많은 이익을 챙겨 왔지만, 이번 사건으로 모든 것이 무너질 위기에 처했다. 더는 가만히 있을 수 없다는 판단을 내린 그는 이민호와 박지영을 압박하고, 그들의 입지를 약화시키기 위한 반격을 준비하기 시작했다.

어느 날, 이민호와 박지영은 자신들에게 은밀히 전달된 위협 메시지를 받았다. 메시지에는 협박성 문구와 함께, 더 이상 오영섭 의원을 건드리지 말라는 경고가 담겨 있었다. 이민호는 메시지를 읽으며 얼굴이 굳어졌고, 박지영에게도 내용을 보여 주었다.

박지영은 그 메시지를 읽으며 속상한 표정을 지었다.

"민호 씨, 이대로 두면 우리에게 직접적인 위협이 될 수도 있어요. 이미 언론과 시민들이 함께해 주고 있지만, 오 의원의 반격이 시작된다면 어떤 일이 벌어질지 장담할 수 없어요."

이민호는 결연한 목소리로 대답했다.

"지영 씨, 우리가 멈춘다면 국민들이 우리를 믿고 지지해 준 의미가 사라집니다. 오 의원의 부패를 눈감아 준다면 그동안의 모든 노력이 헛되게 되고 말 거예요."

두 사람은 위협에도 불구하고 결코 물러서지 않겠다는 결심을 다졌다.

며칠 후, 이민호와 박지영은 언론에 의해 갑작스럽게 얽힌 스캔들 기사를 접하게 되었다. 기사는 두 사람이 권력을 남용하고 있다는 허위 사실을 담고 있었고, 특정 이권 사업에 개입했다는 조작된 증거까지 덧붙여져 있었다. 오영섭 측이 언론에 흘린 조작된 정보였지만, 대중들 사이에서는 진위 여부를 확인하기 어려워 혼란이 생겨났다. 이민호와 박지영의 신뢰도에 타격을 입히려는 의도였다.

박지영은 이 기사를 읽고 당황하며 이민호에게 말했다.

"민호 씨, 이건 완전히 조작된 내용이에요. 우리가 이권 사업에 관여했다는 얘기는 전혀 사실이 아니잖아요."

이민호는 침착하게 고개를 끄덕이며 말했다.

"맞아요, 지영 씨. 하지만 오 의원이 얼마나 강력한 영향력을 행사할 수 있는지 보여 주는 사례예요. 그가 끝까지 우리를 음해하려 할 겁니다."

이로 인해 두 사람은 대중들로부터 의심의 눈초리를 받게 되었고, 그동안 쌓아 온 신뢰가 위태로워지기 시작했다. 그러나 그들은 흔들리지 않고 대응하기로 했다. 이민호와 박지영은 기자회견을 열어 스캔들의 허위성을 입증하고, 진실을 밝히기 위한 자료들을 공개했다.

기자회견에서 이민호는 강한 목소리로 말했다.

"존경하는 국민 여러분, 저희가 마주하고 있는 조작된 스캔들과 허위 보도는 오영섭 의원 측의 압력에 의한 것입니다. 그들은 저희를 음해하려 하지만, 우리는 결코 진실을 감출 수 없습니다. 저희가 이 싸움에서 물러서지 않는 이유는 바로 여러분의 신뢰와 지지를 받기 때문입니다."

기자회견을 통해 이민호와 박지영은 자신의 결백을 주장하며, 오영섭의 비리를 밝히기 위해 끝까지 싸우겠다는 결의를 다졌다. 하지만 이 싸움이 점점 더 거세질수록 그들은 정치적인 압박과 위협에 대한 부담감을 더욱 크게 느끼게 되었다.

그날 저녁, 이민호는 오영섭의 측근으로부터 또 다른 경고를 받았다. 그 측근은 이민호에게 직접 전화를 걸어 오영섭이 그들에게 매우 분노하고 있다는 사실을 전하며 은밀한 위협을 가했다.

"이민호 의원, 지금이라도 그만두세요. 그렇지 않으면 더 큰 위험이 닥칠 겁니다. 오 의원님은 한 번도 이렇게까지 압박을 받은 적이 없습니다. 이 싸움을 계속하시면 무사하지 못할 겁니다."

이민호는 겁먹지 않고 대답했다.

“어떤 위협에도 굴하지 않을 겁니다. 국민의 신뢰를 배신한 사람이 벌을 받는 건 당연한 일이니까요.”

그는 끊임없이 압박을 가하는 오영섭 측의 태도에 분노를 느끼며, 이 싸움이 단순한 부패 폭로가 아니라 국민을 위한 진정한 정의와 신념의 싸움이라는 것을 다시 한번 되새겼다.

그 후, 이민호와 박지영은 비리 척결에 대한 결의를 다지고, 자신들의 입장을 더욱 단호히 유지했다. 그들은 오영섭의 압박에도 불구하고, 국민이 알 권리를 지키기 위해 한 걸음도 물러서지 않기로 마음먹었다. 이들은 오영섭의 비리를 입증할 확실한 증거들을 모으고, 시민들과의 연대를 더욱 강화하며, 언론과 함께 진실을 끝까지 밝히기 위한 전략을 다듬어 갔다.

그러나 그날 밤, 이민호는 장순재에게서 온 전화를 받았다. 장순재는 이민호에게 중요한 이야기를 전하고 싶다며 만남을 요청했다.

“이민호 의원, 이번 싸움이 얼마나 어려운지 잘 알고 있습니다. 하지만 꼭 드릴 말씀이 있어요. 내일 저와 잠시 이야기 나눌 시간을 주실 수 있을까요?”

이민호는 장순재의 신중한 목소리에 귀를 기울이며 답했다.

“물론입니다, 장 의원님. 저도 이번 상황에서 힘이 되는 말씀을 듣고 싶습니다.”

이민호는 다음 날 장순재와의 만남이 자신에게 어떤 힘과 지혜를 줄지 기대하며 밤을 지새웠다.

이제, 이민호와 박지영은 장순재와의 대화를 통해 새로운 용기와 전략을 모색하려 한다. 그들이 이 싸움에서 얻을 교훈과 용기가 어떤 결과를 가져올지, 장순재가 그들에게 전할 중요한 조언은 무엇일지에 대한 궁금증이 점차 고조되며, 이야기는 더욱 긴박하게 전개될 것이다.

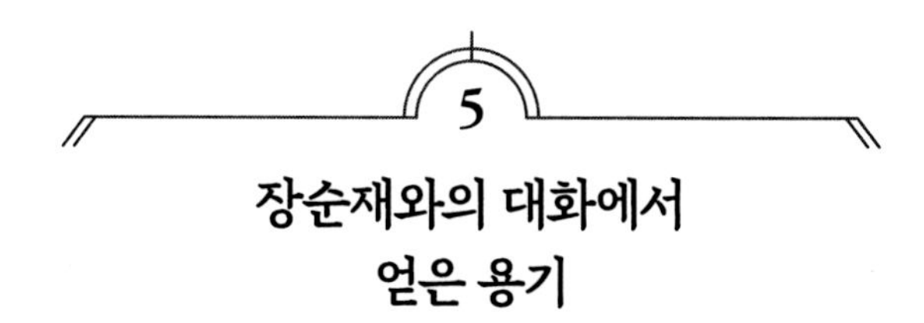

5
장순재와의 대화에서 얻은 용기

오영섭의 반격과 압박으로 이민호와 박지영의 싸움은 점점 더 힘들어져 가고 있었다. 오영섭의 측근들이 퍼뜨린 허위 스캔들로 인해 대중의 신뢰가 흔들리고, 오영섭 측에서 보내는 은밀한 위협이 이어지면서 그들은 극도의 스트레스를 느꼈다. 하지만 이민호는 이 싸움을 멈출 수 없다는 신념으로 결연한 의지를 다지고 있었다.

그때 장순재가 그에게 전화를 걸어 만남을 제안했다. 장순재는 국민의원 중에서도 존경받는 인물로, 오랜 정치 경력에도 불구하고 정직과 성실을 지키며 국민의 신뢰를 쌓아 온 인물이었다. 이민호는 장순재가 자신에게 줄 조언을 기대하며 약속 장소로 향했다.

그날 저녁, 장순재는 이민호를 한적한 카페로 불러내 차를 한 잔 대접하며 이야기를 시작했다. 장순재의 눈빛은 깊고 신중했으며, 마치 민호의 모든 고뇌를 이해하는 듯한 표정을 짓고 있었다.

"이민호 의원, 요즘 힘든 시간을 보내고 있는 걸로 알고 있습니다. 저도 그 무게가 얼마나 무거운지 알고 있습니다. 저 역시 처음 정치에 발을 들였을 때는 당신처럼 이상을 좇았으니까요."

이민호는 장순재의 말에 고개를 끄덕이며 답했다.

"장 의원님, 오 의원의 비리를 밝히는 것이 옳다는 걸 알지만, 매일같이 그의 압박을 받으며 이 싸움을 지속하는 게 점점 두려워지고 있습니다."

장순재는 이민호의 말을 듣고 미소를 지으며 다독였다.

"두려워하는 건 자연스러운 겁니다. 중요한 건 그 두려움 속에서도 포기하지 않고 자신을 지키는 것이지요. 정치라는 무대는 때로 우리를 흔들고 좌절하게 만들지만, 그런 순간일수록 더 강한 신념을 갖는 것이 필요합니다. 지금 국민들은 당신을 지켜보고 있습니다. 그들을 위해서라도 결코 물러서지 마세요."

이민호는 장순재의 격려에 다시 한번 용기를 얻었다. 그는 자신이 국민을 위해 이 싸움을 시작했다는 사실을 상기하며, 흔들림 없는 결단을 다짐했다.

장순재는 이어서 정치의 본질에 대한 이야기를 나누며, 자신이 젊은 시절 경험한 일화를 들려주었다.

"내가 처음 국회의원이 되었을 때, 큰 대기업의 압박을 받은 적이 있었습니다. 그들은 막대한 자금을 통해 법안을 자신들에게 유리하게 만들어 달라고 했지요. 그때 나는 처음으로 큰 유혹에 빠졌습니다. 모든 것을 걸고 거절했지만, 대가는 컸습니다. 그로 인해 한동안 정치적 고립을 느꼈지만 결과적으로 내 양심과 국민의 신뢰를 지킬 수 있었던 것이 제겐 가장 큰 보람이었습니다."

이민호는 그 이야기에 감명받으며 말했다.

"장 의원님, 저는 지금까지 이상을 향해 달려왔지만, 이런 상황에선 흔들리기 쉽다는 걸 절실히 깨달았습니다. 저도 국민의 신뢰를 지키기 위해 끝까지 싸울 것입니다."

장순재는 조용히 웃으며 고개를 끄덕였다.

"좋아요, 이민호 의원. 우리 모두는 때때로 한계를 느끼고, 현실의 무게에 짓눌리기도 합니다. 하지만 국민을 위해 올바른 길을 걸어야 한다는 진심이 있다면, 그 길은 결코 헛되지 않을 것입니다. 이 싸움에서 얻은 용기가 결국 당신을 더 큰 정치인으로 만들어 줄 겁니다."

이 대화를 통해 이민호는 큰 용기와 결의를 얻었다. 그는 이 싸움이 단순한 부패 척결이 아니라, 국민을 위한 정의와 진정성의 증명이자 자신의 정치적 신념을 시험하는 과정이라는 것을 깨달았다. 장순재와의 대화가 끝난 후, 이민호는 사무실로 돌아가 박지영에게 장순재와의 이야기를 전하며 다짐을 다졌다.

박지영은 이민호의 이야기를 듣고 고개를 끄덕이며 말했다.

"민호 씨, 이번 싸움이 어떤 결과를 가져오든 우리에게 중요한 건 국민의 신뢰와 의지를 지키는 거예요. 장 의원님 말씀처럼, 우리가 올바른 길을 걸어간다면 그 길 끝에 분명히 변화가 있을 거예요."

두 사람은 서로를 바라보며 다시 한번 결연한 마음을 다졌다. 이들은 이제 오영섭의 비리를 더욱 철저히 조사하고, 법적인 조치를 취하기 위한 준비를 강화하기로 했다.

며칠 후, 이민호와 박지영은 시민단체와 법률 전문가들을 모아 오영섭의 비리에 대한 법적 고발을 준비하기 시작했다. 이들은 법적 조치를 통해 국민의 신뢰를 배반한 오영섭에게 합당한 책임을 묻기로 결심했다. 또한, 언론을 통해 이 사건이 국민에게 투명하게 공개되도록 만반의 준비를 갖췄다.

이 과정에서 이민호와 박지영은 그간의 압박에도 굴하지 않고 진실을 밝히기 위해 힘써 준 시민들의 지지를 확인하며 더 큰 용기를 얻었다. 시민들은 이 싸움에서 그들을 응원하고 지지하며, 이민호와 박지영이 국민의 진정한 대변자로서 올바른 길을 걸어가기를 간절히 바라고 있었다.

이제 이민호와 박지영은 법적 조치를 통해 부패 척결의 실질적인 변화를 일으키려는 결단의 순간을 맞이하게 되었다. 과연 그들은 법적 절차를 통해 오 의원의 책임을 물을 수 있을까? 그리고 그들이 이루려는 개혁과 정의의 길이 국민들에게 어떤 변화를 가져올 것인가?

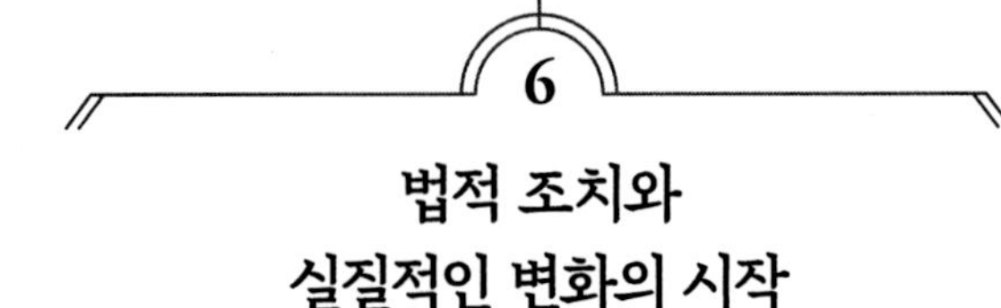

법적 조치와 실질적인 변화의 시작

장순재와의 대화에서 깊은 용기와 깨달음을 얻은 이민호는 이제 부패 척결을 위한 법적 조치를 취하기로 결심했다. 오영섭의 비리와 부패를 폭로하는 것이 국민의 신뢰를 지키는 일이라 확신한 그는, 박지영과 함께 마지막 준비를 마쳤다. 그들의 계획은 단순히 오영섭의 비리를 드러내는 것에서 나아가, 국회와 정부 시스템 전반에 걸친 실질적인 변화를 이끌어 내는 것이었다.

이민호와 박지영은 오영섭의 부패 정황을 담은 방대한 자료를 정리해 검찰에 고발장을 제출하기로 했다. 이 고발장은 오영섭의 자금 세탁, 대기업과의 불법 거래 그리고 국회의원으로서의 직권을 남용한 구체적인 혐의를 포함하고 있었다. 이들은 검찰 고발과 함께 공개 기자회견을 열어 국민에게 이 사건의 진실을 알리고, 부패와의 싸움에서 국민들의 동참을 호소했다.

기자회견장에 서 있는 이민호와 박지영의 얼굴에는 결연한 의지가 가득했다. 기자들이 몰려들며 이들이 제출한 자료의 세부 사항을 질문하자, 이민호는 정직하고 단호하게 대답했다.

"오 의원의 부패 행위는 단순히 개인의 문제가 아니라, 국민을 기만하고 정치 시스템을 오염시키는 중대한 범죄입니다. 우리는 이 사건을 통해 부패를 청산하고, 국민이 신뢰할 수 있는 정치를 회복하기 위해 이 자리에 섰습니다."

박지영도 이어서 발언했다.

"이제는 행동할 때입니다. 그동안 눈감아 왔던 부패를 끝내고 정의로운 사회로 나아가야 합니다. 국민 여러분이 저희와 함께 이 싸움에 참여해 주신다면, 반드시 변화를 일으킬 수 있을 것입니다."

기자회견이 진행되는 동안 많은 국민들이 이들의 용기와 결단에 박수를 보내며 힘을 실어 주었다. 그러나 이 모든 과정이 순탄하지만은 않았다.

기자회견이 끝난 후, 이민호와 박지영은 검찰청에 직접 고발장을 제출했다. 그러나 그날 저녁, 이민호는 예상치 못한 전화를 받았다. 오영섭의 측근이었던 한 인물이 검찰 내부에 미리 손을 써서 고발장 접수 과정에서 증거 일부를 삭제하려는 움직임이 있다는 첩보를 전해 온 것이다.

박지영은 이 사실을 듣고 놀란 표정으로 이민호에게 말했다.

"민호 씨, 이건 너무 위험해요. 우리가 고발한 증거가 사라진다면 모든 게 물거품이 될 수 있습니다."

이민호는 굳은 표정으로 말했다.

"그렇다면 이 자료를 다르게 보관해야겠어요. 만약 검찰 내부에서 문제가 생긴다면, 대중에게 직접 이 모든 것을 공개할 계획을 세워야 할 겁니다."

이민호와 박지영은 다시 밤을 새워 가며 모든 자료를 디지털화하여 여러 군데에 안전하게 보관하고, 최후의 수단으로 대중 공개를 계획했다.

며칠 후, 검찰은 오영섭의 사무실과 자택을 압수 수색 하며 본격적인 수사에 착수했다. 수사 결과, 오영섭의 자금 세탁과 대기업과의 뒷거래 그리고 여러 가지 불법 행위들이 연이어 밝혀졌다. 언론에서는 이 사건을 실시간으로 보도하며 국민들의 관심을 집중시켰다. 특히, 이민호와 박지영의 법적 조치가 오영섭의 비리를 밝히는 데 중요한 역할을 했다는 사실이 알려지면서, 두 사람은 국민들 사이에서 신뢰와 지지를 더욱 얻었다.

그러나 오영섭 측은 여전히 막강한 변호인단을 고용해 법적 방어를 강화하고, 이번 수사가 정치적인 보복이라는 주장을 펼치며 이민호와 박지영을 압박했다. 이로 인해 수사는 더욱 치열해졌고, 사건은 새로운 국면으로 접어들었다.

그 과정에서 이민호와 박지영은 법률 전문가들과 함께 '부패 방지법 개정안'을 준비하기 시작했다. 이 개정안은 국회 내부의 투명성을 강화하고, 공직자의 부패를 사전에 방지할 수 있는 제도를 마련하기 위한 것이었다. 그들은 이 법안이 부패 척결의 핵심이 될 수 있도록 꼼꼼히 조율했고, 이번 사건을 계기로 국민들이 정치 개혁에 동참하도록 유도했다.

하루는 이민호와 박지영이 시민단체와의 간담회를 마치고 돌아가는 길이었다. 간담회에서 한 시민이 그들에게 말을 걸며 물었다.

"이민호 의원님, 박지영 의원님, 이번 법안이 정말로 통과될 수 있을까요? 사실 그동안 국회가 부패 문제를 제대로 해결하지 못하는 걸 많이 봐 왔거든요."

이민호는 진지한 눈빛으로 답했다.

"저희도 이 법안이 통과될 수 있도록 최선을 다할 겁니다. 국민 여러분이 응원해 주신다면, 반드시 변화를 이끌어 내겠습니다."

그날 간담회에서 두 사람은 시민들의 염원과 지지를 느끼며, 개혁을 반드시 이뤄 내겠다는 결의를 다졌다.

법안 발의가 이어지고, 검찰 수사가 진전되면서 오영섭에 대한 법적 책임이 구체화되기 시작했다. 하지만 그의 권력과 정치적 영향력은 여전히 남아 있었다. 과연 이민호와 박지영은 이 싸움에서 부패를 완전히 무너뜨리고, 진정한 변화를 일으킬 수 있을 것인가?

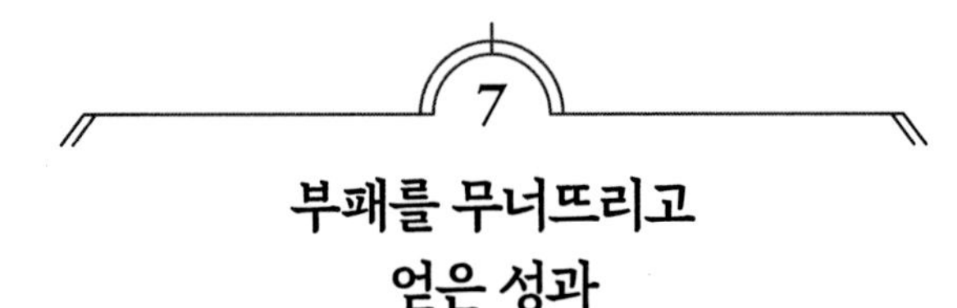

부패를 무너뜨리고 얻은 성과

오영섭의 비리 사건이 대대적으로 보도되고, 검찰 수사가 본격화되면서 오영섭의 권력은 급속히 무너져 갔다. 그의 자금 세탁과 대기업과의 뒷거래가 밝혀짐에 따라 오영섭은 스스로도 막기 어려운 법적 소용돌이에 휘말리게 되었다. 이민호와 박지영이 추진한 법적 조치와 개혁 법안 발의는 국민의 지지를 받으며 큰 성과를 거두기 시작했고, 그들은 끝내 부패를 무너뜨리고 실질적인 변화를 만들어 냈다.

며칠 후, 국회는 부패 방지법 개정안을 심의했다. 이민호와 박지영은 이 법안의 통과를 위해 각 의원들을 설득하며, 기존의 낡은 정치 구조와 부패 관행을 개선하는 방향으로 논의를 이끌었다. 긴 논의 끝에 이 법안은 마침내 국회를 통과하게 되었고, 이는 국민들이 정치에 대한 신뢰를 회복하는 계기가 되었다.

법안 통과 이후, 이민호와 박지영은 동료 의원들과 함께 법안이 가져올 변화에 대해 이야기했다. 한 의원이 이민호에게 다가와 말했다.

“이민호 의원, 이번 개정안이 통과된 것은 정말 놀라운 일입니다. 이로 인해 국회 내부의 투명성이 크게 개선될 거라 기대하고 있습니다.”

이민호는 겸손하게 대답했다.

"이 모든 것은 국민들이 저희를 지지해 주신 덕분입니다. 이제 우리 모두가 이 변화를 실질적으로 실현하는 데 최선을 다해야 합니다."

박지영 역시 기뻐하며 말했다.

"이제 국민들께서도 우리를 믿고 더 큰 목소리를 내 주실 것 같아요. 앞으로도 국민의원이 국민을 위해 일할 수 있는 환경을 만들도록 함께 노력합시다."

오영섭의 비리가 밝혀지고 부패 방지법이 개정됨에 따라 국회 내부에서는 이전과는 다른 변화가 감지되기 시작했다. 기존 국회의원들은 더 이상 자신들의 권력을 남용하지 않도록 감시를 강화하게 되었고, 대기업과의 부당한 거래가 어려워지면서 정치권 내의 신뢰도 또한 회복되었다. 이제 정치인들은 국민의 목소리에 더 민감해졌고, 국회는 점차 국민을 위한 정책을 중심으로 운영되기 시작했다.

특히, 국민들은 이번 사건을 계기로 정치에 더 많은 관심을 가지게 되었고, 자신들의 목소리가 정책에 반영될 수 있음을 실감했다. 여러 시민단체들은 이민호와 박지영을 지지하는 성명을 발표하며, 그들이 이룬 성과에 감사를 표했다. 한 시민단체 대표는 기자회견에서 이렇게 말했다.

"이민호 의원과 박지영 의원의 용기 덕분에 우리는 새로운 정치의 가능성을 보았습니다. 앞으로도 정치가 국민의 뜻에 따라 운영되기를 간절히 바랍니다."

이제 이민호와 박지영은 더 많은 국민의 의견을 반영할 수 있는 정책을 만들기 위해 새로운 목표를 세우기 시작했다.

하지만 이민호와 박지영은 오영섭의 비리를 무너뜨렸다는 성과에 만족하지 않았다. 그들은 이 변화가 일회성에 그치지 않고 지속적으로 이어질 수 있도록 해야 한다는 책임감을 느꼈다. 그래서 그들은 국민의 요구와 필요를 더 세밀하게 반영하기 위해 국민 설문을 통해 새로운 정책 제안을 마련하기로 했다. 이를 통해 국민이 직접 정책에 참여하고, 그들의 목소리가 실질적인 변화로 이어질 수 있는 구조를 만들고자 했다.

하루는 이민호가 박지영과 함께 향후 계획을 논의하며 말했다.

"지영 씨, 부패를 척결한 것만으로는 충분하지 않아요. 진정한 변화는 국민이 직접 목소리를 내고 정책에 참여할 때 만들어지는 겁니다. 이번 국민 설문을 통해 진짜로 필요한 정책을 제안받아 보자고요."

박지영은 미소를 지으며 고개를 끄덕였다.

"맞아요, 민호 씨. 국민이 원하는 변화가 무엇인지 더 정확히 알 수 있다면, 국회가 그에 맞는 역할을 할 수 있을 거예요."

그들은 이번 설문이 국민의 목소리를 진정으로 반영하고, 이를 통해 국회가 더욱 국민 중심으로 운영될 수 있는 기반이 되기를 기대했다.

며칠 후, 국민 설문이 시작되었다. 이는 기존의 제한된 의견 수렴 방식과는 달리 전국적으로 온라인과 오프라인을 통해 모든 국민이 참여할 수 있는 개방형 설문이었다. 이민호와 박지영은 이 설문을 통해 다양한 계층의 의견을 모아 실제 정책에 반영할 준비를 했다. 설문 초기부터 수많은 의견이 쏟아졌고, 국민들은 자신들의 목소리가 실제 정책에 반영될 수 있다는 기대감을 갖고 적극적으로 참여했다.

설문 첫 주말, 이민호와 박지영은 설문 데이터를 살피며 웃음을 지었다. 설문에 참여한 사람들의 열의와 다양성에 감동한 것이다. 그들은 국민이 보내온 의견을 하나하나 검토하며, 다음 단계에서 어떤 정책이 국민에게 진정으로 필요한지 고민하기 시작했다.

이제 이민호와 박지영은 국민 설문을 통해 얻은 결과를 바탕으로 새로운 정책 제안을 준비하게 되었다. 과연 국민의 다양한 의견이 정책으로 어떻게 구체화될지, 그리고 이 설문을 통해 그들이 발견하게 될 국민의 진정한 목소리는 무엇일까?

6장

진정한 국민의 목소리

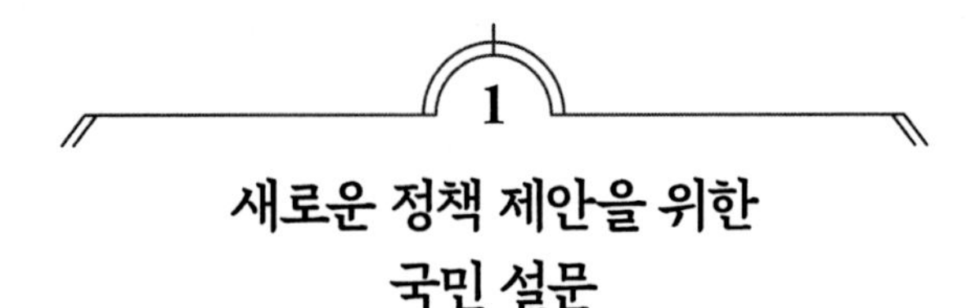

새로운 정책 제안을 위한 국민 설문

오영섭의 부패를 무너뜨리고 개혁의 물결을 일으킨 이민호와 박지영은 이제 그 여세를 몰아 국민이 직접 참여하는 정책 제안을 위한 국민 설문을 준비했다. 그들은 이번 설문이 국민의 진정한 요구를 반영하여 정책으로 구체화되는 첫걸음이 될 것이라 확신했다. 국민이 원하는 변화를 듣고, 이를 실제로 반영함으로써 국회의 역할을 새롭게 정의하려는 시도였다.

이민호와 박지영은 이번 설문이 국민과 국회의 직접적인 연결 고리가 되기를 바랐다. 그래서 기존의 형식적이고 제한적인 의견 수렴 방식에서 벗어나 국민 누구나 참여할 수 있는 개방형 설문을 기획했다. 전국 각지의 시민들이 온라인 플랫폼과 오프라인 장소를 통해 자신의 목소리를 쉽게 제출할 수 있도록 했다.

설문이 시작되고, 생각보다도 더 뜨거운 반응이 이어졌다. 각계각층의 사람들이 자신의 생각과 의견을 적극적으로 내놓으며 이 설문에 참여했다. 특히, 정치에 큰 관심을 두지 않았던 사람들이 자신들의 목소리가 정책에 반영될 수 있다는 기대감을 가지고 열심히 참여했다.

하루는 이민호와 박지영이 사무실에서 설문 데이터를 실시간으로 확인하고 있을 때였다. 각종 의견이 끊임없이 올라오고 있었고, 사람들은 다양한 문제와 이슈를 제기하고 있었다. 그중에는 예상치 못한 문제도 많았다.

박지영이 한 의견을 읽으며 미소 지었다.

"민호 씨, 여기에 '공공도서관의 서비스 개선'이 필요하다는 의견이 올라왔어요. 학교 방과 후 아이들이 갈 곳이 마땅치 않다는 이야긴데, 생각보다 많은 사람이 비슷한 의견을 남기고 있어요."

이민호는 고개를 끄덕이며 답했다.

"의외네요. 이런 의견도 소중하게 반영해야 해요. 정책은 국민들이 체감할 수 있는 것이어야 하니까요."

그들은 각각의 의견이 소중하게 다뤄져야 한다는 것을 깨달으며, 작은 문제라도 국민들이 실제로 필요로 하는 변화가 무엇인지 세밀히 파악하기로 했다.

설문 초기의 열기를 반영하듯, 전국적으로 다양한 의견이 쏟아져 나왔다. 그런데 하루는 설문 결과를 분석하던 중 이민호가 심각한 얼굴로 박지영에게 다가갔다.

"지영 씨, 여기에 올라온 일부 의견이 고위 공직자의 부당한 행위와 관련된 문제를 제기하고 있어요. 단순한 불만이 아니라, 구체적인 사례와 증거를 언급하며 이 부분에서 정책이 필요하다고 요구하고 있네요."

박지영은 놀라며 물었다.

"부패 척결이 한 번으로 끝날 문제가 아니라는 걸 보여 주는군요. 국민들 입장에선 여전히 변화가 더 필요하다고 느끼고 있는 거예요."

이민호와 박지영은 이 의견이 단순한 정책 개선 이상의 의미가 있음을 느끼고, 국민이 원하는 진정한 변화가 어떤 것인지에 대해 깊이 생각했다. 국민들이 단순히 생활 편의성을 개선하는 정책뿐만 아니라 공직사회 전반의 투명성과 정의를 바라는 요구가 강하다는 것을 확인한 것이다.

설문이 진행되면서 그들은 국민의 의견에 담긴 현실적인 어려움을 조금씩 체감하게 되었다. 특히 소외된 계층이나 지역의 목소리가 정책에 반영되지 않아 어려움을 겪는다는 이야기도 많았다. 그날 저녁, 이민호와 박지영은 지역 주민들과의 소규모 간담회에 참석해 직접 국민의 목소리를 들을 기회를 가졌다.

한 주민이 자리에서 일어나 말했다.

"의원님들, 우리 같은 작은 농촌 마을은 늘 정책의 우선순위에서 제외되는 느낌이에요. 교육 문제도 그렇고, 기본적인 인프라도 부족해요. 도시와 비교했을 때 차별받는 느낌이 듭니다."

이민호는 그의 말을 깊이 새기며 말했다.

"맞습니다. 국민이 어느 곳에 살든 모두 평등하게 필요한 서비스를 받아야 마땅합니다. 이런 문제를 반영할 수 있도록 최선을 다하겠습니다."

그날 이민호와 박지영은 국회가 놓치고 있었던 국민의 현실적인 문제들을 듣고, 보다 균형 잡힌 정책을 마련해야 한다는 다짐을 새롭게 하게 되었다.

며칠 후, 설문 초기 결과가 정리되어 이민호와 박지영은 분석 회의를 열었다. 설문 결과는 국민들이 실제로 필요로 하는 정책 우선순위를 여실히 보여 주고 있었다. 이번 설문을 통해 사람들이 어떤 삶의 질을 바라고, 국회가 어떤 역할을 해 주길 기대하는지 알 수 있었다.

박지영은 설문 결과 자료를 보며 감탄했다.

"민호 씨, 보세요. 생활 환경 개선, 교육 격차 해소, 공공 의료 서비스 강화까지, 정말 다양한 의견이 나왔어요. 그동안 우리가 국회에서 논의했던 것보다 더 현실적인 문제들이네요."

이민호는 고개를 끄덕이며 답했다.

"맞아요, 지영 씨. 국민이 원하는 건 단순히 큰 개혁이 아니라, 일상에서 체감할 수 있는 작은 변화들이었어요. 이번 설문을 통해 우리도 무엇을 해야 하는지 더욱 명확해졌습니다."

그들은 이제 국민의 실질적인 요구를 반영한 정책을 마련하기 위해 본격적으로 준비에 착수했다. 설문 결과에서 도출된 주요 의견들을 중심으로 구체적인 정책안을 설계하고, 이를 국회에 발의할 계획을 세웠다. 이번 정책 제안은 단순히 국회의원의 시각이 아닌, 국민의 목소리를 온전히 담아낸 것이었다.

설문 결과를 바탕으로 구체적인 정책안을 설계하면서, 이민호와 박지영은 앞으로 국민들이 더 적극적으로 정책에 참여할 수 있는 방안을 마련하기로 결심했다. 과연 이들은 어떤 방식으로 국민의 목소리를 정책으로 실현할 수 있을까? 그리고 이 설문을 통해 발견한 국민의 목소리를 지속적으로 반영하기 위한 새로운 장려 방안을 어떻게 마련할지, 다음 장에서 그들의 노력과 고민이 더 깊이 전개될 것이다.

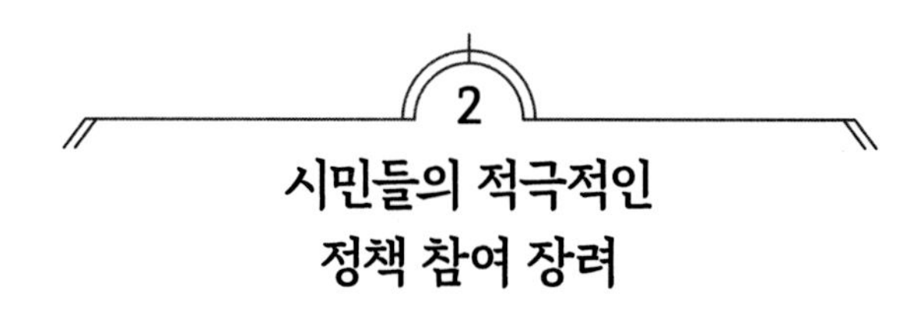

2
시민들의 적극적인 정책 참여 장려

이민호와 박지영이 국민 설문을 통해 도출된 다양한 의견을 검토하면서 느낀 것은 국민의 참여가 그 어느 때보다 필요하다는 점이었다. 정책이 단순히 정부와 국회에서 정해지는 것이 아니라, 국민들이 직접 참여하여 만들어 가야 한다는 확신을 가지게 된 것이다. 국민의 의견을 수렴하는 것에 그치지 않고, 그들이 정책 결정 과정에 적극적으로 관여할 수 있는 방안을 마련해야만 진정한 민주주의와 국민 중심의 정책이 실현될 수 있다고 느꼈다.

이민호와 박지영은 국민의 적극적인 정책 참여를 유도하기 위한 방안을 마련하기 위해 긴급회의를 열었다. 이 자리에는 다양한 전문가와 시민단체 대표들도 초대되었다. 회의가 시작되자, 민호가 먼저 입을 열었다.

"여러분, 이번 국민 설문을 통해 많은 것을 배웠습니다. 이제 우리가 할 일은 이 결과를 바탕으로 국민들이 정책을 함께 만들어 나갈 수 있는 방안을 마련하는 것입니다. 국민 참여가 단순히 형식적인 것이 아닌, 실질적인 영향력을 발휘할 수 있도록 하는 것이 목표입니다."

회의 참석자들 사이에서는 다양한 의견이 오갔다. 한 시민단체 대표가 손을 들고 말했다.

"의원님, 많은 국민이 정책 참여의 필요성은 느끼고 있지만, 구체적으로 어떻게 참여할 수 있을지에 대해 막막해하는 경우가 많습니다. 참여의 문턱을 낮추기 위해 쉽게 접근할 수 있는 온라인 플랫폼이 필요하다고 생각합니다."

박지영이 그 제안을 듣고 고개를 끄덕이며 말했다.

"좋은 의견입니다. 국민들이 언제 어디서나 쉽게 의견을 제출하고, 또 다른 의견들과 소통할 수 있는 온라인 플랫폼을 구축하는 것이 필요해 보입니다. 이를 통해 정책이 실시간으로 국민과 연결될 수 있다면, 참여의 문턱을 낮추는 데 큰 도움이 될 것입니다."

이렇게 논의된 내용을 바탕으로, 이민호와 박지영은 '국민 정책 참여 플랫폼'을 설계하기로 했다. 이 플랫폼은 누구나 쉽게 접근할 수 있는 온라인 공간으로, 국민들이 자신의 의견을 제출하고 다른 사람들의 의견에 대해 토론할 수 있는 구조로 마련될 계획이었다. 특히 플랫폼을 통해 제안된 의견이 어떤 과정을 거쳐 정책으로 반영되는지 투명하게 공개함으로써, 국민들이 자신의 의견이 실제로 반영되는 것을 실시간으로 확인할 수 있도록 했다.

몇 주 후, 플랫폼의 시범 서비스가 오픈되었다. 국민들은 다양한 주제에 대해 자유롭게 의견을 나누기 시작했고, 처음에는 간단한 생활 개선 방안에서부터 시작하여 점점 더 심도 있는 정책 제안이 이어졌다.

어느 날, 플랫폼을 관리하던 이민호와 박지영은 흥미로운 제안을 발견하게 되었다. 한 청년이 '청년 일자리 창출을 위한 소규모 창업 지원 제도'를 제안하며 구체적인 아이디어와 지원 방안을 플랫폼에 올린 것이었다. 이 제안은 곧바로 많은 관심을 끌었고, 수백 개의 댓글이 달리며 활발한 토론이 이어졌다.

박지영이 그 제안을 보며 이민호에게 말했다.

"민호 씨, 이런 의견이 실제로 반영될 수 있다면 얼마나 좋을까요. 청년들이 스스로의 문제를 해결하기 위해 직접 정책을 제안하고, 함께 토론하는 모습이 정말 인상적이에요."

이민호도 웃으며 답했다.

"맞아요. 이런 참여가 확대된다면 정말 새로운 형태의 민주주의가 실현될 겁니다. 우리도 이 의견을 잘 다듬어 구체적인 정책으로 만들 수 있도록 노력합시다."

그런데 플랫폼이 활성화되면서 이민호와 박지영은 한 가지 문제에 직면하게 되었다. 다수의 의견은 쉽게 지지와 논의를 얻었지만, 소수 의견들은 자주 묻히거나 충분한 토론을 거치지 못하는 경향이 있었던 것이다. 소수 의견도 중요한 목소리로 존중받아야 한다는 것을 깨달은 두 사람은 소수 의견을 포용할 수 있는 새로운 회의 방식을 모색하기로 했다.

이민호는 이를 위해 소수 의견을 보호하고 반영할 수 있는 '의견 조정 회의'를 제안했다. 이 회의는 다수의 지지를 받지 못한 의견이라 하더라도 중요한 사안일 경우, 다시 한번 검토하고 토론할 기회를 제공하는 자리였다.

회의에서 한 참석자가 물었다.

"이민호 의원님, 소수 의견을 존중하는 건 좋은 일입니다만, 다수의 지지가 없는 의견이 정책으로 이어지긴 어려운 게 현실입니다. 이 회의 방식이 정말 실효성이 있을까요?"

이민호는 진지한 표정으로 대답했다.

"그렇습니다. 하지만 우리는 국민의 목소리가 다수냐 소수냐에 관계없이 존중받아야 한다고 믿습니다. 다수가 동의하지 않는 의견이라도 중요한 문제를 제기할 수 있다는 사실을 간과해선 안 됩니다."

이민호의 이 발언은 참석자들 사이에서 깊은 공감을 불러일으켰고, 참석자들은 소수 의견을 존중하는 방식이 실제 정책 결정 과정에 도움이 될 것이라고 느꼈다.

이후 플랫폼 내에서 의견 조정 회의가 정기적으로 열리게 되었고, 다양한 소수 의견이 심도 있는 토론의 기회를 얻을 수 있었다. 플랫폼의 운영 방식에 감동한 국민들은 점점 더 적극적으로 참여하기 시작했다.

특히나 평소에 자신의 의견이 받아들여지기 힘들다고 느낀 사람들이 더 많이 참여하며 다양한 목소리가 국회와 연결되는 것이 가능해졌다.

국민의 다양한 의견이 정책에 반영될 수 있는 시스템이 자리 잡아 가면서, 이민호와 박지영은 국회가 국민의 목소리를 대변하는 진정한 플랫폼이 될 수 있다는 희망을 품게 되었다. 이제 그들은 소수 의견을 포용하는 회의 방식을 통해 더 많은 국민들이 참여할 수 있도록 장려하는 방법을 고민하기 시작했다.

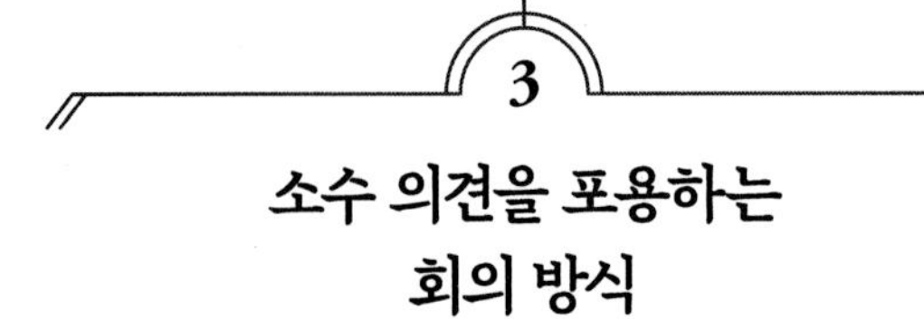

3

소수 의견을 포용하는 회의 방식

국민 설문과 정책 참여 플랫폼을 통해 다수의 국민들이 의견을 내며 정책 형성에 참여하게 되었지만, 이민호와 박지영은 새로운 고민을 마주했다. 다수의 지지를 얻은 의견들은 쉽게 정책으로 이어질 가능성이 컸으나, 반대로 소수 의견은 논의에서 쉽게 묻혀 버리곤 했던 것이다. 그들은 진정한 민주주의가 다수의 의견만을 대변하는 것이 아니라, 소수의 목소리도 포용해야 한다는 신념을 가지고 있었다.

이민호와 박지영은 소수 의견을 반영할 수 있는 새로운 회의 방식을 도입하기로 결심했다. 이들은 소수 의견이 쉽게 묻히지 않고 충분히 검토될 수 있도록 '포용 회의'라는 방식을 고안했다. 포용 회의는 다수의 지지를 받지 못한 의견이라도 중요한 이슈로 다시 검토할 기회를 제공하는 회의였다. 모든 국민의 목소리가 존중받을 수 있는 시스템을 만들고자 하는 그들의 의지가 담겨 있었다.

포용 회의가 첫날을 맞이하던 날, 다양한 의견을 들을 수 있는 자리가 마련되었다. 이 자리에는 특별히 소수 의견을 낸 사람들도 초대되어 그들의 의견을 직접 발표할 기회가 주어졌다. 회의장에는 다수의 지지를 얻지 못한 여러 의견들이 주제를 이루고 있었고, 이를 발표하는 사람들이 긴장된 표정으로 준비하고 있었다.

첫 번째 발언자는 작은 농촌 마을에 사는 청년이었다. 그는 도심과 농촌 간 교육 격차를 해소할 수 있는 방안을 제안했지만, 초기에는 큰 관심을 끌지 못했던 의견이었다. 청년은 떨리는 목소리로 자신이 겪은 어려움과 현실을 설명했다.

"저희 마을에는 제대로 된 교육 시설이 없어 대부분의 아이들이 충분한 교육을 받지 못하고 있습니다. 도시와 비교했을 때 우리는 너무나도 뒤처져 있지요. 저는 농촌에도 아이들이 동등한 교육을 받을 수 있도록 개선이 필요하다고 생각합니다."

이민호는 청년의 진심 어린 발언에 고개를 끄덕이며 말했다.

"중요한 의견입니다. 교육 격차는 모두에게 공평한 기회를 제공하는 데 큰 영향을 미치죠. 앞으로 이 문제를 어떻게 해결할 수 있을지 깊이 고민해 보겠습니다."

회의에 참석한 다른 사람들도 청년의 용기 있는 발언에 박수를 보내며 그의 의견에 동의했다. 이 포용 회의가 소수 의견을 존중하고 재조명할 수 있는 자리가 될 수 있음을 확인한 순간이었다.

회의가 진행되던 중, 예기치 못한 상황이 발생했다. 한 참석자가 오영섭의 비리와 관련된, 국회의 구조적 문제를 비판하며 보다 강력한 부패 방지책이 필요하다고 발언한 것이다. 이 의견은 다수의 호응을 받기 어려운 민감한 주제였다. 그 발언자는 자신의 목소리가 불편하게 들릴 수 있음을 알면서도, 당당하게 자신의 생각을 밝혔다.

"이번 사건을 통해 깨달은 것이 있습니다. 국회 내에서 특정 의원들이 법과 특권을 남용하는 것을 막을 수 있는 시스템이 필요합니다. 국민을 위한 정치가 실현되려면 제도를 바꾸는 것이 필수입니다."

회의장 안은 잠시 침묵에 휩싸였다. 일부 참석자들은 이 의견이 지나치게 과감하다고 느낄 수도 있었지만, 이민호는 이 의견을 놓치고 싶지 않았다. 그는 단호한 표정으로 말했다.

"맞습니다. 정치 구조의 변화가 없다면 같은 문제가 반복될 수 있습니다. 소수 의견이라고 해서 배제되지 않아야 하며, 이런 의견이야말로 우리 사회가 놓치고 있는 중요한 지점을 되돌아볼 기회를 제공합니다."

박지영 역시 고개를 끄덕이며 동의했다. 그녀는 소수 의견이 정치 개혁의 중요한 동력이 될 수 있다는 점을 확신하고 있었다.

포용 회의의 또 다른 에피소드는 한 장애인 활동가의 참여로 이뤄졌다. 그는 공공시설의 접근성 문제와 정책의 형식적 배려에 대해 문제를 제기하며, 장애인과 비장애인이 평등하게 누릴 수 있는 정책이 필요하다고 주장했다. 그의 목소리는 초기에는 미약했지만, 그의 이야기를 듣는 사람들은 깊은 감동을 받았다.

"정부와 국회에서 만들어진 정책은 겉으로는 장애인을 배려한다고 하지만 실제 생활 속에서는 전혀 체감되지 않습니다. 저희 같은 사람들도 평등하게 살아갈 수 있는 세상을 꿈꿉니다."

이민호와 박지영은 그의 발언에 깊이 공감하며 그 의견을 정책에 반영하기 위한 추가 논의를 약속했다. 이 포용 회의는 단순히 의견을 듣는 자리가 아닌, 다양한 목소리를 실질적인 정책으로 만드는 중요한 자리로 변모하고 있었다.

회의가 끝난 후, 이민호는 박지영과 함께 회의 결과를 돌아보며 이야기를 나누었다.

"지영 씨, 오늘 회의를 통해 정말 많은 걸 느꼈습니다. 다수결의 민주주의도 중요하지만, 때로는 소수의 목소리가 우리 사회의 변화를 이끌어 낼 수도 있음을 확실히 깨달았어요."

박지영은 고개를 끄덕이며 답했다.

"맞아요, 민호 씨. 오늘 포용 회의를 통해 국민들의 다양한 목소리를 들을 수 있어 좋았습니다. 이제 우리가 할 일은 이 의견들이 실제로 정책에 반영되도록 하는 것이겠죠."

그들은 국민들이 진정으로 원하는 변화를 실현할 수 있도록 포용 회의를 지속하기로 다짐했다.

그러나 포용 회의에서 제기된 소수 의견들이 실질적으로 반영되려면 국회의원들뿐 아니라 국민들도 이 회의의 가치를 이해하고 지지할 필요가 있었다. 이를 위해 박지원이라는 젊은 의원이 소신 발언을 통해 국민과 국회가 함께 가야 할 길에 대해 강력히 주장하며 국민의 반응을 촉구하기 시작하는데……. 과연, 그의 발언이 어떤 파장을 불러일으킬지.

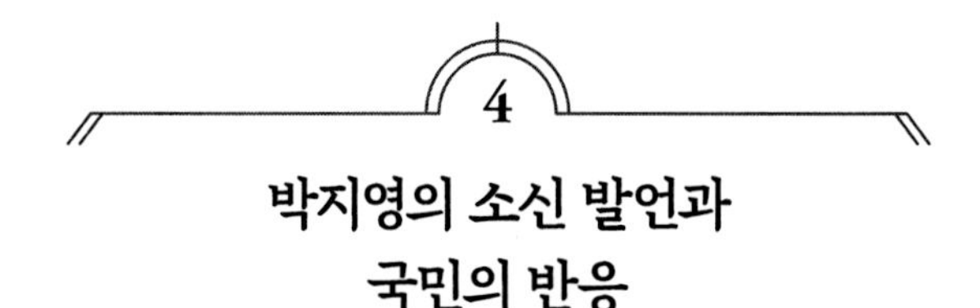

박지영의 소신 발언과 국민의 반응

국민 설문과 포용 회의를 통해 각계각층의 다양한 의견을 들으며 정책을 발전시켜 나가던 박지영은 어느 날 큰 결심을 하게 되었다. 정치에 대한 국민의 신뢰를 회복하기 위해, 때로는 대중의 요구와는 다른 방향을 제시해야 할 때도 있다고 느낀 것이다. 국민의 기대와 정서에 부합하지 않을 수도 있지만, 그녀는 장기적인 시각에서 진정한 개혁이 필요한 부분이 있다고 판단했다. 그중 하나가 바로 '정치인의 특권 철폐와 공직자 윤리법 강화'였다.

그녀의 발표는 특별 회의에서 이루어졌다. 박지영은 단상에 서서 국민을 향한 소신 발언을 시작했다.

"존경하는 국민 여러분 그리고 동료 의원 여러분, 저는 오늘 우리가 함께 고민해야 할 주제에 대해 말씀드리고자 합니다. 우리 사회에 만연한 정치인의 특권과 관행 그리고 불투명한 윤리 의식을 개선하지 않는다면, 국민 여러분의 신뢰를 얻기 어려울 것입니다."

그녀의 말은 예상치 못한 반응을 불러일으켰다. 많은 사람들은 정치인으로서의 특권을 포기하고, 철저히 윤리적인 기준을 따르는 것이 마땅하다고 느꼈지만, 일부 국민과 동료 의원들 사이에서는 반발이 일기 시작했다. 특정 분야에서 정치인의 특권이 오히려 공익을 위한 활동을 돕는 역할을 할 수도 있다는 주장도 나왔기 때문이다.

그날 저녁, 박지영은 회의를 마치고 사무실로 돌아와 이민호와 이야기를 나눴다.

"민호 씨, 제가 오늘 한 발언에 대해 반발이 심한 것 같아요. 많은 분들이 특권 철폐가 과도하다고 생각하시는 것 같더라고요."

이민호는 그녀의 결단에 고무된 듯 말했다.

"지영 씨, 저도 그 발표를 들었어요. 개인적으로는 당신이 옳다고 생각합니다. 다만, 이 변화가 많은 사람들에게는 당장 익숙하지 않을 수 있다는 점도 이해합니다."

박지영은 한숨을 쉬며 덧붙였다.

"네, 저도 압니다. 하지만, 단기적으로 대중의 인기나 지지를 얻는 것보다 정치와 공직에 대한 국민의 신뢰를 되찾는 것이 중요하다고 믿어요. 저는 끝까지 이 문제를 밀고 나갈 생각입니다."

그녀는 소신을 지키겠다는 결의를 다지며 국민을 위해 나아가야 할 방향이 무엇인지 다시 한번 되새겼다.

며칠 뒤, 박지영의 발언에 대한 국민의 반응은 상반되게 나타났다. 일부 시민들은 그녀의 진심 어린 개혁 의지를 지지하며 격려했다. 하지만 동시에, 정치인의 특권이 반드시 부정적이지만은 않다는 주장도 강하게 제기되었다. 일부 국민들은 박지영의 발언이 지나치게 이상적이며, 실제 현실과는 동떨어진 판단이라는 의견을 내놓았다.

하루는 그녀의 발언을 듣고 격분한 한 시민이 언론 인터뷰에서 이렇게 말했다.

"박지영 의원님이 정치인의 특권을 없애야 한다고 주장했지만, 과연 그 특권이 모두 나쁜 건지 의문입니다. 그런 특권이 있어야 어려운 상황에서도 우리를 대신해 목소리를 낼 수 있는 힘이 생기는 거 아닌가요?"

박지영의 발언이 뜻밖의 반발을 불러일으키면서, 일부 언론은 그녀의 개혁안이 지나치게 이상주의적이라는 비판을 보도하기 시작했다. 박지영은 언론의 비판을 감수하며 자신의 신념을 지키려 했다. 그러나 그녀 역시 국민의 의견에 민감해질 수밖에 없었다.

이 상황 속에서 박지영은 자신의 발언을 지지하는 이들뿐 아니라 반대하는 이들의 목소리도 진지하게 듣기로 결심했다. 그래서 국민과의 간담회를 열어, 개혁안에 대한 각자의 의견을 직접 들으며 토론할 기회를 마련했다. 간담회에서 박지영은 국민들의 의견을 경청하고, 모든 질문에 성실히 답하며 자신의 입장을 설명했다.

한 참석자가 말했다.

"박 의원님, 저희는 당신의 개혁 의지를 존중합니다. 하지만 모든 특권을 철폐하는 것은 오히려 정치인을 무력하게 만들 수도 있지 않을까요?"

박지영은 진지하게 대답했다.

"그 점도 충분히 이해합니다. 그래서 이번 개혁안은 단순한 철폐가 아닌, 국민의 신뢰를 되찾기 위한 조정과 투명성을 강화하는 방향으로 고민하고 있습니다."

박지영의 진심 어린 답변에 반발하던 참석자들도 조금씩 이해와 공감을 표하기 시작했다. 비록 이 과정이 쉽지 않을 것을 알지만, 박지영은 국민을 위한 개혁이야말로 자신이 가야 할 길이라 확신했다.

이날 간담회에서 박지영은 한 가지 중요한 교훈을 얻게 되었다. 국민들은 개혁을 원하지만, 동시에 현실적인 우려와 걱정도 함께 가지고 있다는 사실이었다. 박지영은 국민의 다양한 의견과 가치를 존중하며, 이들 모두의 목소리가 반영될 수 있는 방안을 찾아야 한다는 필요성을 절감했다.

박지영의 개혁 발언과 그에 대한 국민들의 반응은 다소 예상치 못한 반발과 지지로 엇갈렸지만, 이를 통해 그녀는 국민의 다양한 목소리를 더욱 존중하고 포용하는 방향으로 나아가기로 결심했다. 이제 박지영과 이민호는 모든 국민의 다양한 가치와 목소리를 아우를 수 있는 방안을 모색하며 더욱 깊은 논의를 시작하려 한다.

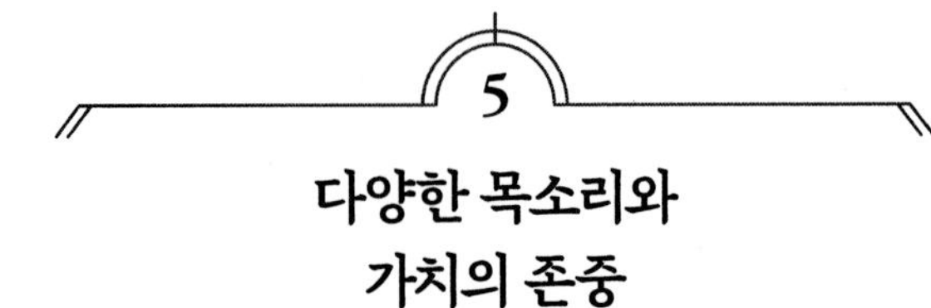

다양한 목소리와 가치의 존중

박지영의 소신 발언이 예상치 못한 반대와 지지를 동시에 받으며 큰 화제가 된 후, 그녀는 깊은 고민에 빠졌다. 개혁을 위해서는 국민의 목소리를 존중해야 한다고 생각했지만, 다양한 의견과 가치를 하나로 아우르는 일은 생각보다 훨씬 복잡했다. 국민들이 원하는 바가 각자 다르고, 그들이 중요하게 여기는 가치도 서로 다른 만큼 정책 결정 과정에서 모두의 목소리를 반영하는 것은 결코 쉬운 일이 아니었다.

박지영은 이번 경험을 통해 '국민의 뜻'이라는 것이 한 가지 목소리로 정의될 수 없다는 것을 절감했다. 그리고 이민호와 함께 국민들의 다양한 의견을 포용하며 진정한 민주주의가 무엇인지 고민하기 시작했다.

하루는 이민호와 박지영이 국민의 목소리를 더 가까이에서 듣기 위해 특별한 간담회를 열었다. 이번 간담회는 기존의 정책 참여자들뿐만 아니라 목소리를 내기 힘든 소수자와 소외된 지역의 주민들 그리고 젊은 세대와 노년층을 한자리에서 만나는 기회를 마련했다. 이 간담회에서 박지영은 모든 참석자의 의견을 경청하며, 각각의 의견이 가지는 중요성과 그들이 겪는 현실적 어려움을 이해하기 위해 최선을 다했다.

한 노년층 참석자가 조심스럽게 발언했다.

“박 의원님, 저는 솔직히 이 개혁이 너무 빠르게 진행되는 것 같아 걱정됩니다. 저희 같은 사람들은 변화를 따라가기 쉽지 않아요. 좀 더 천천히 진행해 주시면 좋겠습니다.”

박지영은 노인의 말을 진지하게 듣고, 부드러운 미소로 답했다.

“의견 주셔서 감사합니다. 변화를 원한다고 해서 모든 걸 급하게 밀어붙일 순 없죠. 더 신중하게, 그리고 모두가 따라올 수 있도록 조정하는 것도 중요하다고 생각합니다.”

노인은 박지영의 말에 고개를 끄덕이며 안심한 듯 미소를 지었다. 그의 얼굴에는 변화가 두렵지만, 그래도 더 나은 미래를 향한 희망이 담겨 있었다.

간담회가 끝날 무렵, 한 청년이 마지막으로 발언 기회를 요청했다. 청년은 지역 청년 실업 문제에 대한 솔직한 심정을 토로했다.

“솔직히 말해, 저희 젊은 세대는 고된 현실 속에서 목소리를 낼 기회가 별로 없습니다. 미래가 불안하고 일자리 문제도 심각한데, 누구도 저희의 어려움을 진지하게 듣지 않는 것 같아요.”

이민호는 청년의 심정을 이해하며 고개를 끄덕였다.

“저희가 지금의 문제를 놓치지 않고, 청년들이 안정된 미래를 꿈꿀 수 있는 정책을 마련하는 데 최선을 다하겠습니다. 젊은 세대의 목소리가 결코 묻히지 않도록 노력할 것입니다."

이처럼 다양한 세대와 계층이 함께한 자리에서 각자의 고충과 가치가 다름을 실감한 이민호와 박지영은 더욱 깊이 생각하게 되었다. 모두가 바라는 미래는 다를지언정, 그 다양성을 존중하는 것이야말로 국민의 진정한 목소리를 듣는 일이란 것을 깨달았다.

간담회 후, 박지영과 이민호는 국민의 다양한 목소리와 가치를 존중하는 정치가 왜 중요한지를 다시 한번 나누었다.

"지영 씨, 오늘 여러 사람들의 목소리를 들으면서 한 가지 깨달았어요. 정치가 정말로 해야 할 일은 모든 사람의 가치를 이해하고, 그들이 무엇을 중요하게 여기는지 존중하는 것이 아닌가 싶어요."

박지영은 고개를 끄덕이며 말했다.

"맞아요, 민호 씨. 개혁도 중요하지만, 그 과정에서 소외되는 사람 없이 모두가 함께할 수 있도록 해야 해요. 각자가 중요하게 생각하는 가치를 정책에 반영하는 것이야말로 진정한 변화라고 생각해요."

그들은 국민 각자의 목소리가 존중받는 사회를 만들기 위해 다각적인 방법을 고민하기 시작했다.

며칠 후, 박지영과 이민호는 '포용 정책 제안 시스템'을 구상하게 되었다. 이 시스템은 국민이 가진 가치와 관점을 존중하고, 각계각층의 의견을 포용하기 위한 일종의 참여형 소통 공간이었다. 정책이 제안될 때 다수 의견만이 아닌 소수와 다양한 계층의 의견이 수렴되고, 그 의견이 정책으로 반영될 수 있는 구조였다. 이 제안 시스템을 통해 국민들이 더 적극적으로 정책 형성에 참여할 수 있기를 기대했다.

시스템 발표가 있던 날, 기자회견에서 이민호는 자신들이 그동안 배운 점을 바탕으로 앞으로의 방향성을 밝혔다.

"존경하는 국민 여러분, 우리는 국민의 목소리가 다양한 가치와 관점을 담고 있음을 이해했습니다. 각기 다른 의견이 하나의 정책으로 모일 때야말로 모두가 함께하는 변화가 시작됩니다. 앞으로 모든 의견을 포용할 수 있는 정치 구조를 만들겠습니다."

기자회견이 끝난 후, 한 기자가 다가와 물었다.

"이민호 의원님, 이런 포용 시스템이 정말로 실현 가능할까요? 모든 국민의 의견을 수용한다는 게 현실적으로 어렵지 않습니까?"

이민호는 단호하게 대답했다.

"모든 의견을 수용하기는 쉽지 않겠지만, 국민이 어떤 어려움을 겪고 무엇을 필요로 하는지 알기 위해 이 시스템을 구축한 것입니다. 변화는 쉽지 않지만, 우리는 국민이 주인이 되는 정치로 나아가야 합니다."

이날 이후, 국민들은 포용 시스템을 통해 자신들의 다양한 목소리를 낼 수 있게 되었다. 시스템을 통해 소외된 목소리가 실질적인 정책으로 이어지는 사례가 늘어나며 국민들은 정치에 대한 새로운 신뢰와 기대를 갖기 시작했다.

하지만 이 포용 시스템이 정말로 실질적인 변화를 일으킬 수 있을지에 대해서는 아직도 많은 의문과 도전이 남아 있었다. 과연 국민의 다양한 목소리를 정책에 반영함으로써 어떤 실질적인 변화가 이루어질 수 있을까?

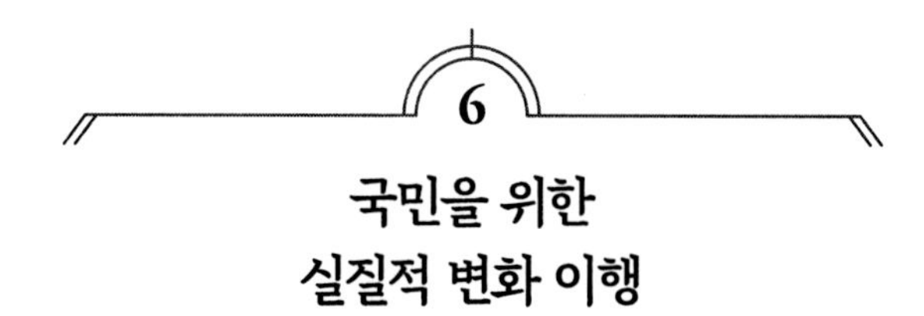

6 국민을 위한 실질적 변화 이행

다양한 목소리와 가치를 존중하는 정책 시스템이 자리를 잡아 가면서, 이민호와 박지영은 이제 이 시스템을 통해 도출된 의견들이 실제 정책으로 이행되는 단계에 도달했다. 국민들이 제안한 다양한 의견과 문제 해결 방안이 실제로 정책에 반영되는 과정을 통해 국민들은 정책이 자신들의 일상에 어떻게 영향을 미치는지 체감할 수 있게 되었다.

이민호와 박지영은 첫 번째 실질적 변화 프로젝트로 '지역 간 균형 발전 지원법'을 선정했다. 이 법안은 대도시와 지방의 격차를 줄이고, 소외된 지역 주민들의 삶의 질을 향상시키기 위해 마련되었다. 법안은 국민 설문을 통해 제안된 다양한 아이디어를 종합하여, 교육, 복지, 인프라 등 각 분야에서 지역 격차를 줄이기 위한 구체적인 방안을 포함하고 있었다. 특히, 이 정책은 지방의 교육 인프라를 강화하고 일자리 창출을 돕는 데 초점을 맞추었다.

법안이 통과되자, 이민호와 박지영은 지방 소도시로 내려가 그곳 주민들과 직접 만나 정책의 이행 상황을 점검하고 의견을 들었다. 그들은 주민들이 정책을 통해 직접적인 변화를 경험할 수 있도록 노력하고 있었다.

그들이 방문한 한 작은 마을에서의 만남은 특히 의미가 깊었다. 마을 회관에 모인 주민들은 이민호와 박지영에게 각자의 상황을 설명하며 이번 법안이 자신들에게 어떤 의미로 다가오는지 이야기했다. 한 주민이 자리에서 일어나 말했다.

"저희 마을엔 젊은 사람들이 거의 없습니다. 일자리도 없고, 교육도 부족해서 도시로 떠나가는 거죠. 하지만 이번 정책을 통해 좀 더 나은 환경이 조성되길 기대하고 있어요."

박지영은 주민의 말에 고개를 끄덕이며 답했다.

"저희도 그것이 가장 큰 목표입니다. 이번 법안을 통해 교육 지원과 일자리 창출이 본격적으로 이뤄지면 젊은 세대가 마을을 떠나지 않고 살아갈 수 있는 기반이 마련될 거예요."

그녀의 말에 주민들은 안도의 미소를 지으며 박수를 쳤다. 그들은 오랜 시간 기다려 온 변화가 드디어 자신들의 삶에 닿기 시작했다는 기대감을 느끼고 있었다.

그러나 정책이 모든 사람들에게 동일하게 긍정적인 변화를 가져오는 것은 아니었다. 이민호와 박지영은 한편으로는 정책 이행 과정에서 예상치 못한 어려움도 마주하게 되었다. 예를 들어, 정책을 추진하기 위해 배정된 예산이 일부 지역에서는 비효율적으로 사용되고 있다는 내부 보고가 올라왔다. 이를 확인하기 위해 이민호는 박지영과 함께 해당 지역을 직접 방문하기로 결정했다.

그들은 현장 점검을 통해 문제가 무엇인지 파악하기 위해 관련 공무원들과 면담했다. 회의 도중, 이민호는 지역 담당자에게 질문했다.

"이 지역에 할당된 예산이 실제로 어디에 사용되었는지 구체적으로 확인하고 싶습니다. 주민들이 직접 체감할 수 있는 변화를 만들어야 하는데, 지금은 오히려 불만이 많은 것 같습니다."

담당자는 고개를 숙이며 대답했다.

"죄송합니다. 예산이 복잡한 과정에서 소모되는 부분이 있어 실질적으로 필요한 곳에 온전히 배분되지 못했습니다. 앞으로는 더 투명하게 운영할 수 있도록 하겠습니다."

이민호와 박지영은 이 문제를 개선하기 위해 예산 사용 내역을 더욱 투명하게 공개하고 지역 주민들이 예산 배분에 직접 참여할 수 있는 방안을 모색했다. 이로써 정책 이행에 대한 신뢰를 높이고, 국민들이 정책 변화에 주체적으로 참여할 수 있는 기회를 마련하고자 했다.

그 후, 정책 이행 상황을 점검하던 중 박지영은 또 다른 문제를 발견했다. 지방 중소도시에 지원된 인프라 확충이 실제로는 주민들의 요구와 맞지 않는 부분이 많았던 것이다. 일부 지역에서는 새로운 시설이 필요하지 않은 곳에 불필요한 자원이 투입되면서, 정작 필요한 지원이 미뤄진 상황이었다.

박지영은 이 상황을 해결하기 위해 긴급 간담회를 열고, 주민들과 소통하며 진정으로 필요한 자원이 무엇인지 듣기로 했다. 그날 한 주민이 발언했다.

"박 의원님, 저희는 거창한 인프라보다 아이들이 안전하게 놀 수 있는 놀이터와 지역 병원의 의료 장비가 더 필요합니다. 이번 정책이 정말 우리 삶에 도움이 되려면, 꼭 필요한 곳에 필요한 자원을 배정해 주세요."

박지영은 그의 말을 진지하게 듣고 답했다.

"네, 말씀 감사합니다. 이번 기회를 통해 주민 여러분의 요구가 실질적으로 반영될 수 있도록 예산 배분 방식을 개선하겠습니다."

박지영은 주민들의 진심 어린 의견을 받아들이며, 그동안 놓치고 있었던 부분을 보완하기 위해 정책을 다시 세밀히 점검하기로 했다.

이처럼 이민호와 박지영은 다양한 의견을 수렴하고, 정책 이행 과정에서 실질적인 어려움을 해결해 나가면서 국민들에게 실질적인 변화를 제공하는 데 주력했다. 그들의 노력 덕분에 국민들은 이제 단순히 목소리를 내는 것을 넘어, 정책이 실제로 자신들의 생활에 어떤 변화를 가져오는지 체감할 수 있었다.

이제 정책이 국민의 삶 속에서 구체적인 변화로 자리 잡아 가면서 이민호와 박지영은 국민의 신뢰를 바탕으로 새로운 정책을 제안할 준비를 하고 있었다. 과연 국민과 함께하는 이들이 만들어 갈 다음 정책은 어떤 모습일까?

신뢰를 바탕으로 만들어지는 새로운 정책들

이민호와 박지영이 국민의 다양한 목소리를 직접 듣고 그 의견을 바탕으로 실질적인 변화를 이끌어 내자, 국민들 사이에서 이들에 대한 신뢰가 커지기 시작했다. 이 신뢰는 새로운 정책을 만들어 가는 데 중요한 동력이 되었고, 이제 두 사람은 국민의 기대에 부응하는 혁신적이고, 현실적인 정책을 준비하고 있었다.

그들은 이번 정책이 단순히 변화의 한 단계를 넘어서 국민들이 느끼는 불편과 현실적 필요를 보다 직접적으로 해결할 수 있는 내용으로 구성되기를 바랐다. 그래서 이민호와 박지영은 그동안 수집한 데이터를 통해 국민들이 가장 필요로 하는 분야에서 혁신적인 정책을 도입하기로 결심했다. 새로운 정책은 경제적 격차 해소와 지역 간 균형 발전, 그리고 청년 일자리 창출 등 사회의 주요 문제들을 중점적으로 다루었다.

하루는 이민호와 박지영이 청년 창업 지원을 위한 정책을 구체화하기 위해 관련 기관의 전문가들과 회의를 진행하고 있었다. 그들은 특히 청년 창업이 단순한 일자리 창출에 그치지 않고, 지역 경제 활성화에 기여할 수 있는 방안을 모색하고 있었다.

박지영은 전문가에게 질문했다.

"현재 많은 청년들이 자본과 기술 부족으로 창업을 꿈꾸지 못하는 경우가 많습니다. 실질적으로 도움이 될 수 있는 자금 지원과 멘토링 프로그램을 연계하는 방법이 효과적일까요?"

전문가가 고개를 끄덕이며 답했다.

"맞습니다, 의원님. 특히 지방에서는 젊은 인재 유출을 막기 위해 창업 지원과 관련된 다양한 인프라를 구축하는 것이 필요합니다. 이를 통해 지역 경제가 활성화되고, 청년들이 더 큰 꿈을 꿀 수 있을 것입니다."

이 이야기에 영감을 받은 이민호는 박지영에게 말했다.

"지영 씨, 이 정책이 성공한다면 청년들이 각 지역에서 자립하고 성장할 수 있는 기반이 마련될 거예요. 앞으로 청년 창업 지원과 더불어 농촌과 중소도시에서의 경제 기반을 강화하는 방안을 함께 도입합시다."

박지영도 고개를 끄덕이며, 청년들이 자신의 고향에서 자립하고 기여할 수 있는 미래를 그렸다.

한편, 이민호와 박지영은 청년 창업뿐만 아니라 노년층을 위한 복지 정책에도 관심을 기울였다. 최근 고령화가 급속히 진행되면서 노년층의 경제적 어려움이 사회적 문제로 떠오르고 있었기 때문이다. 두 사람은 노년층의 생활 안정과 건강한 노후를 위한 새로운 복지 정책을 구상했다.

어느 날, 노년층을 위한 정책 모임에 참석한 이민호는 한 할머니와 이야기를 나누게 되었다. 할머니는 이민호의 손을 잡으며 말했다.

"젊은 사람들뿐 아니라 저희 같은 노인들도 함께 살 수 있는 정책이 필요합니다. 일할 수 있는 기회와 작은 소득이라도 있으면 좋겠어요."

이민호는 그녀의 말에 깊이 공감하며 말했다.

"할머니, 그런 목소리가 정책에 꼭 반영되도록 하겠습니다. 일할 의지가 있는 노년층이 적절한 지원을 받을 수 있도록 할 계획입니다."

이민호와 박지영은 이 정책이 노년층의 경제적 자립을 지원하는 동시에 젊은 세대와의 세대 간 화합을 증진할 수 있도록 구상했다. 특히 노년층의 경험을 살려 지역사회에서 의미 있는 일을 할 수 있는 기회를 마련하는 방안이 포함되었다.

그러나 새로운 정책이 모든 이들에게 긍정적으로 다가오는 것만은 아니었다. 정책 추진 과정에서 일부 이해관계자들이 반발하기 시작했다. 특히 기존 정치권의 일부 인사들은 이 정책이 자신의 기득권을 침해할 가능성이 있다고 판단하여, 정책을 지연시키거나 반대하는 움직임을 보였다.

이민호는 이 문제를 해결하기 위해 일부 인사들과 비공식적인 회의를 열었다. 그 자리에서 한 인사가 다소 불편한 표정으로 말했다.

"이민호 의원님, 새로운 정책은 좋지만, 기존 시스템을 무너뜨리려는 것 같아 우려됩니다. 급격한 변화는 많은 불안 요소를 가져올 수 있어요."

이민호는 그들의 의견을 존중하며 대답했다.

"변화에는 분명 불편함이 따를 수 있습니다. 하지만 국민의 신뢰를 바탕으로 새로운 방향을 모색하지 않으면, 우리는 제자리걸음일 뿐입니다."

이민호의 진지한 태도에 반발하던 인사들도 조금씩 이해의 눈빛을 보이기 시작했다.

몇 주 후, 새로운 정책들이 드디어 실질적으로 시행되기 시작했다. 청년 창업 지원 프로그램은 각 지역에 적용되어 많은 청년들이 창업을 준비하며 경제적 자립의 꿈을 키웠다. 노년층 지원 정책 역시 긍정적인 반응을 얻었고, 많은 노인들이 자신의 경험과 능력을 지역사회에 기여할 기회를 얻게 되었다. 이런 변화는 국민들에게 큰 희망을 주었고, 이민호와 박지영의 노력은 서서히 결실을 맺어 갔다.

그러나 새로운 정책이 뿌리내리기까지는 아직도 넘어야 할 산이 많았다. 국민의 신뢰를 얻으며 변화를 만들어 낸 이민호와 박지영이 이 정책들을 통해 어떤 새로운 사회를 열어 나갈 수 있을지, 국민의원이 제도화된 사회가 어떤 모습을 띠게 될지에 대한 기대와 궁금증이 커져 갔다.

7장

변화의 뿌리 내리기

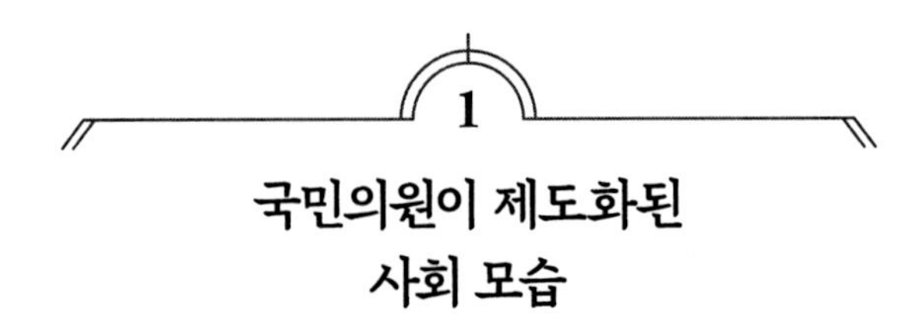

국민의원이 제도화된 사회 모습

국민의원 제도가 본격적으로 자리 잡은 이후, 한국 사회에는 이전과는 확연히 다른 변화의 바람이 불기 시작했다. 국민의원들은 대중의 목소리를 직접 반영하고 더 투명하게 활동함으로써 정치에 대한 신뢰를 회복해 나갔다. 과거 특권을 가진 소수의 정치인이 아니라 다양한 계층과 지역을 대표하는 사람들이 모여 국민의 실질적 요구를 정책으로 만들어 가는 과정이 자연스레 자리 잡았다.

이제 국회에서는 매주 국민과의 정기 소통 회의가 열렸고, 국민의원들은 각 지역의 주민들과 실시간으로 의견을 주고받으며 정책을 수정하고 발전시켰다. 특히 국민의원의 활동이 일반 대중에게 실시간으로 공개되면서, 국회는 더 이상 비밀스러운 곳이 아닌, 국민들이 직접 참여하고 감시할 수 있는 열린 공간으로 변모했다.

어느 날, 이민호와 박지영은 정기 소통 회의를 준비하며 이번에 논의될 안건들을 검토하고 있었다. 이번 회의의 주요 안건은 청년 실업 문제와 소외된 지역의 의료 인프라 개선 방안이었다. 이민호는 서류를 보며 말했다.

"지영 씨, 이번엔 의료 인프라 문제에 대해 국민들이 많은 의견을 주셨더군요. 특히 도서 지역 주민들은 병원이 없어서 기본적인 치료조차 받기 어려운 상황이라고 해요."

박지영은 고개를 끄덕이며 대답했다.

"맞아요. 특히 응급 상황에서 도움을 받지 못하는 경우가 많다고 하네요. 이번 회의를 통해 그분들이 필요로 하는 의료 지원 방안을 구체화할 수 있기를 바랍니다."

그들은 이번 회의가 중요한 결정의 기점이 될 것이라는 마음으로 회의장에 들어섰다.

회의는 예상대로 활발하게 진행되었다. 여러 지역의 주민들이 각각 자신의 상황을 설명하며 필요한 지원 방안에 대해 논의했다. 한 도서 지역 주민이 온라인으로 발언을 요청해 자신의 사연을 나누기 시작했다.

"저희 마을은 병원이 멀어서 정말 응급 상황이 생기면 대처가 어렵습니다. 의료 인력이 자주 순회라도 한다면 큰 도움이 될 것 같아요."

이민호는 주민의 말을 듣고 진지하게 답했다.

"말씀해 주셔서 감사합니다. 의료 인력 순회와 같은 조치가 실현될 수 있도록 이번 정책에 반영하겠습니다."

이 회의를 통해 도서 지역 주민들에게 순회 진료를 제공하는 방안이 구체화되었고, 국민의원이 직접 추진하는 정책이 실질적인 변화를 이끌어 낼 수 있음을 다시 한번 느끼게 되었다.

국민의원이 제도화되며 가장 크게 변화한 것은 국민들이 정책에 대한 소유감을 느끼게 되었다는 점이었다. 정책이 더 이상 일부 정치인의 관점에서 만들어지는 것이 아니라, 국민들이 요구하고 논의한 내용이 반영되기 시작하면서 국민들은 정책의 주인이 자신들이라는 확신을 가지게 되었다.

이러한 변화 속에서 국민의원들에게도 큰 책임이 따랐다. 정책의 모든 과정이 투명하게 공개되다 보니 국민의원들이 조금의 실수라도 하면 국민들의 질책과 비판이 즉각적으로 이어졌다. 정책 추진 과정에서 발생하는 어려움이 투명하게 드러나기도 했지만, 이는 오히려 국민들의 신뢰를 더욱 견고히 다지는 기회가 되었다.

한편, 국민의원 제도가 시행된 지 몇 년이 지난 시점에 국회의원들과 국민의원 간의 역할 충돌이 발생한 적이 있었다. 일부 기존 국회의원들은 국민의원의 권한이 지나치게 확대되며 자신의 영향력이 축소된다고 느끼고 있었다. 어느 날, 몇몇 국회의원들이 모여 국민의원 권한 축소를 위한 논의를 비밀리에 진행하기 시작했다는 소문이 돌았다.

이 소식을 들은 이민호는 박지영과 함께 국회의원들에게 국민의원 제도의 필요성과 의미를 설명하는 자리를 마련했다. 비공식 회의가 시작되었고, 한 국회의원이 날카롭게 물었다.

"이민호 의원, 국민의원이 정책에 직접 관여하고 모든 과정을 공개하는 것이 과연 필요한 일일까요? 국민의 신뢰를 얻는 것만큼 중요한 것이 기밀 유지와 신속한 결정 아닙니까?"

이민호는 침착하게 답했다.

"저도 의원님의 말씀을 이해합니다. 그러나 국민의원이 개입하면서 국민의 의견이 직접 반영되고, 대중의 신뢰를 얻어 가고 있습니다. 신속함도 중요하지만 국민의 동의를 얻는 것이 가장 중요한 가치라고 생각합니다."

박지영도 덧붙였다.

"국민의 목소리가 없으면, 정치가 아무리 빠르게 움직여도 국민의 삶과 동떨어진 정책이 나오기 쉽습니다. 우리는 국민과 함께 정치의 새로운 모델을 만들어 가고자 합니다."

이민호와 박지영의 진심 어린 설명에 일부 국회의원들은 처음엔 회의적인 태도를 보였지만, 점차 국민의원 제도의 의미를 이해하게 되었다. 비록 완전히 찬성하는 것은 아니었지만 대중의 요구를 반영한 변화가 필요하다는 점은 수용하기로 했다.

이러한 과정을 통해 국민의원 제도는 점점 더 확고히 자리 잡았다. 이제 국민의원 제도는 단순히 하나의 실험이 아니라 국민의 뜻이 반영되는 새로운 정치 구조로 정착해 나가고 있었다. 국민들은 자신들의 목소리가 정책에 반영될 뿐 아니라, 정책의 이행 상황까지 확인할 수 있어 정치에 대한 불신이 크게 줄어들고 있었다.

국민의원 제도가 자리 잡으며 더 많은 사람들이 국민의원이 되기를 꿈꾸기 시작했다. 국민을 직접 대변하고 정책을 만들어 가는 이 역할에 점점 더 많은 사람들이 도전하기 시작했다.

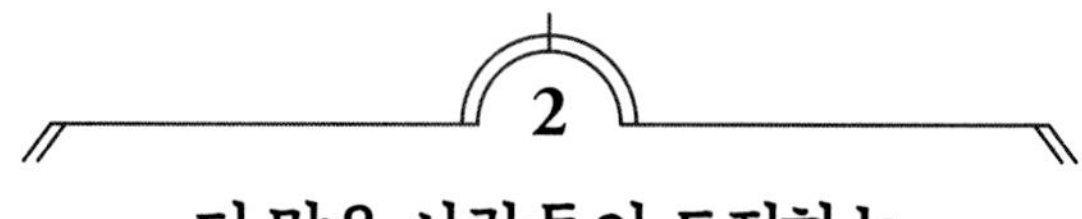

더 많은 사람들이 도전하는 국민의원 시험

국민의원 제도가 안정적으로 자리 잡으면서 국민의원에 대한 관심과 열망이 사회 전반에 퍼져 나갔다. 국민의 목소리를 직접 대변하며 실질적인 변화를 이끌어 내는 국민의원들의 역할은 정치에 무관심했던 이들조차 그들의 사명을 되새기게 만들었다. 특히 청년들 사이에서는 국민의원이 단순한 정치적 직책이 아닌, 진정으로 사회를 개선하는 기회로 여겨지기 시작했다.

이제 국민의원 시험은 단순한 경쟁을 넘어, 국가와 국민을 위해 봉사할 사람을 찾는 중요한 과정으로 자리 잡았다. 사람들은 국민의원에 도전하기 위해 헌법과 법률에 대해 공부하고, 사회 문제 해결을 위한 논리적 사고와 대화 능력을 키워 나갔다.

이민호와 박지영은 국민의원 시험을 준비하는 사람들의 열기를 직접 확인하기 위해 국민의원 시험 준비생들을 위한 세미나에 참석하게 되었다. 세미나는 각 분야의 전문가들이 국민의원의 역할과 책임에 대해 설명하고, 참가자들이 궁금한 점을 물어볼 수 있는 자리였다. 이민호와 박지영은 수많은 청년들이 진지한 눈빛으로 세미나에 몰두하는 모습을 보며, 국민의원이 주는 희망을 실감했다.

세미나가 끝난 후, 한 청년이 이민호에게 다가왔다.

"이민호 의원님, 저는 정말로 국민의원이 되고 싶습니다. 저와 같은 청년들이 더 나은 미래를 위해 함께 목소리를 낼 수 있다면 이 사회가 달라질 거라 믿어요."

이민호는 청년의 열정을 느끼며 미소를 지었다.

"그런 마음이라면 충분히 국민의원이 될 수 있을 겁니다. 중요한 건 지식을 넘어 국민을 진정으로 섬기고자 하는 마음입니다."

청년은 이민호의 말을 깊이 새기며 고개를 끄덕였다. 그는 자신이 왜 국민의원이 되고 싶은지, 자신의 목소리가 사회에 미칠 긍정적인 영향을 되새기며 다짐했다.

국민의원 시험 열풍이 거세지면서, 이 과정에 도전하는 사람들의 사연도 다양해졌다. 하루는 박지영이 국민의원 시험을 준비 중인 주부 모임을 방문하게 되었다. 그녀는 주부들이 정책에 대한 깊은 관심을 가지고, 더 나은 사회를 만들기 위해 국민의원에 도전하는 모습에 놀라움을 감추지 못했다.

한 주부가 박지영에게 말했다.

"박지영 의원님, 저는 아이들이 살아갈 세상을 조금이라도 더 안전하게 만들고 싶어요. 환경 문제에 관심이 많아서 이 문제를 해결할 정책을 직접 만들고 싶어요."

박지영은 그 주부의 손을 잡으며 따뜻하게 말했다.

"정말 소중한 마음을 가지고 계시네요. 환경 문제는 우리 아이들이 살아갈 세상을 지키는 중요한 일입니다. 그런 마음이라면 분명히 국민의원이 되어 큰 변화를 만들 수 있을 거예요."

주부들은 서로를 응원하며 시험 준비에 대해 열정적으로 이야기를 나눴다. 그들의 이야기는 박지영에게 큰 감동을 주었고, 국민의원이라는 제도가 사람들에게 얼마나 긍정적인 영향을 미치고 있는지 실감하게 했다.

그러나 국민의원이 되기 위한 시험 과정은 결코 쉽지 않았다. 시험은 단순히 지식을 평가하는 것이 아니라 지원자의 진정성, 문제 해결 능력 그리고 국민을 위한 봉사 정신을 깊이 있게 검증하는 과정이었다. 특히 최종 면접에서는 예상치 못한 질문들이 이어졌고, 지원자들은 단순히 답변을 잘하는 것이 아니라 자신의 가치관과 신념을 드러내야 했다.

최종 면접 날, 면접관 중 한 명이 한 지원자에게 예리한 질문을 던졌다.

"만약 국민의원으로서 큰 비난을 받게 된다면, 그 비난을 감수하고라도 국민을 위해 어려운 결정을 내릴 수 있겠습니까?"

지원자는 잠시 망설였지만, 진지하게 답했다.

"비난을 두려워해서는 안 된다고 생각합니다. 국민의 신뢰를 잃지 않는 것이 중요하며, 때로는 어려운 결정을 감수할 용기가 필요하다고 생각합니다."

그 답변은 면접관들의 고개를 끄덕이게 했고, 지원자는 자신이 왜 국민의원이 되고 싶은지에 대한 확신을 다시금 다지게 되었다.

국민의원 시험을 준비하는 사람들 중에는 누구보다 특별한 사연을 가진 인물도 있었다. 어느 날, 박지영은 국민의원 시험 합격자 발표를 보기 위해 모인 인파 속에서 한 남성과 마주쳤다. 그는 장애를 가진 사람들의 권리를 위해 일하고 싶어 국민의원 시험에 도전한 사람이었다.

"박 의원님, 저는 장애인으로서 제가 겪은 차별과 불편함을 없애고 싶습니다. 국민의원이 된다면 저와 같은 사람들을 위해 싸우고 싶습니다."

박지영은 그의 진지한 눈빛에 감동하며 말했다.

"그 마음이라면 누구보다 훌륭한 국민의원이 될 수 있을 거예요. 당신의 목소리가 꼭 필요한 세상입니다."

그의 눈에는 강한 의지가 빛났고, 박지영은 그가 이 시험에서 좋은 결과를 얻기를 진심으로 기원했다.

국민의원이 되기 위해 각계각층에서 사람들이 도전하면서 사회는 조금씩 변하고 있었다. 국민을 위한 봉사와 헌신을 지향하는 새로운 정치가 뿌리내리고 있었고, 국민의원은 국민 모두의 대변자로서 국민이 필요로 하는 정책을 실현하는 데 힘을 쏟았다. 이러한 변화 속에서 국민의원 제도는 단순한 직책이 아니라, 국민의 신뢰와 헌신을 기반으로 한 진정한 봉사자의 상징이 되어 가고 있었다.

이민호와 박지영은 국민의원 시험에 도전하는 사람들을 보며 자신들도 처음 국민의원에 임했을 때의 초심을 되새기게 되었다. 이제는 자신들이 국민의 신뢰를 받을 수 있는 국민의원이 되기 위해 더욱더 큰 책임을 느꼈고, 각자의 자리에서 이 제도를 더욱 발전시키기 위해 노력하고자 했다. 과연, 그들이 느끼는 책임감과 헌신이 앞으로 어떤 변화를 만들어 낼지.

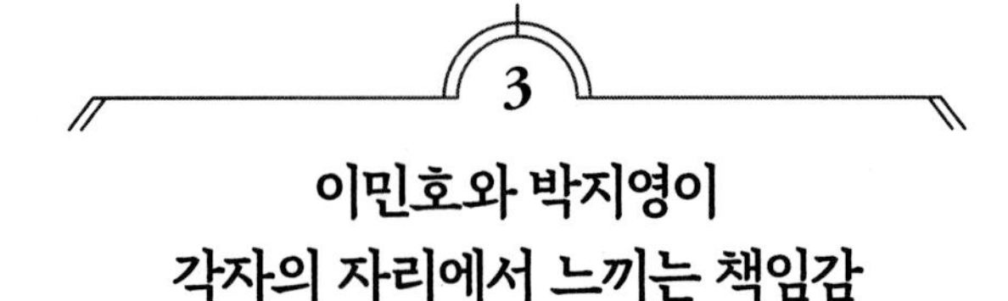

3 이민호와 박지영이 각자의 자리에서 느끼는 책임감

국민의원 제도가 자리 잡으면서 이민호와 박지영의 일상은 늘어나는 책임감 속에서 바쁘게 흘러갔다. 국민의 신뢰가 그들에게 주어진 만큼 그들은 국민의 목소리를 단지 듣는 것에 그치지 않고, 이를 정책으로 실현하고 변화로 이어 가야 한다는 막중한 부담을 느끼고 있었다. 특히 점점 더 많은 사람들이 국민의원에 도전하면서 그들의 역할은 단지 정책 입안자가 아닌, 국민의원이 가야 할 방향을 선도하고 모범이 되어야 하는 위치로 확장되고 있었다.

이민호는 스스로에게 '내가 과연 이 책임을 다할 수 있을까?'라는 의문을 던질 때가 많았다. 박지영 역시 자신의 결정이 국민에게 미칠 영향을 생각하며 매 순간 깊은 고민에 빠지곤 했다.

어느 날, 이민호와 박지영은 차분한 대화를 나누기 위해 카페에서 만났다. 박지영은 커피를 한 모금 마신 후 이민호를 바라보며 입을 열었다.

"민호 씨, 솔직히 말해서 요즘 부담감이 너무 커요. 제가 하는 결정 하나하나가 수많은 사람들의 삶에 영향을 미친다는 걸 생각할수록 무거워요."

이민호는 고개를 끄덕이며 답했다.

"나도 그래요. 우리 역할이 단지 국민의 목소리를 듣는 데서 그치지 않고, 실질적인 변화를 만들어야 한다는 걸 알지만, 때로는 내가 옳은 방향으로 가고 있는지조차 확신이 들지 않아요."

박지영은 그의 말을 듣고 잠시 침묵했다가, 결연한 목소리로 말했다.

"하지만 우리에게 주어진 신뢰를 무겁게 여기는 건 그만큼 우리가 책임을 느끼고 있다는 뜻이기도 해요. 쉽게 할 수 있는 일은 아니겠지만, 이 부담이야말로 우리가 더욱 진지하게 임할 이유가 되지 않을까요?"

이민호는 박지영의 말에 위안을 느꼈다. 자신이 느끼는 무게가 그저 개인적인 두려움이 아닌, 국민의 삶을 생각하며 고민하는 진심에서 비롯된 것임을 확인했다.

그날 오후, 이민호는 한 사건으로 인해 더욱 큰 책임감을 느끼게 되었다. 그의 사무실로 한 시민이 찾아와 그에게 긴급히 이야기할 것이 있다고 했다. 그 시민은 어두운 표정으로 고향 마을에 새로 지어진 공공시설이 정작 주민들에게는 실질적인 도움이 되지 않고 있음을 호소했다.

"이민호 의원님, 이 시설이 우리 마을을 위해 세워졌다고 하셨지만, 실제로는 주민들이 잘 이용하지 못하고 있습니다. 오히려 필요한 곳에 자원이 더 들어갔더라면 좋았을 텐데요……."

이민호는 놀라며 물었다.

“어떤 부분이 가장 불편한가요? 개선할 수 있는 방안을 함께 생각해 봅시다.”

그 시민은 구체적인 불편함을 설명하며, 다른 방향으로 자원이 사용될 필요가 있음을 강조했다. 이민호는 그와 대화를 나누며 그간 정책의 전반적인 방향을 점검하지 못한 것에 대해 깊은 반성을 느꼈다. 그는 주민들의 실질적인 삶을 바꾸기 위해 더욱 세밀하게 그리고 책임감을 가지고 정책을 설계해야 한다고 다짐했다.

한편, 박지영에게도 비슷한 고민이 찾아왔다. 그녀는 한 지역 공청회에 참석해 주민들의 불만과 요청을 직접 들었다. 특히 고령의 한 주민이 다가와 지영에게 진솔한 이야기를 들려주었다.

“박 의원님, 이곳에서 사는 우리 같은 노인들에게 중요한 건 안정입니다. 젊은 사람들만큼 빠르게 변화를 따라가기 힘들어요. 변화를 바라지만, 천천히 그리고 우리의 목소리도 함께 고려해 주세요.”

박지영은 주민의 말을 깊이 새기며 대답했다.

“말씀하신 부분, 저희가 더 신중히 고려하겠습니다. 변화가 필요한 것만큼 모든 분들이 안정감을 느낄 수 있도록 균형을 맞추겠습니다.”

이 주민의 진심 어린 말은 박지영의 마음에 깊이 남았다. 단지 변화를 추진하는 것만이 아니라 변화의 속도와 방향이 국민의 삶과 조화를 이뤄야 한다는 점을 깨달았다.

이날 이후, 이민호와 박지영은 국민의원이 단지 변화의 선봉에 서는 역할이 아니라 그 변화가 국민들의 삶에 미칠 영향을 세심하게 조율하는 역할임을 다시 한번 느꼈다. 국민의원이라는 자리에서 느끼는 무게와 책임감은 그들의 내면을 더욱 단단하게 만들었다. 그들은 매일 아침, 국민의 목소리에 귀 기울이겠다는 다짐을 새로이 하며 하루를 시작했다.

그러나 이들의 고뇌와 헌신은 동시에 그들을 반대하는 세력에게는 위협으로 비춰지기도 했다. 특히 오영섭과 그의 지지자들은 점점 더 국민의원이 주목받고 영향력을 키워 가는 상황을 불편하게 여기고 있었다. 국민의원 제도가 성공적으로 자리 잡는다는 것은 곧, 과거의 특권과 권위를 상징하던 오영섭이 정치적으로 쇠퇴해 가는 것을 의미했다.

이민호는 오영섭이 최근 비밀리에 그의 영향력을 유지하려는 계획을 꾸미고 있다는 소식을 듣게 되었다. 오영섭은 국민의원 제도의 성공을 막기 위해, 제도에 대한 부정적인 여론을 조성하려고 여러 언론과 접촉하고 있었다는 소문이 돌았다. 이 소식을 들은 이민호는 박지영과 함께 조심스럽게 이 상황에 대한 대책을 논의했다.

"지영 씨, 오 의원이 제도를 약화시키려는 움직임을 보이고 있다는 이야기가 들려요. 우리가 아무리 열심히 해도 이들이 반격을 시도하면 국민의 신뢰가 흔들릴 수 있어요."

박지영은 결연한 표정으로 답했다.

"오 의원 같은 사람들이 이런 방식으로 우리를 견제하려 한다는 건 결국 우리가 옳은 방향으로 나아가고 있다는 증거라고 생각해요. 흔들리지 않고, 더 투명하게 그리고 더 열심히 국민들에게 다가가야 합니다."

박지영의 말은 이민호에게 큰 힘이 되었다. 국민의 신뢰를 얻고자 시작한 길에서 단순히 반대를 두려워하지 않고 더 강하게 나아가야 한다는 다짐을 하게 되었다.

이제 이민호와 박지영은 그들 앞에 놓인 도전 과제를 더욱 담대하게 받아들이기로 결심했다. 반면, 국민의원 제도의 발전과 함께 오영섭의 쇠퇴는 더욱 가속화되고 있었다. 그가 반격을 시도하며 사회적 갈등을 조장하려는 시도는 과연 어떤 결과를 불러올까?

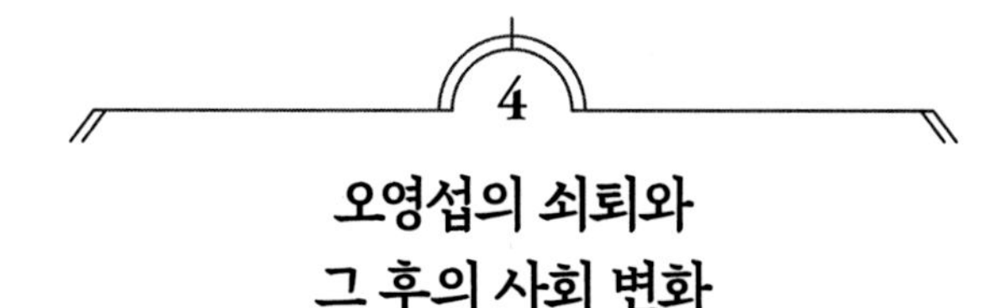

4 오영섭의 쇠퇴와 그 후의 사회 변화

국민의원 제도가 사회에 자리 잡으면서 과거 권위와 특권을 누리던 인물들은 조금씩 설 자리를 잃어 갔다. 그중에서도 오영섭은 국민의원 제도가 대중의 지지를 받으며 성공적으로 자리 잡는 모습을 가장 불편해했다. 오영섭은 오랫동안 정치적 영향력을 행사하며 특권을 누려 왔지만, 새로운 제도가 본격화되면서 그의 발언권과 영향력은 점차 줄어들었다. 그는 국민의원들이 불필요한 이상주의를 부추긴다고 생각하며, 어떻게든 이 제도를 무너뜨리려 했다.

그러나 국민의 신뢰를 바탕으로 점차 자리 잡아 가고 있는 국민의원 제도에 대한 비판은 쉽게 받아들여지지 않았다. 오영섭의 비판은 오히려 국민들로부터 '과거의 잔재'라는 비난을 받았다. 시간이 지날수록 오영섭은 자신이 과거의 방식에서 벗어나지 못한 채 시대에 뒤처지고 있음을 실감하게 되었다.

오영섭은 여전히 자신의 영향력을 지키기 위해 과거의 지지자들을 찾아갔다. 그는 자신의 사무실에서 비공개 회의를 열고, 국민의원 제도에 대한 부정적인 이야기를 퍼뜨리기 시작했다. 이 자리에 모인 일부 인사들은 그를 지지했지만, 그들조차도 속으로는 오영섭의 방식이 더 이상

유효하지 않다는 것을 느끼고 있었다.

그 자리에서 한 지지자가 오영섭에게 말했다.

"오 의원님, 국민의 신뢰는 국민의원들에게 쏠리고 있습니다. 이 제도를 무너뜨리려 하기보다는 새로운 방향을 모색하는 것이 나을 수도 있습니다."

오영섭은 고개를 저으며 말했다.

"그들은 국민을 대표할 자격이 없습니다. 정치에 대해 아는 것도 부족한 사람들이 이상만을 좇고 있을 뿐이에요. 이대로 두면 우리 사회는 혼란에 빠질 겁니다."

오영섭의 강경한 태도에도 불구하고 참석자들의 반응은 뜨뜻미지근했다. 오히려 그들 중 일부는 이미 국민의원 제도의 취지와 변화를 수용하고 있었기에, 더 이상 과거의 방식을 고수하는 오영섭의 태도에 불편함을 느끼고 있었다.

한편, 오영섭의 비밀 회의 내용이 언론을 통해 유출되는 사건이 발생했다. 이 사실이 보도되자 국민들은 오영섭이 여전히 구태의연한 방식으로 권력을 유지하려 한다는 것에 실망과 분노를 느꼈다. 특히, 젊은 세대는 오영섭의 권위적인 태도를 비난하며 사회관계망서비스(SNS)를 통해 그의 퇴진을 요구하는 목소리를 높였다. 국민의원 제도가 정치권에 뿌리를 내리기 시작하면서, 사회는 과거의 방식과 결별하는 새로운 국면으로 나아가고 있었다.

그날 저녁, 이민호와 박지영은 이 소식을 접하고 서로의 의견을 나누기 위해 만났다. 이민호는 오영섭의 사무실에서 일어난 일에 대해 생각하며 지영에게 말했다.

"오 의원이 아직도 국민의원 제도를 무너뜨리려 한다는 사실이 놀랍네요. 시대가 바뀌었는데도 그는 여전히 과거에 머물러 있는 것 같아요."

박지영은 씁쓸한 미소를 지으며 답했다.

"어쩌면 그가 가진 특권과 권력이 그에게는 전부였을지도 모르죠. 하지만 이제 사회는 그 특권이 아닌, 국민의 목소리를 우선시하는 방향으로 변해 가고 있어요."

이민호는 고개를 끄덕이며 말했다.

"맞아요. 우리에게 주어진 신뢰를 지키기 위해 우리는 그저 제도만 만드는 것이 아니라, 국민들이 진정으로 원하는 변화를 위해 더 노력해야 할 것 같아요."

그들은 이제 국민의원으로서 자신의 역할이 단순한 입법자가 아닌, 국민의 목소리를 진심으로 담아내는 대변자임을 다시 한번 깨달았다.

며칠 후, 오영섭이 참석한 한 공개 행사에서 예상치 못한 장면이 벌어졌다. 그곳에 모인 젊은 사람들이 오영섭에게 항의하기 시작한 것이다. 한 청년이 용기 내어 오영섭에게 다가가 말했다.

"오 의원님, 국민이 더 이상 과거와 같은 정치를 원하지 않는다는 걸 이해하셔야 합니다. 이제는 국민을 위해 일하는 정치가 필요합니다. 언제까지 권력과 특권을 고수하려고 하십니까?"

오영섭은 당황하며 답변하려 했지만, 젊은이들의 비판적인 시선에 말을 잇지 못했다.

이 장면은 사회에 큰 반향을 일으켰고, 오영섭은 자신의 시대가 끝나가고 있음을 뼈저리게 느끼게 되었다. 과거의 특권을 유지하려는 그의 노력은 점차 무의미해지고, 그의 입지는 점점 더 좁아지고 있었다.

그날 밤, 이민호는 박지영과 전화로 이야기를 나누며 말했다.

"지영 씨, 이번 사건을 보며 생각했어요. 오 의원 같은 인물들이 정치에서 사라지면서, 우리 사회는 점점 더 투명하고 공정해질 거예요. 이제 우리가 해야 할 일은 국민의 기대에 부응하는 것입니다."

박지영은 조용히 대답했다.

"맞아요. 하지만 동시에 그 기대가 얼마나 큰지, 얼마나 큰 책임감을 가져야 하는지 실감하게 돼요. 국민들이 우리에게 기대하는 것은 더 나은 내일을 위한 실질적인 변화니까요."

두 사람은 자신들에게 주어진 책임감을 더욱 깊이 느끼며, 오영섭의 쇠퇴가 단순히 개인의 퇴장 이상의 의미를 지니고 있음을 깨달았다. 이는 과거의 정치 문화와 결별하고, 국민이 주인이 되는 진정한 민주주의를 향한 사회적 변화를 의미하고 있었다.

이제 이민호와 박지영은 국민의원 제도의 첫 임기를 마무리하는 시점에 도달했다. 그들이 걸어온 길은 결코 쉽지 않았지만, 국민의 목소리를 듣고 그 기대에 부응하며 한 걸음씩 나아갔다. 과연 첫 임기를 마무리하며 그들은 어떤 소회를 품고 있을까? 그리고 이 새로운 제도가 사회에 더욱 깊이 뿌리내리기 위해 필요한 것들은 무엇일까?

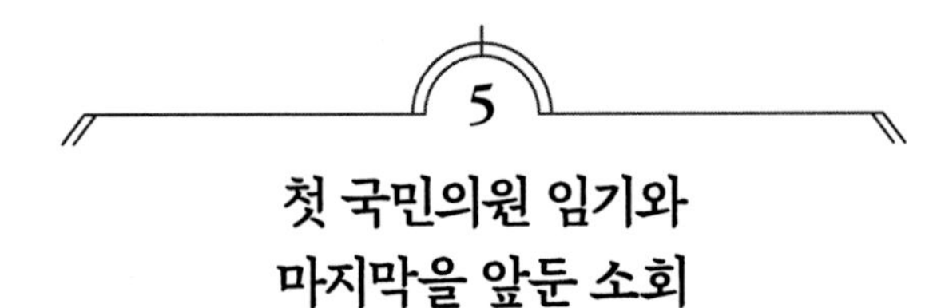

첫 국민의원 임기와 마지막을 앞둔 소회

첫 국민의원 임기가 마무리되어 가면서, 이민호와 박지영은 자신들이 걸어온 길을 돌아보지 않을 수 없었다. 국민의원이라는 자리는 단지 정치인이 아닌, 국민의 삶 속에 진정으로 스며드는 대변자로서의 책임이 있었다. 그 책임을 매 순간 감당해야 한다는 부담감은 컸지만, 그만큼 보람도 느낄 수 있었다. 그러나 아직도 국민의 기대에 충분히 부응했는지에 대해 그들은 여전히 많은 고민과 의문을 품고 있었다.

이민호는 사무실에서 그동안 진행한 정책들을 점검하며 감회에 잠겼다. 그가 초심을 지키기 위해 책상에 붙여 두었던 국민의 염원이 담긴 메시지들은 그의 마음속에서 매일 되새겨졌다. 그는 박지영과 만나 서로의 소회를 나누고 싶었다.

그날 오후, 이민호와 박지영은 국회 내 작은 카페에서 마주 앉았다. 박지영이 먼저 입을 열었다.

"민호 씨, 벌써 첫 임기가 끝나 가네요. 정말 빠르게 지나간 것 같아요. 돌아보면 정말 많은 일이 있었죠?"

이민호는 미소를 지으며 고개를 끄덕였다.

"맞아요, 지영 씨. 처음엔 국민의원이 된다는 것이 그저 국민을 대변하는 일이라 생각했지만, 생각보다 훨씬 더 복잡하고 깊은 책임감이 뒤따르는 자리였어요."

박지영은 잠시 침묵하더니, 지난날 겪었던 어려운 순간들을 떠올리며 말했다.

"특히 정책 추진 과정에서 각자의 입장과 이익이 얽혀 있을 때가 가장 힘들었어요. 국민의 이익을 위해 일한다는 명분이 있었지만, 때론 오해와 반대에 부딪혀서 갈등이 생길 때도 많았죠."

이민호는 고개를 끄덕이며 동의했다. 그들은 정책 하나하나가 국민의 삶에 미치는 영향을 생각하면서, 작은 결정이라도 신중에 신중을 기해야 한다는 것을 배우게 되었다.

그들의 임기가 끝나 가면서, 여러 에피소드들이 머릿속을 스쳐 지나갔다. 특히 이민호는 지역 주민들과의 소통 과정에서 겪었던 한 사건을 잊을 수 없었다. 한 지방 마을을 방문했을 때, 그곳 주민들은 새로운 정책이 자신들에게 실질적으로 도움이 되지 않는다며 불만을 토로했었다. 당시 이민호는 주민들과 밤새 대화를 나누며 그들이 무엇을 진정으로 원하는지 이해하기 위해 노력했다. 결국 그는 정책을 수정하여 그 지역에 꼭 필요한 의료와 교육 지원을 강화하는 방향으로 조정할 수 있었다.

이 이야기를 하며 이민호는 박지영에게 말했다.

“지영 씨, 그때 그 마을 주민들의 이야기를 듣고 정책을 바꾼 기억 나요? 처음엔 힘들었지만, 결국 주민들이 만족할 수 있는 결과를 낼 수 있었죠. 그때 배운 게 참 많았어요.”

박지영은 미소를 지으며 답했다.

“맞아요. 그 일이 우리에게 얼마나 중요한 책임을 맡고 있는지 깨닫게 했어요. 국민들이 필요한 정책을 요구할 때, 그 목소리에 진정으로 귀 기울이는 게 무엇보다 중요하다는 걸요.”

그들의 이야기를 듣고 있던 국회 직원이 다가와 인사를 건네며 말을 꺼냈다.

“두 의원님, 지난 몇 년 동안 국민의원들이 정말 많은 변화를 만들어 주신 것 같아요. 저도 이곳에서 일하면서 여러분이 국민을 위해 진정으로 노력하시는 걸 직접 보면서 많은 걸 느꼈습니다.”

그의 말에 이민호와 박지영은 마음속에서 작게나마 위로를 느꼈다. 그들이 힘들었던 만큼, 그 과정에서 무언가 의미 있는 것을 이루었다는 확신이 생기기 시작했다.

임기의 마지막을 앞두고, 이민호와 박지영은 국민의 목소리를 더 가까이에서 듣기 위해 특별 공청회를 개최하기로 했다. 이 공청회는 국민들이 국민의원 제도와 그 성과에 대해 평가하고, 다음 임기에 바라는 점을 자유롭게 제안할 수 있는 자리였다. 공청회장에는 각 지역의 주민들이 모였고, 모두 국민의원들에게 그간 느꼈던 기대와 고마움 그리고 바람을 솔직히 나눴다.

한 시민이 발언대에 올라서며 말했다.

"저는 처음엔 국민의원 제도가 별다른 변화가 없을 거라 생각했어요. 그런데 제도가 시행된 이후로는 우리의 목소리가 정책에 반영되는 걸 느낄 수 있었습니다. 특히 제 지역에서 교육 환경이 개선된 걸 보고, 국민의원들이 진정으로 우리를 위해 일하고 있구나 느꼈어요."

공청회에 참석한 사람들 사이에 박수가 이어졌고, 이민호와 박지영은 그 순간이 그동안의 모든 노력이 보답받는 듯한 순간임을 느꼈다.

그러나 공청회 도중, 또 다른 한 시민이 발언을 요청하며 다소 비판적인 시선을 던졌다.

"하지만 모든 정책이 완벽한 것은 아니었습니다. 특히, 일부 정책은 추진이 빠르다 보니 현장에서 그 정책이 제대로 작동하지 않는 부분도 많았어요. 앞으로는 좀 더 세밀하게 검토해 주시길 바랍니다."

그의 말에 이민호와 박지영은 고개를 끄덕이며 진지하게 받아들였다. 완벽하지 않은 결과에 대한 겸허한 수용이야말로 국민의 신뢰를 얻는 길임을 그들은 잘 알고 있었다. 이민호는 미소 지으며 답했다.

"소중한 의견 주셔서 감사합니다. 저희도 이번 임기를 통해 배운 점이 많습니다. 앞으로 더 세밀하고 실질적인 변화로 이어질 수 있도록 개선해 나가겠습니다."

공청회가 끝난 뒤, 이민호와 박지영은 다시 한번 국민의원으로서의 역할과 책임을 되새기며 돌아섰다. 국민의원 제도는 그들에게 국민의 목소리를 직접 듣고 그 기대에 응답해야 하는 무거운 임무를 부여했지만, 그만큼 국민들로부터 받은 신뢰와 응원은 그들에게 지속적으로 힘을 주었다.

이제 첫 임기가 마무리되어 가며, 이민호와 박지영은 스스로에게 물었다. 그동안 자신들이 해 온 일이 국민에게 충분히 의미 있는 변화로 자리 잡았는지, 앞으로 이 제도가 더욱 견고하게 뿌리내리려면 무엇이 필요한지를.

과연 국민들이 본 국민의원 제도의 성과는 어떤 모습일까? 그리고 이 제도가 사회에 얼마나 큰 영향을 미쳤을까?

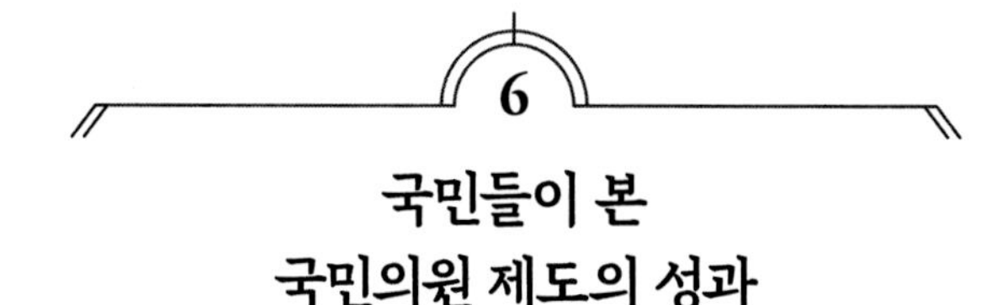

국민들이 본 국민의원 제도의 성과

첫 임기를 마무리하며 국민의원 제도가 남긴 흔적은 대한민국 사회 곳곳에 뿌리내리기 시작했다. 국민의원 제도는 단순히 정치 체계를 개혁하는 것을 넘어 국민이 직접 참여하고, 자신의 목소리를 정책에 반영할 수 있는 길을 열었다. 국민들은 자신이 제안하고 요구한 정책이 실제로 반영되는 것을 보며, 더 나은 사회를 만들 수 있다는 신뢰와 희망을 가지게 되었다.

국민의원 제도의 성과를 확인하기 위해 여러 언론이 설문 조사를 실시했고, 조사 결과에는 긍정적인 평가로 가득했다. 국민들은 자신들의 요구가 무시되지 않고 실제 정책으로 이어져 삶에 변화를 가져오는 것에 감사를 표했다. 그러나 이 제도가 모든 문제를 완벽하게 해결했다고 보는 것은 아니었다. 여전히 개선이 필요한 점들도 있었고, 그에 대한 건설적인 비판과 요구도 계속해서 제기되었다.

이민호와 박지영은 국민들이 느끼는 제도의 성과를 확인하기 위해 다시 한번 전국의 여러 지역을 방문하며 국민들과 직접 대화를 나누기로 했다. 그들은 첫 방문지로 농촌 지역의 한 마을을 선택했다. 마을회관에서 주민들이 기다리고 있었고, 두 의원이 들어서자마자 반갑게 맞이했다.

한 마을 주민이 웃으며 말했다.

"이민호 의원님, 박지영 의원님, 저희 마을에 와 주셔서 정말 감사합니다. 국민의원 덕분에 우리 마을에 의료 지원이 확대되고 교육 시설도 개선되었습니다. 이젠 우리 아이들이 더 나은 환경에서 공부할 수 있게 되었어요."

이민호는 그 말을 듣고 감사의 인사를 건네며 주민들의 환영에 화답했다. 그가 설명하길, 국민의원 제도의 진정한 목적은 바로 이러한 작은 변화들이었다. 사회 구석구석에서 국민의 삶이 더 나아질 수 있도록 돕는 것.

그러나 이 자리에서 들려온 이야기는 긍정적인 평가만이 아니었다. 회의 중 한 중년 남성이 조심스럽게 손을 들고 발언했다.

"의원님들, 물론 많은 개선이 이루어진 건 사실입니다만, 농업 지원 정책의 경우 아직도 부족함을 느낍니다. 국민의원 제도가 많은 변화를 가져왔지만, 우리같이 직접 현장에서 일하는 사람들에게는 더 많은 실질적인 지원이 필요해요."

박지영은 진지하게 그의 이야기를 들으며 대답했다.

"말씀해 주셔서 감사합니다. 저희도 현장의 목소리를 통해 국민의원 제도가 더 실효성 있는 변화를 일으키도록 할 방안을 모색해 보겠습니다."

이러한 대화를 통해 이민호와 박지영은 국민의원 제도가 이룬 성과와 동시에 여전히 남아 있는 개선점을 파악할 수 있었다. 국민의 신뢰와 기대는 커졌지만, 그에 따라 국민의원들에게 바라는 것도 점차 더 구체적이고 실질적인 것이 되어 가고 있음을 느꼈다.

방문이 끝난 뒤, 이민호와 박지영은 마을 근처에 위치한 작은 카페에서 차를 마시며 그날의 이야기를 돌아보았다. 박지영이 먼저 입을 열었다.

"민호 씨, 국민들이 국민의원 제도에 대해 정말 큰 기대를 가지고 있는 것 같아요. 이제 우리에게 더 높은 기준을 요구하고 있는 듯해요."

이민호는 고개를 끄덕이며 답했다.

"맞아요. 신뢰를 얻는 게 어려운 만큼 유지하는 건 더 힘들죠. 우리가 어떤 선택을 하느냐에 따라 국민의 희망이 커질 수도, 실망으로 변할 수도 있을 겁니다."

그들은 국민들이 이 제도를 통해 느낀 성과와 아쉬움을 되새기며, 더 나은 정책을 위해 끝없이 고민하고 노력해야 함을 다시 한번 깨달았다.

며칠 후, 이민호와 박지영은 또 다른 지역의 공청회에 참석했다. 이번에는 한 대학교에서 열린 청년층 대상의 간담회였다. 국민의원 제도에 대한 청년들의 평가와 기대를 듣기 위해 마련된 자리였다. 학생들로 가득한 강당에서 한 청년이 질문을 던졌다.

"국민의원 제도가 제도화된 후 많은 변화가 일어났다는 건 인정합니다. 하지만 청년층에겐 아직까지도 실질적인 일자리 문제가 가장 큰 고민입니다. 의원님들께서는 이 문제를 어떻게 해결해 나갈 생각이신가요?"

이민호는 진지하게 그 청년의 질문을 받아들이며 답변했다.

"청년 일자리 문제는 단순히 일자리를 늘리는 것 이상의 해결책이 필요하다는 걸 저희도 잘 알고 있습니다. 앞으로 청년들이 자립할 수 있는 환경을 조성하고, 지역 경제와 일자리 창출을 연결하는 정책을 구체적으로 마련하겠습니다. 앞으로도 청년들이 신뢰할 수 있는 정책을 만들기 위해 노력하겠습니다."

그의 답변에 청년들은 고개를 끄덕이며, 국민의원 제도가 미래 세대의 현실적 문제를 얼마나 잘 해결할 수 있을지 기대감을 품는 모습이었다.

국민들이 평가한 국민의원 제도의 성과는 실로 다양한 면에서 느껴졌다. 일부 국민은 일상의 작은 변화에 감사했고, 다른 국민은 더 나아진 정책을 위해 날카로운 조언과 비판을 던졌다. 이러한 다양한 의견은 국민의원 제도를 더욱 강건하게 만들고, 국민들이 더욱 깊이 참여할 수 있는 계기가 되었다.

공청회가 끝난 뒤, 국민들은 새로운 요구와 기대를 쏟아 내기 시작했다. 이제 국민들은 단지 참여에 만족하지 않고, 더 나은 미래를 위한 구체적인 변화를 요구하고 있었다. 과연 이민호와 박지영은 이 새로운 요구에 어떻게 응답할 수 있을까?

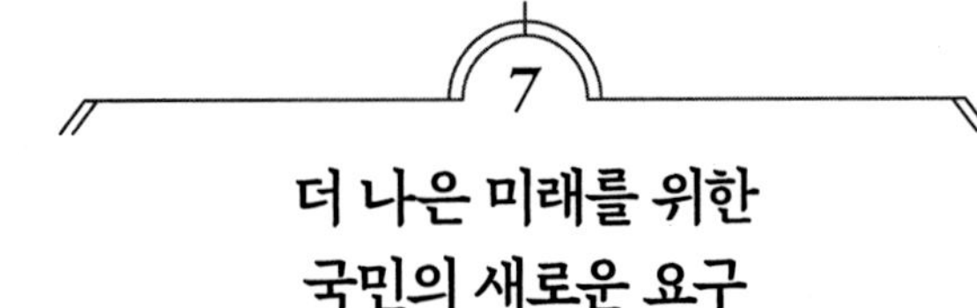

7
더 나은 미래를 위한 국민의 새로운 요구

국민의원 제도는 국민의 목소리를 직접 반영하며 여러 정책을 실현해 왔고, 그 성과는 확연히 드러났다. 그러나 국민들은 이제 그 성과에 만족하지 않고, 더 나은 미래를 위한 요구를 강력히 내세우기 시작했다. 국민의원 제도를 통해 변화를 직접 경험한 이들은 더 큰 가능성과 개선을 기대하며 자신들의 목소리를 더욱 구체적이고 강하게 주장했다.

이러한 요구는 단순히 정책의 방향을 넘어 사회 전반의 구조적 변화를 이루기 위한 열망으로 가득 차 있었다. 이제 국민들은 단기적 변화에 그치지 않고, 더 나은 사회 시스템과 지속 가능한 미래를 위해 국민의원이 계속해서 변화의 선봉에 서 주기를 원하고 있었다.

이민호와 박지영은 국민들의 이러한 새로운 요구를 가장 가까이에서 느낄 수 있었다. 전국적인 설문 조사와 공청회, 간담회를 통해 수집된 국민의 목소리는 단순히 새로운 법안 하나를 제정하는 것을 넘어, 깊고 근본적인 개혁을 향한 요구로 채워져 있었다.

하루는 이민호가 한 교육 기관에서 열린 간담회에 참석했을 때의 일이다. 한 교육 관련 전문가가 이민호에게 질문을 던졌다.

"이민호 의원님, 우리 사회의 교육 시스템은 여전히 경쟁 중심입니다. 학생들이 창의력을 기르고, 스스로 생각하고 문제를 해결할 수 있도록 바뀌어야 한다고 생각합니다. 교육 개혁이 국민의원 제도를 통해 다뤄질 수 있을까요?"

이민호는 그 질문에 깊이 생각하며 답했다.

"교육은 가장 중요한 부분입니다. 국민의원 제도가 이런 근본적인 개혁을 다룰 수 있다면 앞으로 우리 사회가 더 나은 방향으로 나아갈 수 있을 것입니다. 여러분의 의견을 반영해 교육 문제를 더욱 심도 있게 논의하겠습니다."

간담회가 끝난 후에도 참석자들은 이민호를 둘러싸고 계속해서 질문과 의견을 쏟아냈다. 국민들은 이제 국민의원을 단지 정책을 추진하는 인물이 아니라, 사회의 모든 분야에서 균형 잡힌 변화를 이끌어 가는 지도자로 여기는 듯했다.

박지영 또한 비슷한 경험을 하게 되었다. 그녀는 환경 문제에 대한 국민들의 의견을 듣기 위해 마련된 한 공청회에 참석했다. 이 자리에서 한 청년이 박지영에게 강력한 요청을 했다.

"박 의원님, 환경 문제가 심각한 건 다들 알고 있어요. 하지만 말로만 변화를 외치는 걸 넘어서서 실질적인 해결책을 제시해 주세요. 우리 세대가 살아갈 미래를 지켜 주기 위해서라도 이제는 더욱 강력한 정책이 필요합니다."

박지영은 그 청년의 진지한 눈빛을 보며 고개를 끄덕였다.

“말씀하신 대로 실질적인 변화가 필요합니다. 우리 모두가 공감할 수 있는 환경 정책을 만드는 것은 물론, 이를 이행할 실질적 방안을 강구하겠습니다.”

청년의 말이 끝나자 공청회장은 열띤 환호와 지지의 박수로 가득 찼다. 박지영은 이 순간을 통해 국민들이 더 나은 미래를 진정으로 염원하고 있다는 것을 강하게 느꼈다. 환경 문제를 해결하기 위한 국민의 강력한 요구는 그녀에게 큰 책임감을 안겨 주었다.

며칠 뒤, 이민호와 박지영은 함께 이번 공청회와 간담회에서 받은 요구 사항들을 분석하고, 앞으로 나아가야 할 방향에 대해 이야기를 나누었다. 박지영이 먼저 입을 열었다.

“민호 씨, 국민들이 진심으로 원하는 것은 단순한 정책 하나의 변화가 아니에요. 이 사회가 지속 가능하고, 공정하고, 모든 세대가 함께 성장할 수 있는 기반을 마련하는 거예요.”

이민호는 고개를 끄덕이며 동의했다.

“맞아요, 지영 씨. 우리 앞에 놓인 과제는 이제 국민들의 작은 목소리를 듣는 것을 넘어 그들의 요구를 반영한 큰 변화를 만들어 내는 것이죠. 국민의 신뢰를 등에 업고, 더욱 강력한 개혁에 나서야 합니다.”

이들은 새로운 정책을 수립하기 위해 각 분야의 전문가들과 다시 한번 머리를 맞댔다. 국민의 요구를 정책으로 구현하기 위한 치열한 논의와 준비가 계속되었고, 그 과정에서 이민호와 박지영은 국민의원이 단지 국민의 목소리를 듣는 자리가 아닌, 국민의 미래를 위한 방향을 제시하는 자리임을 다시 한번 깨달았다.

국민들의 기대는 점점 더 커지고 있었다. 그들의 요구는 단순한 행정적 개혁을 넘어 사회적 정의, 공정한 기회 그리고 환경과 교육 등 모든 분야에서 근본적인 변화를 추구하고 있었다. 이민호와 박지영은 이 과제가 결코 쉽지 않을 것임을 알았지만, 국민들이 기대하는 새로운 미래를 실현하기 위해 다시 한번 마음을 다잡았다.

국민의 요구는 더 이상 작은 변화를 원하는 것이 아니었다. 국민들은 국민의원이 새로운 시대의 이정표를 세워 줄 것을 기대하고 있었다. 각자의 자리에서 느끼는 무거운 책임감과 국민의 기대 속에서, 이민호와 박지영은 한 가지 확신을 가지고 있었다. 국민의 요구는 그저 요구에 그치지 않고, 진정으로 실현될 수 있는 가능성을 가지고 있다는 것.

이제 국민의원 제도가 다음 단계로 진화할 시간이었다. 더 나은 미래를 위해 국민들이 제시한 새로운 요구는 과연 어떻게 실현될 수 있을까? 이민호와 박지영은 어떤 길을 선택할 것이며, 이들이 만들어 낼 변화는 우리 사회를 어디로 이끌어 갈 것인가? 그들의 앞에 놓인 새로운 도전은 시작되었고, 앞으로 펼쳐질 이야기는 더 큰 기대와 궁금증을 자아내며 끝을 맺는다.

우리가 만들어 가는 새로운 정치

국민의원 제도가 정착하면서 한국 사회에는 깊고 조용한 변화가 일어났다. 국민의원은 단지 정책을 제안하고 실행하는 자리가 아니라, 국민과 함께 꿈꾸고 그려 가는 새로운 정치의 장으로 자리 잡았다. 더 이상 정치가 소수의 전유물이 아니라, 국민 모두가 손을 뻗어 직접 참여할 수 있는 일이 되었다.

시민들은 이제 단순한 관객이 아니라, 정치의 주체로 성장하고 있었다. 자신의 목소리를 정책에 반영하며 함께 나아가는 정치를 경험하게 된 것이다. 국민들은 이민호와 박지영을 통해 정치가 단순히 권력을 쥐고 휘두르는 자리가 아니라, 진정한 봉사와 헌신을 위한 길이라는 것을 배우기 시작했다. 그들에게 정치란 책임과 신뢰의 무게를 지고, 국민의 삶을 개선하기 위해 헌신하는 것이었다.

이민호는 이 변화 속에서 느꼈던 책임과 보람을 조용히 되새겼다. 그는 자신이 국민의원으로서, 국민들의 목소리를 진정성 있게 대변하려 했던 순간들을 돌아보며 생각했다.

"정치는 완벽할 수 없다. 하지만 국민의 신뢰를 위해 흔들리지 않고 나아가려는 의지와 국민을 위해 끊임없이 배우고 노력하려는 진심이 있다면, 그 정치가 완성될 것이다."

이제 그는 정치란 결과보다 과정이 중요하다는 것을 알았다. 과정 속에서 국민과 소통하고, 그들의 기대에 응답하며, 함께 길을 만들어 가는 것이야말로 진정한 정치라는 확신이 들었다.

한편, 박지영도 이번 여정을 통해 많은 깨달음을 얻었다. 처음에는 국민의원 제도를 통해 단순히 더 나은 법과 정책을 만드는 것이 목표였다. 그러나 시간이 흐를수록 정치란 단순히 정책 하나로 국민의 삶을 바꾸는 것이 아니라, 국민들이 스스로 변화를 만들어 갈 수 있도록 도와주는 일이란 걸 깨닫게 되었다.

그녀는 늘 마음속에 품어 온 문구를 되새기며 미소 지었다.

"변화란 가장 어려운 때에도 한 걸음씩 나아가는 것이다. 그 걸음걸이가 단단할수록, 국민은 더 큰 미래를 그려갈 것이다."

박지영은 이제 국민의원이 국민의 꿈을 실현하는 도구가 아니라, 국민이 스스로 변화를 이끌어 갈 수 있도록 하는 시작점이 되어야 한다고 믿었다. 그동안 함께 걸어온 길은 국민들이 스스로 목소리를 내고, 정치의 주체로 성장할 수 있는 토양을 마련한 시간이었다.

국민의원 제도가 사회에 깊이 뿌리내리자 국민들은 자발적으로 정치에 참여하고, 서로의 생각과 의견을 나누기 시작했다. 매일 아침 신문과 방송에서 국민의 목소리가 울려 퍼졌고, SNS에서는 다양한 의견과 제안이 넘쳐났다. 국민의 작은 목소리 하나하나가 모여 큰 물결을 이루었고, 정치가 더 이상 낯설고 먼 곳이 아니라 일상의 일부가 되었다.

국민들은 더 이상 그저 누군가가 대신 일해 주기를 바라는 존재가 아니었다. 이들은 스스로 변화를 만들어 가는 주체가 되었다. 한 어르신은 지역 모임에서 이렇게 말했다.

"이제 우리 같은 사람들도 정치에 참여하고, 목소리를 낼 수 있는 세상이 왔습니다. 이 나라가 진정 국민의 나라가 되어 가는구먼."

이 말은 모두가 함께 공감하며 나누는 희망의 메시지가 되었다. 국민들이 정치의 주체로 자리 잡으면서 사회는 더 투명하고, 더 정의로운 방향으로 나아갔다. 국민의 의지와 참여가 바탕이 된 정치 체제는 이 나라의 새로운 희망이 되었다.

이민호와 박지영은 그 모습을 보며 조용히 미래를 그렸다. 더 많은 사람들이 자발적으로 정치에 참여하고 자신의 생각을 정책으로 만들어 가는 이 시대. 그들은 이제 자신이 단순히 국민을 대신해 일하는 의원이 아니라, 국민이 스스로 성장할 수 있도록 돕는 안내자라고 느꼈다. 국민의 목소리로 시작된 이 정치가 계속해서 새로운 세대를 맞이하며 이어질 것을 믿었다.

이제 이민호와 박지영은 자신이 꿈꾸던 세상이 현실로 다가오고 있음을 실감했다. 더 나은 미래를 위해 서로 다른 목소리들이 모여 하나의 큰 흐름을 만들어 내는 세상. 그 세상은 곧 국민 모두가 함께 만들어 가는 희망의 장이었다.

'정치란 멀리 있는 것이 아니다. 그것은 국민의 삶 속에서, 국민의 마음속에서 만들어져 나가는 것이다.'

이제 이민호와 박지영은 국민의원이란 자리에 대한 깊은 책임감을 품고 또 다른 걸음을 준비했다. 앞으로 이들이 걸어갈 길은 과거와 다르겠지만, 그 길의 끝엔 국민의 목소리로 완성된 새로운 정치가 기다리고 있었다. 국민 스스로가 정치의 주체로 성장하는 그날을 꿈꾸며, 이야기는 희망으로 가득 찬 미래를 향해 조용히 마무리되었다.